新 潮 文 庫

巫女島の殺人

呪殺島秘録

萩原麻里著

新 潮 社 版

11602

目次

巫女島の殺人

呪殺島秘録

序章

凍る冬の夜空に、銀砂をまぶしたような星々の輝きが広がっている。
けれどその冴《さ》え冴《ざ》えとした瞬《またた》きは、洞窟《どうくつ》の中からではひと欠片《かけら》も見ることが叶《かな》わない。その代わりに薪《まき》を抱擁して蠢《うごめ》く炎が、群青《ぐんじょう》の夜闇《よるやみ》に染まる岩の表面に鮮やかな赤の火の粉を散らしていた。

一年の終わり、千《ち》駒島《こまじま》では最も神聖なる鎮魂帰神の儀礼が執り行われる。新たな年を迎えるための七日間の忌籠《いみごも》りを終えた巫女《みこ》が、斎宮《いわいのみや》から能舞台へとその身を移し、命の限りを尽くした舞を披露するのだ。

水で身を清めた巫女は、その後に斎宮に入り、自らの身に神を宿す。そして神憑《かみがか》りとなり、審神者《さにわ》役の手により斎宮のそばにある能舞台に誘《いざな》われた後、琴と鈴の音に合わせてゆるやかに舞い始める……神舞を通して、人々に新たな力を分け与えるために。

能舞台の周りには、前年の祀《まつ》りから絶やすことなく守り続けてきた松明《たいまつ》の炎がある。それは炎の結界となり、巫女と現世とを切り離す役割を担《にな》っている。パチパチと薪のはぜる音だけが響く静かな世界で、舞台の周りに集まった人々は、陶然とした面持ちで静かに巫女の舞を待つのである。

　炎に照らし出される巫女の顔は、鬼神のように険しく歪《ゆが》んだ面に覆《おお》われている。それは神々《こうごう》しくも清らかでもないが、紛れもなくこの千駒島を守る国津神《くにつかみ》のものだ。かつて地上を治めながらも天津神《あまつかみ》にすべてを譲り渡した国津神は、その大半が天津神に従ったが、一部の国津神はそれに逆らった為《ため》に「まつろわぬ神」として抹殺された。千駒島に祀られた神は、その埋没された神々のひと柱だと言われている。

　特にこの千駒島は、祀った土着神（国津神）の力を得て様々な呪術《じゅじゅつ》を執り行った巫女の一族が領主となった地。神域である、と語り継ぐ者もある。この地では、その力は絶大なのだ。

　……けれど、誰が知るだろう。

　巫女の一族に伝わるのは、神の加護だけではない。魂が「和魂《にぎみたま》」と「荒魂《あらみたま》」のふたつから成るように、森羅万象が人々に幸《さいわい》だけではなく災いをもたらすように。神もまた、二面性を持つのだという事を。

　静かに始まった巫女の舞を袖《そで》から見守りながら、彼女は静かに吐息する。

　ひふみよいむなやここのたり
　空気を震わせるような厳かな声が、巫女の口から零《こぼ》れ落ちる。それはやがて、祝詞《のりと》という枠を超え、人ならざる者にだけ許された呪《まじな》いとなる。

　ふるべ　ゆらゆらと　ふるべ

その呪いの言葉に合わせて、能舞台の奥にいる人影が揺れる。祀りの厳かな空気の中、真夜中と呼んでも差し支えない時刻にじっと前方を凝視する子供の姿が。

「ユリ。そろそろ行こう。神事が終わる前に出ないと」

不意に背後から肩をつかまれ、少女は思わず息を呑《の》む。能舞台を取り囲む炎の余韻が、振り返った視界の先でも赤く点滅し、それが落ち着くと、ようやく暗がりに幼馴染《おさななじ》みの少年の顔が浮かび上がった。

「外にいる事がバレたら叱《しか》られる。それに、僕らはまだ、神事を見ちゃいけないんだ」

「……ねえ。巫女は本当に神の声を聴けるんだと思う？ 死者の魂を呼び戻せるんだと思う？」

もしかしたら、自分の顔は恍惚《こうこつ》としているのかも知れない、と少女は思った。あの、舞台を取り囲むようにして集う島人たちのように。

「何だよ、急に」

「だって、飛露喜《ひろき》はいつか審神者になるんだから、それなら分かるでしょう？ もし私が死んだら……私でも、呼び戻してもらえると、思う？」

震える言葉の意味に、彼はようやく気付いたようだった。

「それとも、やっぱり千駒の血が少しでも入る人間は別なのかな。他の人とは違うのかな」

「……僕らはまだ十歳だよ。死について考える歳《とし》じゃない」

言葉に反して、たしなめるような大人びた声で言うと、少年は小さく微笑《ほほえ》んだ。

「行こう。早く行かないと誰かに見とがめられる。それに……美寿々《みすず》さまに叱られるよ」

タン！

足袋をはいた足が舞台の床を踏む。その音に、パキリ、と薪のはぜる音が重なって、ユリと少年は思わず背後を振り返る。

空を舞う炎のかけらがちらちらと辺りを漂う中、琴と鈴の音を鳴らす楽師たちを従えた巫女は、天に向かって高く高く、両手を掲げていた。

魂を降ろすその姿は、白い巫女装束を透かして見える細い身体《からだ》からすべてを放ち、がらんどうの空虚さを持って、その身にひとかけらでも多くの神意を受け入れようとしていた。

神々しいはずのその姿に、けれど、ユリはそれまであった高揚感を忘れてぞっとする。

「飛露喜。あれはなに？」

「え？」

「あの、黒い手……」

見間違いだろうか？　まるで夜の闇を凝縮し、形を成したような黒い手が……数え切れないほど見えたのだ。巫女の、背後に。

蠢くように、ひしめき合うようにして巫女に伸びる無数の黒い手は、けれどユリが瞬《まばた》きした瞬間に消え、後には能舞台の上で舞い踊る巫女の姿だけが残される。

……ただの、人の形をした「抜け殻」のような巫女だけが。

第一章　魂《たま》よばいの巫女《みこ》

1

どんよりとした曇天のもと、小型のフェリーが群青《ぐんじょう》の海を割るようにして進んでいく。

舳《へさき》の向こうに見えるのは、鬱蒼《うつそう》と茂ったひと塊の森のような島だ。乗り込んだ当初は小さくぼんやり見えるだけだったそれが、今では、島の周りにある歪《いびつ》な岩の形まで認識できる。

（まるで……無人島みたいだよなぁ）

島の外観がはっきり見えるほど近付いても、その印象は変わらない。人の住んでいる気配がない……というより、人を拒絶するような重々しい威圧感が島全体を取り囲んでいる、とでも言うべきか。

千駒《ちこま》島。

東京を出発して約六時間、新幹線と在来線とバスを乗り継ぎ、広島県の因島《いんのしま》にある海老《えび》名《な》港からフェリーで一時間ほどでたどり着くその島は、瀬戸内海に浮かぶ幾多の島の中でも特に小さく、百人にも満たない住民が、漁業を中心とした静かで穏やかな暮らしを営む離島だ。

今なお土葬の習慣があるような僻地《へきち》で、近年では過疎《かそ》化対策として他県からの家族連れの移住者を受け入れたり、子供のいない世帯の養子縁組を推奨している「歓待の島」でありながら、何故《なぜ》かよそとは違う一風変わった風習を残した島でもある。

その風習とは「年末年始だけ、外部の人間の出入りが禁じられる」というもの。

かなり厳格な決まりであるそれは江戸時代の初期から始まっており、以来、今日までずっと破られることなく続いてきたそうなんだけど、

(なんでまた、今回に限って許可が下りちゃったんだろうなぁ)

ダウンのポケットからスマホを出す。そこに表示されている日付は「十二月三十日」

……つまり今日は、千駒島にとって絶対によそ者を招き入れてはいけない禁足日というわけで、そんな日に僕らが島に向かうのにはある理由があった。それは……、

「もうすぐ島に着くぞ。あの二人も荷物をまとめ始めているし、お前も支度をした方が良い」

ずず、と鼻をすすり上げた途端、背後から、冬の海の色なんかよりよっぽど冷ややかな声がかかった。どきっとしたけど、まあ振り返るまでもなく、声の主は彼女しかいない。

「古陶里《ことり》」

「それだけ厚着していてもまだ寒いのか」

三《み》嶋《しま》古陶里。僕の、児童養護施設時代からの幼馴染《おさななじ》み。

僕を見ながら呆《あき》れたように呟《つぶや》く彼女は、記憶にある限りいついかなる時でも日本人形みたいにパッツリ切り揃《そろ》えた長い黒髪と、今時珍しい和装姿を貫いてる。……んだけど、今回みたいな冬の旅に際してさえ、着物に羽織をまとっただけってスタイルで来てるせいで、見ているこっちが寒くなるほど薄着に見えるのだ。

「いやいやいや、古陶里の感覚がおかしいんだって。むしろ古陶里、寒くないわけ？」

「脇《わき》の身八《みや》つ口《くち》さえガードすればそれほど寒くはない。……それより、寒がりの癖《くせ》にここにいる理由はなんだ？」

分かっているのに、古陶里はそんな質問をする。だから僕も素直に答える。

「今更だけどさ、本当に良かったのかな。あんな話を引き受けたりして」

「……こうしたものは、一度縁を結べば数珠《じゅず》つなぎに関わりが生まれてしまうものだし、避けてもどのみち何らかの形で関わることになったんじゃないか？　そもそも、お前だって興味を持っていただろう」

……この、二番目の呪殺島《じゅさつじま》に。

囁《ささや》くような声は潮風に流れ、僕の耳にはその一部しか届かない。

それでもしかめっ面《つら》をした僕に、古陶里もまた、自らの言葉に誘われるようにどんどん近づいてくる島に視線を移した。

その瞳《ひとみ》に浮かぶのは「呪《のろ》い」そのものに興味を抱く彼女らしい好奇心と……そして、未《いま》だ僅《わず》かに残る陰りのようなものだろうか。

……そう。

数ヶ月前の夏、僕らは今と同じような体験をした。ここではないもうひとつの呪殺島……赤江《あかえ》島《じま》と呼ばれる地を訪れ、そこで幾多の死を目《ま》の当たりにしたのだ。

それは未だ「過去」と呼ぶには生々しすぎるほど鮮やかな記憶となって僕らの心に棲《す》みつくおぞましい出来事。かつて呪術を行い、穢《けが》れを受けた人々が流された流刑地《るけいち》「呪殺島」で起きた凄惨《せいさん》な事件に苦しめられた僕らが、日本全国に複数認められた、その呪われた島を辿《たど》るように「第二の呪殺島」である千駒島を訪れることになったのは、一体何故なのか。

事の発端は、今からひと月ほど前。

大学の冬季休暇前の、とある一日にまで遡《さかのぼ》る。

2

「第二の呪殺島、ですか？」

それは、連日続いていたうだるような暑さが去り、ようやく肌寒さを感じるようになった秋口の頃のこと。

　最後に受講していた講義が終わった直後、すぐにバイト先に向かおうとしていた僕は、何故か受講しているわけでもない民俗学の准《じゅん》教授・世志月《よしづき》伊読《いよみ》先生に呼び出されて研究室を訪れていた。

　世志月先生の部屋は、教室のある本棟とは外通路でつながっただけの別棟の、更なるはしっこに位置している。外通路は周囲に秋の枯れ葉の積もった庭を横断するように備わっていて、そこを通り抜けると現れるのが、等間隔に並ぶ、大学に所属する教授たちの研究室だ。中でも変わり者として知られる世志月先生の部屋は、簡単に言うと人外魔境だった。

　絶妙なバランスで大量に積み上げられた本に、何故か白衣や私服らしきもの、片付け損ねた食器類に謎《なぞ》のビニール袋や段ボールなどなど。それらを何とか端に寄せて二人掛けのソファに座る僕と古陶里の前で、世志月先生は身を乗り出しながら、怪しく光るデカい丸眼鏡をぐいっと押し上げた。

「そうそう。その第二の呪殺島からね、私宛《わたしあて》にお手紙が届いたんだよ」

　もさもさ頭と顔からはみ出すほど大きな眼鏡のせいで顔は分からないものの、二十代後半くらいにしか見えない彼女は、凹凸の見事なプロポーションをピチピチスーツで包み、その上から白衣を纏《まと》っていた。白衣がなかったらスーツのサイズを間違えた就活生にしか見えないのだが、間違いなく、民俗学の准教授だ。

　最初に彼女の呼び出しを受けたのは古陶里だった。呪術に深い興味を抱く彼女は、僕とは違って民俗学を専攻していて、世志月先生とも親しいらしい。

けど何で僕まで？　そう思いながら訪れた研究室で、先生は積み上げられた書類の中から封筒を取り出し、僕らに差し出した。

「これなんだけども。ぜひ君たちにも見てもらいたくてね」

手に取り、かさりと開くと、そこには便箋《びんせん》にプリントアウトされた文章が並んでいる。

『世志月伊読准教授

私は広島県から船で一時間ほどかかる離島に住む者です。以前に先生の授業動画を視聴し、それから興味を持って論文を拝見するうち、先生が呪殺島に興味をお持ちであると知りました。

実は私は、その呪殺島のひとつに住んでいます。

私が筆を執ったのは、先生に、この呪われた島について調べて頂きたいからです。ここでは一人の巫女《みこ》姫《ひめ》を崇《あが》め、恐ろしい秘儀が行われています。私はそれに関わり、すべてを知った上で島に囚《とら》われています。ですが、もう、解放されたい。

先生の力《ちから》で、この島の呪いを打ち破って下さい。この、忌《い》まわしい因習を。

沢山の人が死に、生まれました。それをずっと正しいことだと信じてきたけれど、間違いでした。幼馴染みが殺され、そのすべてが隠匿《いんとく》された時、ようやく気付きました。

どうか助けてください。この島には呪われた巫女がいます。彼女を解放し、島の秘儀を打ち壊してください。そうでなければまた、新たな死者が生まれます。罪のない人間が何人も殺されてしまうのです。
私の住んでいる島は、「千駒島」と言います。』

「……何ですか、これは」

「だから、第二の呪殺島……千駒島から届いた私宛の手紙だよ。物騒でしょ？」

怖いよねぇ、とどこか茶化すように先生は言った。まったく怖がっているようには見えないけど、こういうところ、記憶の片隅にある押しの強かった例の人を思い出すな。

そういえば夏の事件以降、時々連絡くれてたのにここ一月ばかりは音沙汰《おとさた》なしだな。編集部が忙しいのかもしれないし……まあ、進んで連絡取りたくなる人じゃないからいいんだけどさ。

なんてことを思い出しながら、僕は隣に座る古陶里にも見えるように手紙をずらす。人が殺されるとか、やたらと不安をあおるようなことを書いている癖に差出人の記名がなく、それがまたうさんくさい。

「あ、疑ってるよね？　確かに私のところには悪戯《いたずら》メールや変な手紙なんかがたま～に来たりはするよ？　大々的に発表してるわけじゃないけど、呪殺島について研究してるってことは隠してないし、特に赤江島の一件があってからはね。だけどこの手紙は本物っぽいの、何しろ消印が実際の千駒島の本局のものだから」

「……千駒《ちこま》郵便局……そのまんまですね」

　古陶里が封筒を裏返し、消印を見せてくる。それを確認してから言うと、先生はうんうんと頷《うなず》いた。

「実際私は以前からこの千駒島に多大なる興味を抱いていてね。今は観光地化されて私も何回か通ったんだけど、島人しか通わない場所に千駒神社という社があって、そこには島人たちの信仰を集める巫女がいるんだよ。で、別名「巫女島」とも呼ばれてる。けどこの巫女について調べようとすると途端にガードが固くなって……まあ、漁業と併せて観光業も生業《なりわい》とする島で呪殺島、なんて呼ばれること自体迷惑なんだろうし、仕方のない話ではあるんだけどね」

「その千駒神社の巫女っていうのが、手紙にある『呪われた巫女』ってわけですね。でもさすがに罪のない人間が殺される、なんて話……そもそもここ、ホントに呪殺島なんですか？」

「これでも私は民俗学者のはしくれだよ？　長年集めた文献を精査したうえで複数の呪殺島候補をピックアップして、そのうちのひとつが千駒島なんだよ」

　それにね、と先生は片手をひらひらさせる。

「この千駒神社の巫女というのが呪術者の末裔《まつえい》だろうと推測されるんだけど……巫女は毎年、年末年始に魂よばいという、いわば神や死者の魂をその身に降ろして吉凶を占うイタコのような秘儀を行う。これこそがまさに手紙にある秘儀ってやつで、『幼馴染みが死んだ』も『また人が死ぬ』も、これに関係しているんじゃないかと推測される。ただ、調べたくとも祭祀の期間は島自体が閉鎖され、外部の人間は立ち入れないってことで、調査許可の申請はずっと却下されっぱなしだった」

　残念なことにね、と先生は溜《た》め息を吐く。

「ところが、だ。この手紙が届いた後に私が改めて調査依頼を出したところ、千駒島からすぐに連絡が来た。祀りが行われる年末年始の島の上陸を認めるって返事がね！」

「……それって、この手紙の差出人と何か関係が」

「あるかどうかは分からないけど、こうなったら調べずにはいられないよね。人が死ぬかもしれないってSOSなんだし。てなわけで、君たちにもぜひ同行してもらいたいと思ってここに呼んだわけ。期間は来月の十二月三十日から年明けの三日まで、まだ少し時間があるからしっかり準備をして計画を……」

「え、ちょ、ちょっと待ってもらっていいですか!?」

　なんか今いきなり話が飛んだぞ？　いつの間にか僕と古陶里まで島に行くことになってるんだけど、何だこれ。

「君たちって、僕と古陶里ですよね？　え？　なんで同行しなきゃいけないんですか!?」

「なんでってそりゃ、君たちが実際に呪殺島に渡ったことのある人間だからだよ」

　しれっと先生は言った。

「呪殺島。何代にも渡って呪詛《じゅそ》を執り行ってきた呪術者たちが、自ら負った業《ごう》、穢れを周りに広めぬようにと流された島……領主となった彼らは今なお呪われたまま島に封じられている。この辺りは実際に赤江島に足を踏み入れた君たちの方が詳しいと思うんだけども」

　言って、世志月先生は意味深に笑う。

「私もずいぶんと前からこの呪殺島というものに注目し、個人的に調査を進めていて、それきっかけで古陶里ちゃんと仲良くなったんだけども……赤江島の件は本当に驚いたよね。結果的にあの島では事件のせいで呪術者の一族の血は絶えたようだけど、できればその前に私もお会いしてみたかったよ。赤江神楽《かぐら》さんにね」

　いやー古陶里ちゃんが話してくれてたらさー、なんて言いながら、世志月先生は大きすぎてズレやすい丸眼鏡を押し上げる。

「とはいえ、呪殺島は何もひとつじゃない。ましてやこんな殺人予告みたいな手紙が私宛に届いたんだもん。これはもう、呼ばれてるよねぇ」

「だったら一人で行けば良いじゃないですか。僕は嫌です、なんでまた呪殺島なんかに」

「……縁というものがあるんだよ、真白《ましろ》くん。一度でも島に関われば、そこには繋《つな》がりができ、隠されたものを呼び覚ます力となる。とまあ、これは単なる持論なんだけれども」

「お断りします。実際に関わったからこそ言うんです。呪殺島は、興味本位で関わって良い場所じゃない……そもそも僕の名前は真白じゃないんですけど！」

「あ、そうだったね、ごめんごめん。だけど君、赤江島では秋津《あきつ》真白を名乗ってたんだよね？　どうもその印象が強くてね」

「……とにかく、僕は嫌です。失礼します」

立ち上がりかけた僕の腕を、それまで隣で黙って話を聞いていた古陶里がぎゅっと摑《つか》む。

驚いて見ると、古陶里はゆるゆると首を振り、

「私は同行に賛成だ。それに、世志月准教授はなにも興味本位で調査しているわけではない。一番の目的は手紙にもあった死の予告、誰かの死を食い止めたいということなのだよ」

「……うん。古陶里ちゃんの言う通り、これは興味本位なんかじゃない。この手紙が他でもない私のもとに届いたこと、そして内容を吟味して本物である可能性が高いということから、何とか今後起きるであろう事件を防ぎたい……もちろん、呪殺島の調査が民俗学上で意義のある研究であることも事実だけど」

「民俗学上、ですか」

何となく、気迫に押されてくり返すと、

「そもそも、民俗学と呪いとは切っても切れぬ関係にあってね」

言って、先生は大きな丸眼鏡をぐいっと押し上げた。

「古来より人間は、狩りや農耕を行って命を繋ぎ、文明を発展させてきた。いわゆる縄文から弥生時代へと繋がる日本の古代史だ。その過程で数を増やし、集団を作って暮らすことを覚え、文明が生まれた。ムラからクニが生まれ、指導者が立った。では、もともとバラバラだった集団をまとめ上げるために必要な指導者の素養とは何だったか、分かるか

い？」

「素養……なら、統率力とか、カリスマ性とか」

「まあ、勿論《もちろん》それもあるだろうけど、当時はもっと分かりやすい目安があっただろうね。つまり、自分たちのプラスになる存在だ」

「プラス？」

「そう。人々の暮らしが豊かになるよう、集団を守ることが出来る者。外敵に打ち勝ち、狩りの獲物や農作物を多く手に入れ、分配することが可能な存在だよ。これだけのことができる『力』を持つことこそが、この頃の指導者の素養であったはず」

　複雑化した現代よりもよほど分かりやすい。当時の人々は、自分たちの暮らしを守るために代表を選び、集団化してより便利な生活を手に入れていったのだ。と、まるで講義のように世志月先生はすらすらと語った。

「ただ、この『力』は集団が大きくなるにつれて変化していったはずだ。争いに勝つための武力、領土を拡大し、より豊かな土地を得るための純然たる『力』……それは確かに多くの人々を導いただろうが、領土が拡大し、人口の増えたクニをまとめるためにはそれ以上のものが必要になる」

「……知恵とか、知識とか、そーゆーのですか」

「肥沃《ひよく》な土地を得、争いに強いクニを作ったとしても、人は自然の力には勝てない。日照りが続けば田畑は荒れ、嵐《あらし》が訪れれば災害が起きる。疫病《えきびょう》が流行《はや》れば人は死ぬ。知恵や知識は確かに人々を助けたかもしれないが、それにも限界はある……だからこそ人は常に自然を敬い、畏《おそ》れ、そこに人知の及ばぬ存在を見た。つまりはカミだ」

　もともと日本には精霊信仰があり、太陽や海といった大きなものから、道端の小石や小さな枝にまで精霊が宿ると信じた。精霊とはつまりカミであり、日本に八百万《やおよろず》の神がいるというのはつまり、人の力ではどうしようもない存在を人々が敬って来た証《あかし》でもある。

「だからこそ、新たな指導者はこのカミに関与できる存在でなければならなかった。カミの声を聞き、事前に災害を察知し、人の知り得ぬ智慧《ちえ》を授けて人々を守ることができる存在……ここで生まれたのが巫女、カミの声を聞く存在、というわけだ」

「古代の巫女で指導者って言ったら、いわゆる邪馬台国《やまたいこく》の卑弥呼《ひみこ》とか、ああいう人ですよね」

「おおお真白くん素晴らしい、それぞれそれだよ！　巫女はカミの声を伝えるだけではなく、ありとあらゆる方法で人々を守ろうとした。その過程で生まれたのが呪《まじな》いだ。病を癒《いや》したり、神託を受けるための占いも全部ひっくるめてこの『呪い』だが、最近じゃ誤解する人間も多いよね。人を苦しめる呪詛はあくまで呪いのひとつであり、一端でしかないんだけど」

「言われてみれば確かに、呪いって悪いイメージしかないですよね。占いも呪いなんて考えたことなかったなぁ」

　僕の呟きに、古陶里がぴくりと反応して何か言おうとした。んだけど、それより先に世

志月先生が「そうなんだよねぇ」と腕組みして、

「人の目に見えない存在に力を借りたり、言葉を聞こうとするのは全部ひっくるめて呪いなんだよ。人間ってのはホント救いようがないもんだから、文明が進むと、こうした力で人に害を為《な》そうとする者も現れ始める。邪魔な人間、憎い人間を貶《おとし》めるために、自分じゃできないことを人ならざるものの力を使ってやろうとする。こういうものを呪詛と呼ぶ」

呪いでは、人々はカミや精霊の力を借りて暮らしを豊かにし、貢ぎ物をしては感謝の気持ちを伝えた。

しかし、人に害を為す呪詛では、感謝は「見返り」となる。人知を超えた力を悪用する者は、必ずしっぺ返しをくらうのだ。

世志月先生の説明は割とゾッとするもので、でも、ここでようやく民俗学から語られる「呪い」ってものが、僕のイメージするそれに近づいてきた。

「で、だ。ここでちょい話題を変えるね。君たちは、日本神話を知ってるかな」

「日本神話？」

ホントに、いきなり話題が変わった。僕と古陶里がきょとんとすると、世志月先生はにやりと笑み、

「日本書紀や古事記に書かれた日本の神話時代だね。最初の男と女が日本を作り、自然にまつわる多くの神々を生み出した。面白いことに、世界の宗教には似たような話が数多くあるんだけど……アダムとイブ、みたいな」

「もしかして、伊邪那岐《いざなぎ》と伊邪那美《いざなみ》？」

「そうそう！　二柱《ふたはしら》は次々と子供を作り、それが数多くの神になった。じゃあ、この伊邪那岐と伊邪那美が黄泉平坂《よもつひらさか》で追いかけっこしたって話は知ってる？」

「知ってます。確か伊邪那美は火の神様を生んだことで亡《な》くなってしまって、それを嘆いた伊邪那岐が黄泉《よみ》の国まで妻を追いかけて、彼女を甦《よみがえ》らせようとしたっていう」

「その通り。伊邪那美は既に黄泉の国の食べ物を口にしていたから、その身体《からだ》は死の世界のものとなっていた。そんな姿を見られたくなくて振り返るなと言ったのに、伊邪那岐が約束を破って振り返った挙句にビビって逃げ出したもんだから、怒り心頭で追いかけっこがはじまっちゃうんだね」

　結果、夫に逃げられてしまった伊邪那美は「お前の代わりに一日千人の人間を殺してやる」と呪いをかけ、それに対して伊邪那岐は「では、毎日千五百人生まれるようにする」と言葉を返す。こうして人の世では日々人が死に、新たに生まれることになった……とされている。

「この物語のポイントは、妻である伊邪那美が既に死の国のものを食べ、死者となっていたという部分だ。古来より日本では、死は『穢れ』であり、それに触れると自らも穢れてしまうという発想があった。葬儀の後で塩をかけて穢れを祓《はら》う、ってのが今でもあるけど、死に触れた者はそれを清めないといけなかったんだね。これは呪詛にも通じる考えなんだ」

「呪詛にも？」

「人を呪い、殺すということは、この穢れを受けることとなんだよ。死に自ら近付き関わろうとしたものは、死の穢れを受ける。これが続けばもはや簡単には祓い切れぬ『業』となり、自らも死に至る、というわけだ」

……そういえば、と思い出す。赤江島にいた時、古陶里が「呪詛」について説明してくれたことがあった。

『呪いというより、呪詛だな。呪詛は石炭みたいなものだから』

『石炭？』

『ああ。石炭を握ったら、その手はどうなると思う？』

『そりゃまあ、汚れちゃうんじゃないの？　煤《すす》がついちゃうよね』

『その黒い煤こそが、呪詛、と考えると分かりやすい。通常の呪いとは木であり、そこに人を貶める気持ちが込められると黒くひずんで石炭になる。そして、石炭に触れ続けた手はどんどん黒く汚れていく……この、手に染みついた汚れこそが「穢れ」だ』

ようやく。世志月先生が何を言わんとしているのかが分かった気がした。

これは、呪殺島に流された一族が、なぜ不遇の死を遂げなければならないのか……の一つの仮説なのだ。

「かつて呪詛を執り行い、穢れを繰り返し受けてきた呪術師たちは、やがて凝り固まって『業』となった穢れの為《ため》に死に近づいてしまった。中でも代替わりしながら繰り返し業を溜め続けた一族は、一代限りでは終わらぬ死の穢れに真っ黒黒に染まっちゃったわけだ。それこそ、そばにいる人にまで煤がついちゃうくらいにね。

だからこそ、彼らは島に流され、そこで封じられることとなった。一族が自らの業によって死に絶え、穢れがこの世から消えてしまうまではと、隔離されたわけだよ。

島流しの憂《う》き目にあった一族は、中でも相当な業を溜めた血統だったと言われている……彼らがどんな方法で呪詛を執り行ったかによって、不遇の死の内容も変わってるみたいだけど、手紙にある死もまた、千駒の巫女の業によるものだという可能性がある」

一気に話し終えると、ようやく世志月先生は、ふう、と深い溜め息を吐いて口をつぐんだ。と同時に研究室の奥のドアが開いて、白衣姿の長身の男性が入ってくる。

話している内容がアレだからぎょっとしたけど、どうやら先生の知り合いらしい。ティーカップが三つ載ったトレイを手にしながら、器用に中に入って来た。

「お話し中失礼します。俺は先生の助手の和沢《かずさわ》瑚《こ》大《た》朗《ろう》と言います。こちら、どうぞ」

僕と古陶里と、向かい合う先生を隔てる小さなテーブルの上にひとつずつカップが置かれていく。煩雑《はんざつ》に本が積み上げられたテーブルの上では非常に危うい、と思ったら、瑚大朗さんは手早くそれをどけてくれた。

「先生お勧めの紅茶にしました、苦手でしたら別のものを用意するので言ってください」

「あ、いえ……」

「いい匂《にお》いだ」

恐縮する僕と、早速カップを手にする古陶里。瑚大朗さんはそれにほっとした表情になって、小さく、僕らに一礼した。

「すみません、先生が事件について思い出させるような失礼なことを言ってしまって」

どうやら僕らの会話は奥の部屋にも筒抜けだったらしい。本当に申し訳なさそうな顔でそう言うと、一呼吸おいて、瑚大朗さんが真摯《しんし》な眼差《まなざ》しを僕らに向けた。

「だけど先生が今仰《おっしゃ》った通り、呪殺島の一族を調べて呪詛の内容を知ることは、民俗学の観点から新たな日本の歴史を繙《ひもと》くことでもあり……同時に手紙に書かれた新たな犠牲者を救う方法を見つける手段でもあるんだ。そもそも呪殺島に流された一族はそれほど多くない。おまけに隠匿され、日本各地にある島のどこが呪殺島なのか、どの一族が島に封じられているのかの情報がほとんどなくて」

「古来より〝蠱毒《こどく》〟の呪術を執り行ってきた一族の流刑地、赤江島。事前の準備は出来てたけど、結局一度も足を踏み入れることなく終わってしまった島……だからこそ、できれば次の千駒島では何らかの情報を得たい、という気持ちが先走っていたかもしれないね。瑚大朗の言う通り、これでは確かに真白くんが不快に思っても仕方ない。ごめんね」

「はあ……や、まあ、悪意があったわけじゃないのは分かりました。でも」

「おおお、ご理解いただけてうれしいよ！　じゃあ手紙の差出人のＳＯＳを目にした者として、君たちも千駒島に向かうという事で……まずはこれを見てもらおうか！」

　え？　いや、まだ承諾してないんですけど、という僕の表情をあえてスルーし、世志月先生が、背後の本の山の中から素早く薄い冊子のようなものを取り出す。それは折りたたまれた大きな日本地図で、片手を器用に閃《ひらめ》かせてそれを開くと、先生はビシィ！　と音を立てそうな勢いである一点を指し示した。

　それは広島と四国の間、瀬戸内海の小さな点。ぽつぽつと島が並ぶその一か所をぐにぐに指先で押しながら、先生は瞳を輝かせて言う。

「ここが第二の呪殺島『千駒島』だよ。暮らしやすい気候と自然豊かで子育てに適した環境であることを売りにしていて、近年では少しずつ住人の数を増やし始めている……そして、この手紙の差出人の話を信じるのであれば、謎の秘儀を行い死者を出している呪われた島だ」

「だけど、住民ぐるみで人の死を隠匿するような島なんですよね？　そんなところで……」

「もちろん手紙の内容を鵜呑《うの》みにして、代々伝わる秘儀を『打ち壊す』なんてことは無理だろうけどね？　それでも島の歴史を繙き、その裏で何が行われているのかを探り、誰かを助けることくらいは出来るかもしれない。……というわけで、いざ共にゆかん、第二の呪殺島『千駒島』へ！」

3

「…………くん？　真白くん、おーい、どうした？」

ぱたぱたぱた、と目の前で何かが揺れて、僕はようやくはっと我に返った。

いつの間にか船は港に停泊していた。そう、やたらと長い白昼夢……というより走馬灯のような回想に浸っていたのだけれど、僕は今、島に向かう小さなフェリーに乗船していたのだった。

「すみません……て、あれ？　いつの間に島に」

「ついさっきだよ。真白くんはあれだね、割と意識が飛ぶタイプなんだね？」

面白そうに言ったのは、大きな丸眼鏡の縁を押し上げながらにまにましている世志月先生だ。足元に、はたして何が入っているのか、ぱんぱんに中身の詰まったデカい鞄《かばん》を三つほど置いた彼女は、僕の目の前でひらひらさせていた片手を下ろすと、背後に立つ古陶里と瑚大朗さんを振り返り、

「とりあえず、荷物持ってきちゃった方が良いんじゃないかな。我々はもう準備万端だよ」

「ですよね！　すぐ鞄取ってきます！」

慌《あわ》てて船室に走ると、僕は数日分の着替えや日用品を詰めたリュックを肩から下げた。

乗客は僕ら四人しかいないので、当然ながら船の中はしんと静まり返っている。

それにしても、『真白』かぁ。

寒々としたデッキに引き返しながら、僕は内心溜め息をつく。

実は最初に研究室にお邪魔した日に自己紹介までして「真白じゃないです」って訂正したんだけど、どうやら先生の中では完璧《かんぺき》になかったことにされているらしい。それともあれか、一度覚えちゃうと修正が難しいってやつ？

まあ、赤江島事件について世間が騒いでいた時なんかは、僕と古陶里の名前が中途半端《はんぱ》に伏せられてたせいで変に真白と間違われることも多かったんだよな……なんて、僕がすっかり諦《あきら》めてるもんだから、最初でこそ突っ込んでくれていた古陶里も瑚大朗さんも、今ではすっかり僕を真白呼ばわりしている。瑚大朗さんはともかくとして、古陶里は完全に面白がってるだけなんだけど。

とりあえず、僕は先に港に降りていた三人を追いかけるようにしてタラップを踏んだ。凪《な》いだ海はそれほど揺れを感じさせなかったけど、身体のどこかに、やっぱりふわふわ漂うような感覚が残っていたんだろう。コンクリートの地面が足の裏にどっしり固く感じられて、途端に、びっくりするくらい急激に「来たんだ」という実感がわいてきた。

そう。僕は、とうとう来てしまったのだ。秘儀によって人の命が奪われる島。何より……少し前まではあれほど忌避し、思い出すのも辛《つら》かったはずの呪殺島、その、同じ系譜を持つ呪われた島に。

「いやあ、雰囲気のある島だよねぇ。いかにも、って感じで」

僕と同じように島を見上げていた世志月先生が、白い息を吐きながら、うっとりしたような声で言う。

「資料で見るのと実物とじゃ、やっぱり大違いだ。百聞は一見にしかず……現地にいてこそわかる空気というものがあるとはこのことだ。んふふ」

……うわあ。めっちゃ笑ってるよ、この人。

背後で荷物を降ろした瑚大朗さんが「先生、ヨダレが出てますよ」とハンカチを差し出す中、いつの間にか隣に来ていた古陶里も、無表情のまま目の前に広がる景色を見上げている。

遠望から既に排他的な空気を醸《かも》し出していた島は、上陸した今も相変わらずどんよりとした、僕らを拒絶するようなまがまがしいものを発していた。漁船らしきもの、或《ある》いは小さな観光船のようなものが幾艘《いくそう》か並んで停泊する入江の周りには、がらんと人気のない民家がぽつぽつと並んでいて、その隙間《すきま》や背後からすぐにうねるような上り坂が始まる。そして、そのいずれもが島の大半を覆《おお》う森の斜面へと続いていた。

海と、森。未《ま》だ昼だというのに、湿った港のあちこちにできた陰影と、常緑樹の薄暗い森へと続く坂道の作る死角とが、辺り全体に明けない夜のような重苦しさを匂わせている。水辺だからしんしんとした寒さが伝わってくるのはともかくとして、雰囲気だけで滅入《めい》ってしまいそうなこの空気、薄々予想はしていたものの、やっぱり相当しんどい。

人の命を奪うような儀式が行われ、このたび、新たに誰かが殺されると手紙に記されていた島。それがどこまで真実かは分からないけれど、ここに来て感じるのは、いかにも、という雰囲気だ。こんなところで本当に、僕らは事件を食い止められるのだろうか……？

……千駒島の領主は神道系の巫女一族でもある「千駒《せんこま》」家。島の名前と同じ字だけど、島が「ちこま」でこちらは「せんこま」と読むそうで、呪力を持つ巫女を多く輩出したこの一族は、島に流された後も巫女の血統を守り続け、例の「隠匿された秘儀」を執り行い続けているという。つまり研究室で先生が話していた祭祀《さいし》……「鎮魂帰神の儀礼」という、いわゆる霊媒（巫女）が自分の身体に霊を降ろすやつだ。

　手紙の差出人は、恐らくその祭祀に関わる人間ではないかと思われるんだけど、先生の話によると、祀りは島ぐるみで行われているものだそうだから、相手が名乗り出てくれない限りは、僕らはゼロから島を調べなければいけない。

　寒さにぶるりと震えつつ、息が詰まるような気分で山の表面をなぞるように見上げた時、ふと、その頂上近くにチラリと朱色の何かが覗《のぞ》いた気がした。

　それまで、全体的に色のない、というかどす黒い印象があった島の中で、それは唯一《ゆいいつ》と言って良いほど鮮やかな色彩で。どうやら古陶里や先生たちもそれに気付いたのか、僕らがそろってその朱色に目を奪われていた時、

「ああ、これはみなさん、ようこそいらっしゃいました」

　立ち尽くす僕らに、場違いなくらい明るい声がかかった。

　びっくりして振り返ると、五十代くらいだろうか、そこにはさほど背の高くない僕からしても、まだ小さく感じるくらいの背丈のおじさんがいた。頭髪が薄くてふくよかで、道端の優しい顔したお地蔵様……或いは七福神の恵比寿《えびす》様を連想させる人だ。

「どうもはじめまして。私、この島の管理を任されております、山長《やまおさ》と申します。世志月伊読先生ご一行様ですな？」

　ニコニコと。僕らを見渡して言った彼……山長さんは、人の良い笑顔で一礼した。

「どうも、東京からの長旅お疲れ様でしたな。それで、世志月先生は」

「ああ、貴方《あなた》が山長さん！　このたびは年末年始のお忙しい時期に訪問の許可を頂きまして、有難うございました」

　一瞬だけ。やたらと愛想の良い笑顔が僕に向いてドキッとした時、山長さんのさまよう視線を強引にかっさらうように、先生が足元に並んだ自分の荷物をひょいっと飛び越え手袋を外して両手を差し出した。

「まずは自己紹介を。私が世志月伊読です。で、彼が私の助手の瑚大朗くん」

「はじめまして、和沢瑚大朗です」

「で、こちらがうちの大学の二年の三嶋古陶里さんと、秋津真白くん。二人は、今回の私のフィールドワークの一環として同行することになりました」

　だから、真白じゃないんだって！

と咄嗟《とっさ》に反論しそうになった瞬間、山長さんのぶしつけな視線が再び僕に向かった。ああ、これ、絶対に気付いてる。僕と古陶里が「赤江島連続殺人事件」の関係者だって。

「学生さんが同行されるとは伺っとりましたが、なるほど。秋津真白さんと三嶋古陶里さん」

「いや、僕らは」

「それにしても、本当に助かりましたよ！」

慌てて訂正しようとしたのに、それより先に世志月先生が大げさに声を上げて握手に応じた山長さんの両手をぶんぶん上下に振った。

「山長さんが仲介に入ってくださったおかげで許可が下りたと伺っています。何とお礼を言えば良いのかいやもうほんとに」

……島に来る前に聞いた話によると。

先生が島の関係者と連絡を取った際、窓口になってくれたのがこの山長さんだったらしい。肝心の領主一族である千駒家は普段から「社家」として表に出ることがなく、その生活も浮世離れした、神にその身を捧《ささ》げたものであるため、外部との連絡役は山長さんが担当しているらしい。過疎化が進むこの島を観光地として甦らせたのもこの人なんだとか。

聞けば、単なる「まとめ役」ってだけじゃなく、島の信仰に関わる仕事もしているそうなんだけど……なんて考えている間にも、山長さんは感謝しきりの先生に向かってにっこり笑い、

「いやいや、私も決して学のある方じゃありませんが、なにぶん歴史のある島に住んどる

もんで、世志月先生の論文については何度か拝見したことがありましてな。民俗学の観点から島に伝わる風習と祀りについて知りたい……というお話も聞いとりましたんで」

言いながら、世志月先生に合わせて話す山長さんの笑みが、にこにこにこ、と深くなるにつれて。僕は何となく、奇妙な居心地の悪さを感じてしまった。

なんだろう。この、島から漂う排他的な空気と、山長さんの歓迎ムードとがあまりにも不釣り合いすぎて……何だか妙に……。

「真白」

その時、不意にダウンの袖《そで》を引っ張られて、視線を伏せていた僕はびっくりして横を見る。

「え、古陶里？」

「忘れているようだが。私がいる」

その力強い言葉に、僕は束《つか》の間《ま》ぽかんとする。あんまりにも唐突なセリフは、けれど、冗談を言っているふうでもなくて。

もしかしなくてもこれは、心配されてるのかな？

「……何だ。何をニヤついている」

「いや、何でもない。っていうか、忘れてないよ。もちろん」

「それでは皆さん、立ち話も何ですから、当家にご案内します。ああ、お荷物ひとつお持ちしますよ、それにしても随分と多いですなあ」

古陶里の言葉に思わず頬が緩《ゆる》むのとほとんど同時に、山長さんがそう言ってようやく移動を始める。もちろん、僕らは大人しくその後に続いた。

4

山長さんの案内のもと、漁村の港通りを抜けて進むと、そこに一台のワゴン車が停まっていた。僕と古陶里はともかくとして、先生は荷物が多いし（持ってるの瑚大朗さんだけど）、さすがに歩きはキツいから助かったな、なんて思いつつドアを開けると、車内はほんのり暖かく、さっきから寒さで強張《こわば》っていた頬が緩むようなほっとした気分になる。

「屋敷まではこれで移動します。島の人間は歩いて行き来しますが、なにしろうちは山頂近くにあるもんですから」

荷物を積み終え、手伝ってくれていた山長さんが上着のポケットから出した小さなハンカチで額の汗を拭《ふ》く。何となく助手席は空けたまま、促された皆が後部座席に乗り込むと、山長さんはふうふう言いながらドアを開け、運転席に座った。

「あの、山長さんの家に行くんですか？　旅館じゃなくて？」

「……今の時期、島の旅館はみんな閉まっとりますよ。祀りを明日に控えとるもんで」

厳かな口調で言われて気付く。そうか、すんなり入れたもんだから忘れてたけど、年末年始の千駒島には観光客なんていないんだ。特別な「祀り」の間は、外との交流を一切絶つんだから。

だとしたら、需要のない旅館が営業してるはずがないんだよね、確かに。

「まあ、旅館を借りられんわけでもないんだが、なにぶん、祀《まつ》りの準備もありますしな」

山長さんがヒーターを強くして、ようやく車が走り出す。それに合わせて、山長さんは話を続けた。

「しかしまあ、うちは千駒神社からも近いですし、世志月先生の調査にも便利だとは思いますよ。旅館じゃなかなか島の歴史が分かる場所にまで行き来できませんもんで」

「千駒家、って、この島の領主一族の名前ですよね」

一応、確認の意味も込めてそう尋ねると、先生がこくこく頷き、

「その通り。千駒家は強力な呪力を持つ巫女の一族として島民から崇められている、現代の現人神《あらひとがみ》のような存在でね。そもそもこの島は神道信仰の島と言われていて、千駒家もまた社家の流れを継ぐ巫女の一族なのだとか……ああ、そういえば山長さん、この島で行われる祀りは古神道に由来する『鎮魂帰神の儀礼』ではないかと推察しますが、つまり千駒家も『魂よばい』を執り行う一族、という認識で間違いないんでしょうかね」

魂よばい。巫女の体に神や死者の魂を降ろす、いわばイタコのような儀式。

先生の研究室で聞いた話を思い出しながら「うんうん」と僕が頷いていると、ハンドルを握りながら、山長さんが「さすがにお詳しい」と頷いた。

「千駒島には古くからの、それこそ神話時代にまで遡るほどの太古の昔より敬われる土着

の神がおられますが、そのご神体を祀った社を守っておられるのが千駒家です。一族の中から選ばれた千駒の巫女はこの神から力を授かり、死者の魂をその身に招き入れる……祀りとは、先ほど先生も仰った鎮魂帰神の儀礼、つまりは〝魂よばい〟の儀式なわけです」

「千駒島の巫女は、神様の言葉を島の人たちに伝える存在なんですね」

　死者の霊を降ろすイタコというよりは、と思いながら僕が言うと、山長さんはミラー越しにもわかるほど丸い顔をくしゃくしゃにして笑い、

「魂よばいの魂とは、荒魂《あらみたま》、和魂《にぎみたま》を意味する言葉でしてな。まあ、この辺りは先生の方がお詳しいと思いますが、つまりは真白さんの仰る通り、巫女はその身に神を宿して人ならざる者となる……島人に言祝《ことほぎ》を与える存在になるんです」

「成程。故《ゆえ》に巫女は常に俗世から離れた環境で暮らさなければならず、島が観光地化している今なお、外部の人間と接触しないように隔離しているというわけか」

　それまで大人しく話を聞いていた古陶里の言葉に、僕は、だからか、と頷いた。

　今回お世話になるのが、領主である千駒家（神社）ではなく山長さんの家っていう理由。調査を認めてはくれても、俗世の人間を巫女に近づける訳にはいかないんだろうな。

　けど、そんな僕らの様子に山長さんは「いやいや」と首を振り、

「そんな大層な話じゃないんですよ。なにぶん千駒家は少々特殊でしてな、今は千駒神社にある社務所に繋がった家で、現当主の巫女と手伝いの人間くらいしか住んどりませんし、よそからの客人の対応が難しいんですな」

「え……と、巫女しかいないんですか、千駒家には。他のご家族の方とか」

「おりません。今の千駒家の血筋は巫女ただ一人、あの方のご両親は既に亡くなっとります。ああ、確かに早死にだが、別に呪《のろ》いだの何だのとは違いますよ。そもそも島の人間は普通に千駒神社にお参りに来とりますし、巫女とも会うとります」

「え、そうなんですか？」

「そりゃそうでしょう。神社は信仰の場、出入りを禁じたら何の意味もない。しかし誤解を受けとることも承知しとります。そもそも今回、先生の調査申請を受けた理由も実はその辺りにありましてな……この島は確かに一部の学者先生から『呪殺島』なんて呼ばれとりますし、実際に今、先生が仰《おつしや》った通り〝呪術者の島流し先だった〟という史実も、まぁ、あることにはあります。しかしですな、実際には、この島はそんな恐ろしい場所ではないっちゅうことをご承知いただきたくて」

がたん。と、舗装されていない山道を走る車が大きく揺れる。

「そもそも呪殺島なんて言葉は先生のような変わった……あ、や、失礼。なんというかその、ごく限られた方々の間で伝わる名称でしてね。うちとしても、さほどの影響はなかったんですよ。それがまぁ、今年の夏の事件のせいでね」

夏の事件。それだけで何を意味しているのか理解できた。

もちろん、僕らが関わった赤江島連続殺人事件……あれのことを言っているのだ。

「テレビやら雑誌やらが、えらいこと騒ぎ立てとったでしょう。あれでどこから嗅《か》ぎつけたのか、マスコミ関係者が来るようになりまして、その後はもう、肝試しだの何だのと、興味本位で千駒島を訪れる観光客がひっきりなしですわ。さすがに今は人を入れんようにしとりますから、ようやく静かになりましたが」

「では、今回の調査でここが『呪殺島ではない』と明らかにするために、我々の訪問を許可して頂いた、と？」

「まあ、そうなりますな。どうもこの時期、外部の人間が参加できない『祀り』をするせいで、妙な推測をされる方もおりますが……そもそもうちが呪殺島なら、観光地になんぞなりはせんでしょう。住人だってそうです、千駒島は過疎化対策で助成金も出しとるから、島外からの移住者も多いし、中には養子縁組で迎えた子供と越してくる者もおるくらいなんです」

「あ、それ先生から聞きました。自然豊かな島なら、確かに子育てに良い環境ですよね」

　話題が変わってホッとして、僕は身を乗り出して言う。自分も養護施設で育ったから、なんだか他人《ひと》ごとではない気がする。

「……まあ、島の人口を増やすにはまず若いもんに来てもらわんことには……子供や若い世帯が移り住んでこそ、この先の人口増加にも繋がるわけですからな」

　しみじみ言う山長さんに、ですが、と先生が空気の読めない明るい声を上げる。

「ただの観光地ではないのも事実でしょう。これまで何度もこの島について調べましたが、島全体が千駒神社を中心に回っているように思える……仮に何かが起きていても、外には漏らさずに隠匿できるような雰囲気が。実はこれまでにも、もう既に……？」

「事件？」

山長さんの表情が変わる。先生のストレートすぎる発言に、僕たちは真っ青になった。

言いたいことは分かる。先生は、僕らがここに来るきっかけになった手紙の事を匂わせているのだ。

『沢山の人が死に、生まれました。幼馴染みが殺され、そのすべてが隠匿された』

あの手紙には確かに、島で殺人が行われたことが示唆《しさ》されていた。だけど、現状ではそれが本当かどうかも分からないし、実際に隠蔽《いんぺい》工作が行われたのだとしたら、山長さんに直接聞くなんて絶対にやっちゃいけないことだ。

冷や汗を流す僕らに、山長さんは「おかしなことを」と薄く笑う。それから肩を竦《すく》めて先生を振り返った。

「それこそ偏見です。呪殺島という名が生んだイメージでしょう、残念ながら千駒島は平和なもので、先生が期待されるような事件なんぞ起きた例《ためし》もありませんし、今後もそうです」

「……ですよね！　失礼しました。そういえば山長家は、神職に関わる者……千駒家の審神者《さにわ》の一族だと聞きましたが」

「さにわ？」

耳慣れない言葉に僕が思わず繰り返すと、世志月先生が「真白くんは知らないかな？」

と補足してくれる。

「審神者とは、その身に神や死者の霊を宿した巫女が、悪霊や間違ったものを降ろしていないか、その言葉が正しいものであるのかどうかを見極める者のことだよ。巫女は神を降ろす為に身を清めるが、それを狙《ねら》う他の魂が間違って入ってしまわないよう、見極めが必要となるわけだ。もともと神道の儀式では、御言伝宣《ミコトモチ》者と呼ばれる巫女と、この審神者、時には巫女をトランス状態に引き入れるための琴を演奏する神主役などが一組となって儀式を行う事になっていてね」

「ははは、さすが先生、先に説明されてしまいましたな。その通り、ですので儀式に関するもの、歴代の巫女の持ち物や書物まで、色々なものを保管しておりますが、先生が想像されるようなものでもないんですよ。代々伝わってきた島の風習のようなもんで……まあ、確かにこの時期の千駒家や千駒のお社への出入りは難しいかも知れませんが、先生にその辺りを調査していただいて、世間の誤解をぜひとも解いていただきたい」

　他にも祀りに興味を持つ人間は沢山いたけれど、だからこそ、今回の役割に先生を選んだのだ……と、山長さんは静かに語った。

「そんなわけでしてな。皆さんは祀りの間を島で過ごす初めてのよそ人として、ゆっくりしていってください。ただし、明日の大晦日《おおみそか》から元旦《がんたん》の二日に分けて行われる祀りは神聖なもの、侵さざるべき部分もありますんで、必ず島にいる間はこちらの指示に従ってくださいよ……でないと、さすがの私にもどうしようもない、なんて事になりかねんですから」

……こわっ！

と僕が震え上がると、途端に山長さんがフォローするように「着きましたよ」と言って前方を指差す。その先に見えたのは、なだらかな畦道《あぜみち》を進んだ先にある大きな、驚くほど大きな日本家屋だった。

5

時代劇にでも出てきそうなお屋敷。というのが、恐らくは僕ら全員に共通した第一印象だったんじゃないだろうか。

それも農家じゃなくて武家屋敷、あるいは豪商のお屋敷って感じの日本家屋。畦道の先にあった、茂みに囲まれた緩い坂道の上にある入り口……と思われた物は、お屋敷の玄関口に見える造りだが、屋根瓦のついた門でしかなく、薄く木戸の開かれたその向こう側には、手入れされた庭園と玄関口に続く飛び石がうっすらと覗いている。本格的な屋敷構えって言うんだろうか。

どちらかというと「古民家」みたいなのをイメージしていた僕は、そのギャップにぎょっとした。おまけにどんよりと曇った空の下で、お屋敷は近寄りがたい雰囲気を醸し出し、その威圧感たるや半端じゃないのだ。なんかもう、うち、客を選びますんで。みたいな高飛車なセリフさえ聞こえてきそうだった。

ここか。まじか。そう思って固まる僕に、山長さんは立派な表札の掛かったその大きな門の前で車を停めた。山長。表札に書かれた立派な書体の文字を確認して、僕は頷く。うん、確かにここだ。……田舎のお屋敷恐るべし。

「ふわあ、これはまた立派なお家ですねぇ」

感嘆、って感じで世志月先生が僕らの気持ちを代弁すると、

「なに、古いうえに使い勝手の悪い屋敷で、広さだけが取り柄です。以前から中だけでもリフォームした方が、なんて言う者もおりますが、なにぶん親戚筋《しんせきすじ》が新しいものを嫌いますもんで、中も外も未《いま》だに昔のまんまで……携帯も繋がらんので不便ですわな」

「えっ、ここ、圏外なんですか!?」

そう言えばここに来てから確認していない。慌ててポケットに入れていたスマホを見ると、確かに「圏外」の文字が表示されていた。

「漁港は大丈夫なんですが、山に入ると電波が悪ぅなるみたいで……若い者なんかはパソコンでネットしてやりとりしとるようです。うちの子も……ああ、ちょうど来ましたわ」

説明していた山長さんが、不意に門の奥を見ながら頷く。何かと思って視線を追うと、ちょうど僕らを待っていたかのようなタイミングで、門前にすらりとした制服姿の青年が現れたところだった。

ぐっと唇を引き結んだ、どことなく武家の跡取りみたいな堅苦しさ、生真面目《きまじめ》さを覗《うかが》わ

せるような子だった。はっきりした顔立ちをしたなかなかのイケメン君で、それこそ和装して帯刀してたら物凄《ものすご》いしっくりくる、正統派の「カッコイイ」系男子ってやつ？

　なんて呑気《のんき》なことを考えて、いや、でもこの家から出てきたってことはまさか、と運転席を顧みると、それに合わせたように山長さんが「倅《せがれ》の飛露喜です」とにこやかに言った。年齢差が気になったけど、聞けば山長さんは現在五十二歳で、老《ふ》け顔だからお爺《じい》ちゃんと孫、みたいに見られることも多いらしい。

「私はこれから車を入れてきますんで、先に中に入っとってください。後は倅が案内します」

　なに、私もすぐに追いつきますよ、と付け足すように言った山長さんは、ドアのロックを解除して全然似てない息子……飛露喜くんに視線だけで合図を送る。すると飛露喜くんは、慣れた様子でワゴン車のドアを外から開けてくれた。

「どうぞこちらに」

　白い息とともに吐き出される、第一印象そのままに礼儀正しい、清廉《せいれん》な声。そのまま彼は、いかにもしっかりした家の子ですって感じのキビキビした動きで、僕らに一礼した。

「初めまして、山長飛露喜です。……千駒島にようこそ」

「どうも初めまして。私は……」

「世志月准教授と、助手の方々ですね。父からお話は伺っています、千駒島の歴史について調査に来られたと」

先生の言葉を遮るように言う飛露喜くん。助手の方々、ってまとめ方に異論はあったものの、凛《りん》とした声に押されて、僕は瑚大朗さんとほとんど同時に頷いた。

先生と古陶里は特にコメントなしだったけど、興味津々《きょうみしんしん》って感じで山長さんのご子息……飛露喜くんをじっと見つめてる。うん、あれだな。まあイケメンだから。女子はそうなるよな。

で、少しの間をおいてハッと我に返った先生が、ぺこりと飛露喜くんに一礼して、

「いやいやどうも、島の神聖なる祀りの時期にお邪魔しちゃって、本当に申し訳ない。民俗学研究者として、こんなに貴重な機会を設けてもらえることに心から感謝します」

運転席にいる山長さんを振り返りながらそう言うと、飛露喜くんは真面目な顔で頷いた。

「父の決めたことですので」

「まあ、先ほどもお話ししましたが、そういうわけです。特に重要なものは社に納められておりますが、それ以外のうちの蔵にあるもんでしたら自由に見て頂いて構いませんし、飛露喜にも失礼のないよう案内しろと申しつけておりますので」

「……僕も出来る限りご協力します」

山長さんの言葉に生真面目に頷く飛露喜くん。陽気な山長さんとは対照的なポーカーフェイスで、正直、最初は「親子で全然似てないじゃん」と思ったはずなのに、すらすらと語る口調や慣れた対応なんかがやっぱり似てる……気がする。旅館の主人みたいな落ち着きっぷりは、実際、観光客の多い土地柄だからってこともあるんだろうけど。

「飛露喜くんて、まだ学生さんだよね。高校生？」

　制服姿だし（寒くないんだろうか）、まあそうだろうなとは思ったんだけど。なんだか感心が過ぎて、車を降りながら思わず聞くと、彼はちょっと驚いたように瞠目《どうもく》し、すぐに表情を消してぽつりと言った。

「高三です」

「え、じゃあ今、受験で大変な時期だよね!?」

　すると飛露喜くんはいいえ、と俯《うつむ》き、

「進学はしません。島には大学がないし、家業を継ぐので」

　あまり触れてほしくなさそうな口ぶりで言ったので、僕は慌てた。この島が「呪殺島」で、飛露喜くんがその住人だってこと……つまりは特殊な環境にあるんだってことを、うっかり失念していたのだ。

「そ、そっか……僕らとそんな歳《とし》も変わんないのに、ちゃんとしてるんだねぇ」

　フォローのつもりで言ったものの、案外本音がにじんだ僕のその言葉に、隣にいた古陶里が「確かに、真白よりよほど大人だ」と突っ込んできた。どうやら僕の作った気まずい空気を消す手伝いをしてくれたみたいなんだけど、何か腹立つぞ！

　ひとまず僕らは簡単に自己紹介を済ませると、飛露喜くんにも手伝ってもらいつつ車から荷物を降ろし、ではでは、とにこやかに車で走り去る山長さんを見送った。ちなみに飛露喜くん、僕らの荷物はともかく相当重いはずの世志月先生の鞄まで軽々ふたつ担《かつ》ぎあげたのでビックリして聞くと、運動部で鍛えてますから、とのこと。

「え、部活してるの⁉　そんな余裕……って、ああ、ごめん、ぶしつけに」

　意外そうに声を上げた瑚大朗さんが慌てて謝ったけど、これはもちろん言外に「島の祭祀で重要な役割を担《にな》う家の子なのに？」って意味が含まれている。唯一の跡取りであり、進学もしない飛露喜くんが、まさか運動部に入って青春してるなんて思わなかったんだろう。

　それでも飛露喜くんは気を悪くした様子もなくチラリと僕らを見て、

「僕が所属しているのは弓道部ですが、あれは精神統一の修行にも役立つからと、父にはむしろ応援してもらっています」

「弓道部！　へえ、奇遇だなぁ。俺も学生時代は弓道部だったんだよ。割とハードだけど、家の勉強と並行して続けるのは大変じゃない？」

　瑚大朗さんが思案顔で言うと、飛露喜くんは肩をすくめて、

「もちろん、祭儀の審神者として覚えるべきこともきちんと習得していますよ」

　きっぱり言った。隙のない態度だった。

　ひとまず車から降ろした荷物（ほぼ世志月先生の鞄だけど）は瑚大朗さんと飛露喜くん、僕の三人で分担することにして、移動開始。

　山長家の門をくぐって前庭を進み、飛露喜くんが荷物を持ったまま片手で引戸を開けると、途端に「日本昔ばなし」で見たような高い天井の玄関が現れた。

「ふわあ、すご……」

見上げると、入り組んだ梁《はり》がそのまま見える。長い玄関の先には裏口のような戸口がひとつ、中には左手の敷居から上がる形になっているらしい。

「迫力あるね、天井、吹き抜けかぁ」

「凄くはないですよ。ただ古いだけで。冬は寒くて不便だし、長く暮らせばうんざりします」

荷物を一旦どすんと敷居に置いた飛露喜くんが、感情の起伏のない声で言う。

確かに、屋内にいるのに吐く息がまだ白い。とはいえ突き放すように言うもんだから、ちょっとだけびっくりした。

でも確かに、生まれた時からずっとここで暮らしてるってなると、その通りなのかも。この令和の世、どこにでも一軒はあるコンビニだって見当たらないんだもんなぁ。

「若水《わかみず》さん、若水さん」

やがて屋内をもの珍しそうに見渡す僕らをしり目に飛露喜くんが誰かを呼ぶと、それに呼応して奥からエプロンをつけた中年の女性と、まだ若い女の子が現れた。

「あら、申し訳ありません、お客様がいらしたんですね」

「紹介します。うちで働いてる若水さんと、その娘さんの渚《なぎさ》さん。皆さんがうちに逗留《とうりゅう》される間はこの二人がお世話をします」

「若水千恵《ちえ》です。山長家に住み込みで働かせていただいておりますので、何かありましたらお呼び下さい。いつでも構いませんので」

「渚です。私も学校が終わったら母の手伝いをしているので、もし誰もいない時は仰っていただけたら、ご用を承ります」

　どこか懐《なつ》かしい、優しそうな笑顔で若水さんが言うと、娘さんも丁寧にぺこんと頭を下げる。紺のセーラー服に三つ編みのお下げ髪……聞けばまだ十四歳、中学生だという。ほっそりした顔立ちのお母さんとは対照的な丸顔の、古き良き時代の女子学生みたいな子だ。

「お荷物、奥にお運びします」

「いや、まだ他の準備があるだろうし、これは僕が。父さんが戻ったら蔵に行くから、一時間ほどしたら鍵《かぎ》を持ってきてくれないかな」

「わかりました。昼食、腕によりをかけてご用意しますね」

「……では、こちらへ。皆さんに宿泊いただく客間はこの奥です」

　促され、靴を脱いで広敷に上がると、足の裏がひやりとする。思わずぶるりとしてから、僕らは若水さん達に会釈《えしゃく》して、大きな畳の間を横切った。そのまま廊下に出ると一休さんが雑巾掛《ぞうきんが》けでもしていそうな、渋い焦《こ》げ茶がつやつや光る木造の廊下に出る。その先には手入れされた植木や庭石が設置された、いわゆるザ・日本庭園、みたいな場所があり、その角を曲がると、途端に僕らは光の入らない薄暗い廊下へと導かれた。

　左右どちらにも襖《ふすま》が並び、そのいくつかは開け放たれていたものの、明かりひとつついていない。覗き込むと暗がりの中にぼんやり浮かぶ座敷が不気味で、僕はなるべく先導する飛露喜くんや先生たちの背中だけを追いかけた。

……それにしても、何て広いお屋敷なんだろう。

ひたひたと足の裏から伝わる冷たさに身震いしながら、改めて思う。

ただでさえ薄暗い廊下を、更に何度か角を曲がって進んでるから感覚がおかしくなってる気もするけど、ギシ、と不気味にきしむ廊下を黙々と歩き続けていくうちに、暗がりの奥に吸い込まれていくような錯覚が生まれていた。

まるで蛇のお腹《なか》の中に自ら入っていくみたいな……そんな、染《し》み入るように広がっていく静かに迫る恐怖。それはこの島で人が死ぬという、あの手紙の予言のせいだろうか……。

「ここです」

やがて、飛露喜くんがようやく足を止めて僕らを振り返る。ただでさえ弱い冬の陽光すら遮られ、もはや夜かと思うくらいの暗がりの中をぼんやり歩いていた僕は、咄嗟《とっさ》に驚いて「うわっ」とつんのめりそうになったものの何とかこらえた。

「こちらが皆さんのお部屋です。ちなみに僕の部屋はこの廊下を挟んで斜め前にありますので、何かあれば直接来てくださって構いません」

「あ、はい、どうも」

へどもどして変な声が出た。古陶里が呆《あき》れた目で見てくる中、途端にふっと噴き出す声が聞こえて、その気配に気づいた飛露喜くんが険しい表情で廊下の更なる奥を睨《にら》みつける。

「……こら。また勝手に入って来たな、お前達」

叱責《しっせき》にも似た声と共に、暗がりの廊下の角から、今度はひょっこり三人の人影が現れた。

それは飛露喜くんと同年代くらいの男女。一人は長身の男子で、飛露喜くんとは真逆の、制服は絶対着崩すタイプの茶髪男子だ。恐らく肩くらいまでの髪を首の付け根でまとめている。ピアスつけてる、と思ってよくよく見ると、緩い表情で笑う唇の縁にもピアスが光っていた。離島の片隅にいるとは思えない、今時のチャライケメンっていうの？

続いて、その隣でちょこんと首をかしげている可愛《かわい》らしい顔立ちの女子。ふわふわ綿菓子みたいに盛った髪をツインテールにして、メイクもバッチリ、明らかに長さをいじった制服のスカートからのぞく足には、ビビるくらい派手な色彩のタトゥーがある。ペーパー刺青《タトゥー》かな？

　そして最後が、最初の二人とはまったく雰囲気の違う、ショートカットに眼鏡の女の子。いかにも「校則に厳しい学級委員長」って感じの、顔立ちの整った大人びた少女だ。

「……今日はうちに出入りしないように言ったはずだぞ。大体、明日のお役目の準備はできたのか？　冬樹《ふゆき》と綾花《あやか》はともかくとして、竹葉《たけは》まで」

「私は無理やり連れて来られたのよ、一緒にしないで」

　ぴしゃりと言ったのはクール系美少女。声も大人びてて、眼鏡の奥の瞳《ひとみ》は心底迷惑そうに細められている。

「えー、竹葉つっめたーい！　だって東京からお客様が来てるって言うからぁ、綾花、いっぱいお話ししたいって思って〜」

「そうそう、クソ寒いこんな時期にわざわざ島に来てくれる変人……いやいや、お客様なんだからさ。ここはやっぱ仲良くしときたいじゃん？」

な？　とウインクしてくるチャライケメン。いや、年下の野郎にされても嬉《うれ》しくないぞ。

「大体だなぁ、俺らはわざわざお前を呼びに来てやったんだからな」

「え？」

「分かるでしょう？　美寿々さまが貴方を呼んでるのよ」

クール系美少女の言葉に、ふっと、場の空気が変わった。

「早く行った方が良いよ～。飛露喜の大事な大事な美寿々さまだもんね」

「……美寿々さまは誰にとっても大切な方だ。それを、そんな失礼な言い方で」

叱《しか》るように言いながらも、ちらっと僕らを見てる辺り、どうやら困っているらしい。

別に優遇されたいわけじゃないけど、客の案内してる途中でも呼び出しされたら行かなきゃいけない相手なのか、美寿々さまってのは。

「飛露喜くん、我々なら構わないよ。部屋にも案内してもらったし、どのみち荷物を片付けなきゃいけないしね」

「山長さんが戻ってきたら伝えておくから、行っておいで」

迷う飛露喜くんを見かねたのか、先生が口火を切り、瑚大朗さんも続けて言う。その言葉に飛露喜くんは僕らと新たに現れた三人に視線を行き来させていたけど、

「……申し訳ありません。用事が済んだらすぐに戻ります。それまでは」

「綾花が接待するからだいじょぶだよ！　飛露喜はゆっくりしてきていいからね」

「安心しろ。お前が困るようなマネはしねぇから」

束の間。飛露喜くんが怖いくらい険しい目で、はしゃぐ原宿カップルみたいな二人を睨みつけたものの。

「あんまりはしゃぐなよ。竹葉、後は任せた」

黙って腕組みして立つクール美少女にだけそう告げると、では、と慌ただしく屋敷の奥へと消えて行った。

冷静沈着なイメージにそぐわぬ慌てっぷりだ。美寿々さまってそんなに偉い人なのか？

そう思って僕らが首を傾《かし》げていると、すぐに気付いたのか、原宿系女子が屈託なく笑いながら、まるで美味《おい》しいタピオカの店を紹介するみたいに言った。

「あ、美寿々さまっていうのは千駒島《ちこまじま》の巫女、島の領主でもある千駒美寿々《せんこまみすず》さまのことだよ」

6

日本家屋というのは、思った以上に冷えるらしい。

玄関からはかなり離れてるはずなんだけど、そばに日本庭園を望む回廊があって、外とは壁できっちり区切られたマンションの個室とは違う。畳の目の隙間から、しんしんと冷気がたちのぼってくるような寒々しさだ。

……飛露喜くんが急ぎ足で去った後、案内された座敷に入った僕らは、荷物を置いてようやく落ち着いたところだ。準備してもらった場所は六畳ほどの広い座敷と、襖を挟んで同じ広さの洋室がもうひとつ並んでいる部屋で、二部屋に分かれているのは男女分かれて過ごせるようにって配慮だろう。

　周りには高そうな花瓶や硝子《ガラス》の入れ物などの調度品が並ぶ木製の箪笥《たんす》が配置されていて、その真ん中に、高そうなつやつや光る木製の長机がひとつと、人数分の背もたれ付きの座《ざ》椅子《いす》が並んでいる。そこに改めて落ち着くと、端っこで静観している僕と古陶里、瑚大朗さんに代わって、先生が「じゃあまずは」と挙手して言った。

「えーと、竹葉ちゃんと冬樹くんと綾花ちゃんだったかな。君たちは……」

「飛露喜の友達、ってか幼馴染み？　だよお☆　って言ってもここ、小学校も中学校も高校もいっこずつしかないから、エスカレーター式みたいな感じでみんな幼馴染みなんだけどねっ」

　先生の問いに、テヘ☆みたいな感じで原宿系女子が答えてくれた。ちなみに彼女は稲波《いななみ》綾花ちゃん。十七歳。

「もう聞いてると思うけど、この島、子供の数が少なくてさ。移住してくる若い世帯の家族のおかげでようやく学校が存続してるって感じなんだよ。それもあって島の人間は皆、島の高校に進学するんだよな。さすがに大学はないから進学を希望するヤツはここを出ることになるんだけど、まあ、あんまそーゆーやつもいねぇし」

その隣でだらしなく畳の上で片膝《かたひざ》立てて座ってるチャライケメンくんが、能鷹《のうたか》冬樹くん。

こちらも同じく十七歳。

「……いない、と言ってももちろん例外もあるんです。ただ、定期的に移住者がいる割に、出て行く人は少ないですね。島の方でも、過疎化を防ぐために色々と対策を練ってますから」

冬樹くんの言葉を訂正するように言ったのは、三人の中で一番しっかりした印象の篠峯《しのみね》竹葉ちゃん。こちらも十七歳の女子高生だ。

どうやら島には移住・養子縁組した子も含めて三十人くらいの子供しかいないらしく、更に高校生ともなると、学年問わずで五人のみ、なのだそうで、彼らは過疎化の進んだ島の中では貴重な「若者」なのだという。

「でもね。綾花ほんとは高校卒業したらすぐに島を出たいの。ここって学校行くわけでもないのに年末年始でも学生はきちんと制服姿でいなきゃいけないし、ありえなくない？　スマホも使えないし！」

鮮やかな色遣い満載のタトゥー入りの足（これ、タトゥーストッキングっていう原宿アイテムらしい）を見せつつ体操座りして、綾花ちゃんが言う。なるほど、道理で飛露喜くんも皆も冬休みだっていうのに制服姿なわけだ。

「だからね、綾花、信じられないの。東京に住んでるのにわざわざこぉんな寂れた離島なんかに来ちゃうなんて。しかも年末年始だよ？　都会の方が絶対楽しーのにぃ」

「確かに島じゃ祀《まつ》りのせいで外出禁止・パーティ禁止の地味ぃな年越ししかできねーもんな。制服着用ルールはマジでありえねぇって」

「……島の人間だけの特別な祭祀《さいし》のある年越しの方が、よほど貴重じゃないかなぁ」

先生が言って、眼鏡をキラリと光らせた。

「ちなみにその祭祀なんだけど、これまで何か事件があったりしなかったかな？」

「事件？」

山長さんの時に続いてあまりにも直球すぎる先生の質問。ぎょっとする僕らの前で、綾花ちゃんたちがはっと息を吞み、それから探るような目で先生を見た。

「何の話？　事件って」

「事故が起きて人が亡くなったとか、何かおかしなことがあったんじゃないかなと」

「……なにそれ。民俗学の先生って何でもオカルトにすんの？　確かにここは変わった島だけど、事件なんか起きねーよ」

吐き捨てるように言ったのは冬樹くんだ。だけど竹葉ちゃんと綾花ちゃんは能面を貼《は》り付けたような顔で口をつぐんでいる。

「それより竹葉、せっかく東京から先生が来てんだから、何か質問すれば？　お前こういうの興味あるんだろ、喜んでたじゃん」

「え、そうなの？」

きょとんとした顔で言う先生。すると竹葉ちゃんが、ほっとしたように顔を上げた。

「いえ……あの、大学で教鞭《きょうべん》をとってらっしゃる方だと聞いて……」

「民俗学に興味あるの？　いいよいいよ、何でも聞いて。話をするのは楽しいからね！」

「え……じ、じゃあ……年末年始も大学でお仕事をなさってるんですか？」

「お仕事って程じゃないけど、調べ物をしたり研究してると時間や日にちの感覚はなくなるよねぇ」

もしかしたらこの三人の誰かが手紙の差出人かもしれない。多分先生はそれを確かめたくて爆弾発言をしたんだろうけど、うまくはぐらかされてしまった。だけど竹葉ちゃんの態度に嘘《うそ》はないように見えて、だからこそ、気付いた。

この子、東京の大学に進学したいんじゃないのかな。そう言えば先生と向き合う時だけ、表情が明るくなったり目がキラキラしてるような。

だとしたらやっぱり、先生の授業動画を見て興味を持ち、島の秘密を明かしてすべてを解放してほしいと願ったのは……。

恐らく、先生もそう考えたんだろう。探るように竹葉ちゃんを見たけど、彼女の様子におかしな点はない。そして、そんな竹葉ちゃんの姿を、他の幼馴染みの二人は複雑そうな表情で見ている。

「凄いですね、何も気にせずに研究に没頭できるなんて……」

「確かに民俗学に関しての先生の勤勉さは素晴らしいんだけど、それも善し悪《あ》しだよ。先生につき合わされる俺なんかも、結果的にはここ数年ずっと研究室で年越しで、気が付いたら三が日終わってるからね。おかしいよね……」

　すると突然、綾花ちゃんが「ふぅん」と何となく納得してなさそうな顔で言い、それに重ねるように冬樹くんが先生に「じゃあさぁ」と声をかける。

「そんなに研究熱心な先生が、一体ここに何調べに来たわけ？　郷土研究みたいな感じ？　言っとくけどここ、そんなに特別なこと何もねぇよ？」

「いやいや、身近な人間ほど気付かないものでね、君たちが当たり前だと思っている事だって、実は民俗学の見地からすれば、非常に意味があるかもしれないよ？」

「……ところで、美寿々さま、という人物について尋ねたいのだが」

　ひゅっ、と僕の鼻が鳴る。それまでほとんど喋《しゃべ》らなかった古陶里がいきなり口を開いたもんで、変な息の吸い方をしてしまったのだ。

「島の領主一族であり、神社の巫女でもあるという……さっき山長飛露喜が呼ばれて行った姿を見るに、島の人間は絶対服従、という雰囲気だが、どんな人物だ？」

「えー、山長飛露喜って何、面白い呼び方するんだね……えーと、ナニちゃん？」

「三嶋古陶里だ。ちゃんはいらない」

「冬樹、年長者に対してその物言いは失礼よ、謝って」

「そうだよー、この人たち大学生でしょ？　冬樹チャラすぎ！」

　女子に一斉に叱られる冬樹くん。綾花ちゃんの方は、ちょっと茶化すみたいな言い方してたけど、古陶里の質問をはぐらかすことなく「えっとねぇ」と言葉を掬《すく》い上げてくれる。

「美寿々さまはとにかくすごい人。普通の人間じゃない、特別な、神様みたいな人だよ」

「なるほどね、さすがは『巫女島』。島民からは現人神のように敬われている、というのは山長さんからも聞いてるんだけど、それがどれほどのものかっていうのがね」

うむ、と自分で言って考え込む先生。

これまで千駒島だけじゃない、呪殺島と呼ばれる島について色々な方向から情報を集めていたという先生。僕らにもその知識を分けてはくれたけど、民俗学専攻じゃない僕にはほとんどピンとこない話も多いし、神道だの仏教だのって話になるとますます謎《なぞ》だ。

だからこそ僕は、あえて話に口を挟まず、綾花ちゃんたちを見つめていた。秘儀によって人が殺される、というその秘密を共有しているであろう彼らの表情の変化を。

……三人は沈黙し、何故《なぜ》か意味深に顔を見合わせた。そこに何の意味があるのかを探ろうとしていると、すぐに綾花ちゃんがうふふ、と笑って、

「もしかして、先生、ほとんど知ってるんじゃないの？　美寿々さまは千駒家の中でも代々特別な力を持ってて、だから誰も逆らえない人、だよ。飛露喜もね」

「現在の巫女は、確か四十代の女性だそうだね。それは……」

先生が重ねて言いかけると、途端に冬樹くんがプッと吹き出し、

「はぁ？　何だよその情報、古すぎ。もう代替わりしてて、新しく巫女になったのが先代の巫女の姪に当たる美寿々さまだよ」

「そうそう。だって美寿々さま、綾花たちと同い年だもんねっ」

この情報は先生も初耳だったらしい。眼鏡のせいで表情が分からないけど、へえ、と呟《つぶや》いた声にはかすかな驚きがにじんでいた。

「千駒家の人は……特に巫女としての能力を受け継ぐと言われている女性は、さっき先生が言ったように神様みたいに尊敬されてる。特に今の美寿々さまは千駒家唯一の人間、だから俺らと同級生ではあるけど、人目に触れないよう、学校には通わずに教育を受けるんだよ。で、それ以外の時間は社で身を清めながら過ごしてる」

「え……同級生ってことは、つまり、千駒の巫女は現役高校生ってこと？」

瑚大朗さんが確認するように言うと、うん、と綾花ちゃんが力強く頷《うなず》いて、

「学校には通ってないけど、高校生としての教育は受けてるの。だから美寿々さまは、巫女だけど、綾花たちの幼馴染みでもあるんだよねっ。もともと綾花と飛露喜は千駒家の縁戚だから、親同士も繋がりがあって……子供の頃は六人みんなで一緒に遊んだりしてたし。まあ、美寿々さま中心で誰も逆らえないっていうのは今と同じだけどね。飛露喜は特に審神者である山長の息子だから、美寿々さまの言葉は絶対ってわけ」

「とにかく、美寿々さまは特別なんです。先代のミコトモチが七年前に亡《な》くなり、十一の歳で後を継ぐことになった時も、若すぎる巫女を島の皆が案じましたが……今では皆、美寿々さまを尊敬し、崇《あが》めています」

淡々と語る竹葉ちゃん。その横でつまらなそうに眉間《みけん》に皺《しわ》を寄せた冬樹くんが、まーね

え、と肩を竦めて、

「とりあえずあんたらも、郷に入っては郷に従え、ここにいる間は美寿々さまを怒らせないようにするんだな」

「怒らせるとどうなるのかな？　祟《たた》られて死んでしまうとか？」

落ちかけた眼鏡をグイッと押し戻しながら先生が言う。

「島人たちがそこまで巫女姫に畏《おそ》れを抱くのは、何か理由があるはずだよね？　神様や霊魂を自分の身体に降ろすというのは確かに凄いけど、珍しい話じゃない。有難い言葉をいただけたのだとしても、有益な情報なんて今の世の中スマホひとつあれば収集できるんだし……これほどまでに島人たちの信仰を集める理由にはならないんじゃないかな？」

「…………」

先生の言葉に再び沈黙する三人。だけどこれには僕も同感で、その程度のことで一人の女子高校生が「誰も逆らえない」と評される立場になるのはちょっと時代錯誤すぎる気がする。そして、その時代錯誤な島人の反応こそが、人が死ぬ、という不気味な予言を実現させてしまう力を持つんじゃないだろうか。

「……呪殺島に封じられたからには、領主一族は相当な力を持った術者であったはず。その末裔《まつえい》が外部の者を拒絶し、島内だけで行う魂《たま》よばいとは、具体的にどういうものなんだ？」

不意に古陶里が言い、それにようやく竹葉ちゃんが「それは」と口を開く。

「……美寿々さまは死人や神を自分の体に降ろして、その声を聴くことが出来る。亡くなった人ともう一度言葉を交わしたい、困った問題を神様に解決してもらいたい、そうした気持ちに応《こた》えることが出来るんです。それこそが今、島にいる人の大半が望むことだから……」

「ふむ、なるほどねぇ。じゃあ、もう一ついいかな？　巫女と幼馴染みだっていう君たちにだから聞くんだけど、美寿々さまに直接会うことはできるものなのかな」

ぐいっと身を乗り出して言う世志月先生に、幼馴染み三人組が顔を見合わせる。やがて口を開いたのは、竹葉ちゃんで。

「それは無理だと思います。美寿々さまに会えるのは、美寿々さまが会いたいと思った人だけですし、今年は特別な年だから」

「……失礼します」

その時、不意にがらりと廊下側の襖が開いて、さっき挨拶《あいさつ》したばかりの住み込みのお手伝いさん、若水さんが正座したまま僕らに一礼した。

「旦那《だんな》様《さま》が戻っていらっしゃいました。あら、坊ちゃまは」

「飛露喜なら美寿々さまのとこだよ。あー、おじさん戻ったんなら綾花もう帰ろっかな」

「じゃあ、私も」

「だな。この時期の客なんて珍しいから見に来たけど、あんま楽しい話もできそーにないし」

口々に言って立ち上がる三人に、若水さんは困ったような視線を向けながらも、僕らに向かって言葉を重ねた。

「別室にお膳《ぜん》の用意がございますので、先にお食事をどうぞ。山長もそちらで待っております」

7

若水さんの案内の下、もときた廊下を進み、山長さんのいる座敷に入ると、そこでは僕らの人数分の膳が用意されていた。山の幸と海の幸、両方が揃《そろ》った旅館のご馳走《ちそう》みたいな皿が並んでいる。

正直、島に来てからのどんよりとした空気、人が死ぬかもしれない、という物騒な雰囲気に負けて食欲なんてなかったはずが、咄嗟に胃がきゅるる……と切ない音を出した。

「これはこれは、皆さん、息子が失礼しました。飛露喜のやつ、案内もそこそこに外に出たそうで」

「いえ、代わりに飛露喜くんのお友達とお喋りできましたし、千駒の巫女に呼び出されたそうですので、仕方ありません。できれば我々もお会いしたかったのですが」

巫女に、と先生が付け足すと、山長さんはしばし真顔になり、すぐに満面の笑みを作って僕らを促した。

「そうですか、息子には後で注意しておきます。ささ、どうぞお席に。ひとまずは腹ごしらえを」

空腹がピークに達していたので、これには異存なく、僕らは素直に思い思いの座についた。ヒーターで座敷の中が温まってるのも有難い。

それにしても、本当に豪華な昼食だった。素人《しろうと》料理とは到底思えないその会席料理は、見た目の予想を裏切らず美味しくて、まさに贅を尽くした、って感じ。

聞けば作り手の若水さんは、ここに住み込みで雇われる以前は京都の料亭で働いていたそうで、タラの白子のポン酢《ず》和《あ》えに焼鯖寿司《やきさばずし》に魚の味噌《みそ》漬《づ》け、お刺身に山菜の天ぷらにお味噌汁に和牛ステーキ、ああもう、何の料理かわかんないものまで含めると軽く十を超える品数がそこには並んでいた。おまけに若水さん、まだ別の料理を運んできてるから、いやいやちょっと食べきれませんって焦《あせ》りそうになる。

でも、そういえば。

「若水さん、これって地産のもので作ってるんですよね」

「はい。何かお嫌いなものでも……」

「あ、いえ！　ただここに来るまでお店らしきものを見なかったので、買い物とか色々と大変じゃないのかなって」

ああ、それでしたら、と山長さんが顔を上げて、

「個人経営の商店がいくつかありますので、島の人間はそこで買い物をしとります。日に

一度の定期便では新聞や雑誌なんかも届いとりますし、まあ、新聞の配達時間は少し遅いかも知れんけども」

「……京都の料亭で働いていたということは、若水氏はそもそもこの島の人間ではないのかな。或いは一度島を離れたものの、再び戻ってきたか」

　不意の古陶里の呟きに、ちょうど別の料理を僕の膳に置こうとしていた若水さんが、ええ、まあ……と呟いて困ったように俯いた。

「島とは縁もゆかりもない身でしたが、娘がまだ小さい頃に主人が亡くなり、その後も色々ありまして……困っていたところを山長さんに拾っていただいたんです。それでこちらに」

「あ……す、すみません、古陶里が失礼なことを」

　ぼそぼそと聞き取りにくい声で答えられて、古陶里より先に、僕の方が青くなる。勿論《もちろん》古陶里も、先生や瑚大朗さんまで気まずそうな顔をする中、重い空気を振り払うように、山長さんがカラカラ笑い出した。

「いやあ、若水さんに来てもらって助かっとるんですよ。うちも早くに家内が亡くなって、飛露喜も難しい年頃でしたしな……たまたま知り合いからこの人の話を聞きまして、お子さん抱えて困る親の気持ちは重々わかりましたし、じゃあ、よかったらうちに来ていただけないかとね」

「山長さんには本当に良くして頂いております。島に招いて頂いて、生き甲斐《がい》を見つけて、こうして無事に生きているのも山長さんのお陰です」

「いやいや、助けてもらっとるのはこちらの方です。九年前に島に来てからずっとうちで働いとるので、もう、身内みたいなもんですな」

ぺこり、と一礼して膳を置いた若水さんが部屋を出ていく。それでようやく、場の空気がほころんだようだった。

「ところで」

……食事が終わり、膳が全《すべ》て片付けられると。

思い思いの姿勢で満腹感に浸る僕らに、山長さんが熱いお茶をすすりながら切り出した。

「うちの蔵を見て頂くつもりでしたが、先に集落の中を案内した方が良いんじゃなかろうかと……明日の大晦日から二日の朝までの祀りの間は外出禁止になりますし、そうなったらフィールドワークもなかなか難しくなるでしょうしな。うちの中でしたらいつでも見られますから、出来れば陽の高いうちに、この辺りを見て回りましょうか」

「そうですね。その方がいざという時に迷子に……なんてこともなさそうです」

「村の人間の案内なしではあまり出歩かんはずですし、まあ、迷子っちゅうことはなさそうですがな」

世志月先生の言葉に、山長さんが念押しするように呟く。そのやりとりを聞きながら、僕はむむと眉間に皺を寄せた。

まずいぞ。外に行くならその前に、ちょっと用を足しておきたい。実はここに案内される前、冷たい廊下を歩いた時からお腹の調子が悪かったんだよね。

「あのぉ……すみません、お手洗いってどこですか？」

　非常に言いにくかったけど、これだけ広い屋敷だ、下手するとそれこそ迷子になるかも知れない。ただでさえ座敷と廊下がいっぱいで入り組んでるし。

　すると山長さんは破顔して、「右の廊下を出て、左に曲がった奥です」と指差しながら教えてくれた。

「それでは三十分後に玄関に集合、ということにしましょう」

「ありがとうございます。じゃあ、行ってきます」

　他の皆が立ち上がる前に、僕は慌《あわ》てて廊下に出た。古陶里がチラッとこちらを見たのには気付いたけど、さすがについてきてもらうほど子供じゃない。

　……座敷と座敷の間に挟まれた廊下に出ると、時間の感覚がなくなるくらい辺りは薄暗かった。相変わらずの静寂と、洞窟《どうくつ》の中のような湿った空気、そして歩みを進めるたびに分厚い靴下を通して伝わる廊下の冷やかさ。

　またしてもお腹がしくしく痛くなってきて、僕は山長さんが言った通りの方向に足を進めた。右の廊下を出て、左の角を曲がった奥。あれ？　右側の廊下を出て左だから、こっちで合ってるよね？

　すぐに辿《たど》り着くと思った手洗いは、だけど、運悪くなかなか見当たらない。これはまずいぞ、何がマズイってお腹の具合が非常に限界でまずい。そう思って焦るものの、角を曲がってもまっすぐ進んでも、辺りは襖の座敷らしき部屋に挟まれた廊下、廊下、廊下。

……あれ？　そもそも僕、どこから来たんだっけ……。

「いやいや、民家の中だぞ？　ベルサイユ宮殿じゃないんだから、まさか、迷子とかそんな」

こうなったら古陶里に笑われても仕方ない、と思いながら今度はスマホを取り出して、

「あ、そっか、圏外」

すぐに山長さんに注意されてたのを思い出した。ここ、電波が悪いんだ。特に山に入ると繋がらなくなる、とか何とか言われてたんだった。

しかし、こんなに簡単に連絡手段て断たれるものなんだな。弱ったぞ。

なんて悩みつつ元来た廊下を戻っているつもりだった僕は、いつの間にか別の廊下に入ってしまっていたらしい。頭の中で描いた屋内図に沿って角を曲がった途端、何故かふわぁっと明るい場所に出た。

一瞬、外に出たのかと思った。でも違う。曇った冬空の明かりは、こんなに眩《まぶ》しくない。

ぱちくりと瞬《まばた》きする僕の目の前、薄暗い廊下の先に、座敷ひとつ分をそのままフリースペースにしたような場所があった。その、艶々《つやつや》と輝く、一段高くなった板の間の上に大きな蔵があったのだ。

部屋というより、一戸建ての小さな家がそのまま屋内に作られたような感じ。三段ほどの小さな階段の先にあるのは、細かな装飾の入った観音開きの塗り込めの土扉で、開かれ

たままのその奥にはもうひとつ、木戸のようなものがある。

すぐに、山長さんが案内してくれる予定の蔵ってここの事なのかも知れないと気付いた。

これだけ大きいお屋敷でも、さすがに蔵が二つも三つもあるわけじゃないだろうし。

だけど……ここ、本当に文献なんかが置かれた蔵なのか？

こちらが気圧《けお》されるような威圧感を覚えて、僕はごくんと生唾《なまつば》を呑む。何と言うか、作り物じゃない古めかしさ、畳の目や板の間の模様、柱の根本や天井の四つ角のあちこちから漂う「年月の重み」みたいなものが、圧《の》し掛かってくるような感じなのだ。

おまけに、ああ、これが一番不気味なんだけど。観音開きに開いた土扉の奥にある木戸、実はそこが、どうしてか薄く開いている。木戸についているはずの古い南京錠《ナンキンじょう》が木戸の下に落ちていて……否《いや》、置かれているって言うべきなのか？

「なんで扉が開いてんだよ……勘弁して……」

木戸の隙間《すきま》から覗《のぞ》くのは、ぞっとするほど濃い、深淵《しんえん》の闇《やみ》みたいな色。

まさかとは思うけど、これ、泥棒でも入ったんじゃないの？　僕らを案内するつもりだって山長さんは言ってたけど、先に扉の鍵だけ開けておくなんてさすがに不自然だし、鍵だってきちんと保管してるみたいだった。

……いや、待てよ。

確かここに来てすぐ、飛露喜くんが若水さんに「後で蔵の鍵を取ってきて」って言ってたはずだ。美寿々さまに呼び出されて行っちゃったから有耶無耶《うやむや》になってたけど。

とすると、飛露喜くんは美寿々さまに会いに行く前に鍵を受け取ったんだろうか。で、ここを開けて中に入った、と……？

「……ぉおおぉ……お……」

その時だった。どこからともなく不気味な音が聞こえてきて、恐る恐る蔵に近づきかけていた僕は、扉の前でビクッと動きを止めた。

辺りを見渡しても、襖の閉じられた座敷に囲まれた周囲に人の気配はない。もしかしたら近くに皆のいる座敷があって、そこから漏れた声が反響して廊下を伝ってきたんだろうか。

だけど、それにしては妙な音だった。何だか地の底から響いてくる声、みたいな。

嘘だろ、と信じられない思いで僕は再び蔵の扉に近づく。そのまま確認するように、開いたままの扉口の前に立ち、恐る恐る耳を寄せて。

「こぉおおぉぉぉ……ぉおぉ……」

……間違いない。その音は確かに、蔵の中から聞こえていた。

いやいやいや。え、ちょっと待って。

中から聞こえたってことはアレか？　まさか中に人がいる？　この真っ暗な蔵の中に？　こういうのどっかで見たことあるけど……時代劇とかそういうので……ああ、そうだ、これ、座《ざ》敷牢《しきろう》に似てるんだ。

確か、何らかの事情を抱えた身内を、誰の目にも触れさせないように閉じ込める場所で……鉄格子《てつごうし》をはめたりして、人が出入りできないようにしてる、私設の監禁部屋ってやつ。

だとしたら。まさか中に、最低限の食事しか与えられずにぐったりと倒れている人……

あるいは、助けを求めている人物がいる……？

そう考えた途端、再び音が聞こえてきた。

「……こぉぉおおぉぉ、ぉぉぉぉ……」

ぞっとした。座敷牢なんて今時有り得ないとは思うけど、何しろここは千駒島だ。しかも『殺人が隠匿《いんとく》され』『呪《のろ》われた巫女《みこ》がいる』なんて密告の手紙が来たからこそ、僕らはここにいる。そう、手紙には確かに『人が死ぬ』と書いてあったじゃないか。

だとしたら、どうすべきだ？　そもそも人が閉じ込められてるなんて僕の想像にすぎず、実際には、この音だって空耳なのかもしれない、けど……もし本当に誰かが閉じこめられていて、その理由が理不尽なものであったのだとしたら？　そして、この声にこそ島の秘密の一端があるのなら……。

結論が出ないまま、じりじりと時間だけが過ぎていく。その間にも木戸の奥から響く不気味な音は続き、僕はいよいよ決断するしかなかった。

開いた木戸の隙間に手を入れ、そのまま横に押し開けて、暗闇の中に一歩踏み出したのだ。

……歩を進めると、辺りは案の定、これまで見たこともないくらいの暗闇だった。湿った空気とかび臭さのようなものが漂う中、何とか両手を伸ばして前に進む。

「だ、誰か、いません、か」

中に入ると、木戸の入り口の隙間から入る明かりも途切れ、本格的に視界から一切のものが失われていく。

床に誰かが倒れてるかもしれないから、慎重に歩いて僕は前方に伸ばした手を動かしたものの、壁らしきものがいつまでたっても触れない。

何かがおかしい、と思った次の瞬間、踏み出した一歩が空を踏んだ。

「うわっ!?」

僕は真下に落下した。一瞬だけ踵《かかと》が足場に触れたけど、そのままずるっとすべって暗闇の中にしりもちをつく、と同時にずるずると湿った岩場のようなところをお尻《しり》で滑り落ちた。

もはやそこは蔵じゃなかった。相変わらず真っ暗な中、いてて、と湿ったお尻をさすりながらへっぴり腰で立ち上がり、振り返った先にはもう蔵の入口の明かりがなくなっていることに気付いた。蔵に穴があって、そこに落ちたみたいだ。

恐怖と不安のうちに、いつの間にかすっかりお腹が落ち着いてしまった僕は、引き返すことも出来ず、仕方なくふらつきながら前に進む。奇妙な音は相変わらず聞こえて来るけど、さっきまでの平たい床に代わって足元はごつごつしてるし、これ、ヤバいんじゃないか……と思った時、
不意に前方から、鋭い、明かりに似た輝きが見えた。

暗闇に慣れた目に光は眩しすぎて、思わずよろめいた拍子に手が壁についた。いや、壁じゃなくて岩だ。よく見ると辺りは本物の洞窟になっていた。僕の頭より少し高いくらいの穴が、緩やかな傾斜を経てはるか前方へと広がっている。

さっきから聞こえていた妙な音の正体も、ここまで来るともはや「人の声」でも「何かの物音」ですらもないことがハッキリしてきた。そんなものじゃない、もっと雄大っていうか、規模が大きい音……他の物音を全部消し去るくらいのこれ、は。

「滝……？」

そう。近くに滝があるのだ。これは、大量の水が滝壺《たきつぼ》に落ちていく音か！

……いやいやいや。滝って何？　蔵にあいた穴が洞窟に繋がっているのはさておき、その時に滝があるって何なの？　もしかして有事の際の隠し通路？

訳が分からないし、屋敷に戻れるのかも不安だけど、どのみちここまできたら最後まで確認したい。そんな思いで、僕はもはや意地になって歩を進める。やがて、前方の明かりが強くなり、もはや完全に洞窟の中が見渡せるようになった頃、弧を描くような形の一本道の先が大きく開けた。

思わず瞠目したのは、そこにあった光景が、あまりにも想定外だったから。

まるで巨大な穴のようにぽかんと開いた空洞が、僕の目の前に広がっていた。中央部には、ここからじゃ見えないものの、恐らくその先にあるのだろう滝から流れ込んできたらしき湖があり、それを取り囲むようにして並ぶ複数の灯籠《とうろう》が水面に反射してぼんやり揺れている。湖の傍には小さな祠《ほこら》らしきものと、赤い柱に支えられた神社の一部が見えた。社は、どうやら僕が来た屋敷の方角とは逆の向きに続いているようで、ここからでは赤く塗られた木造りの階段と本殿のようなものしか見えない。目が慣れると、さっきとんでもなく眩しく見えた灯籠の明かりも実はささやかな光に過ぎず、今となっては、辺りはむしろぼんやりと社が浮かび上がるくらいの明るさしかなかった。蔵に入った時に感じた湿気は恐らく、この滝壺から続く湖のせいだろう。そう思いながら水辺に近づいた時、不意に水面が大きく、激しく波打った。

　息を呑む僕の前で、水面をかき分けるようにしてすうっと浮かび上がる小さな人影。瞑《めい》想《そう》するように目をとじ、口を引き結んだその顔は驚くほど白く透き通り、艶《つや》やかな長い黒髪が、水面に映った影が形を作るように彼女の体を縁取っていく。

　そう。それは女性だった。華奢《きゃしゃ》で小柄な、けれど、遠くからでも感じるほどの美しさと、侵しがたい厳かさとを併せ持つ、まるで神の言葉を皆に伝えるという特別な存在、みたいな。

　……否。

（そうか。みたいな、じゃなくて、この子が）巫女だ。おそらくは彼女こそが「美寿々さま」と呼ばれる、千駒島を統治する領主の末裔。

　濡《ぬ》れた黒髪を揺らしながら、ゆっくりと湖面を進んだ彼女はやがて、優雅な動きで陸地へとたどり着いた。薄い巫女装束しか纏《まと》っていないのか、白い生地を通して濡れた肌が透けて見える。

足に張り付く赤い袴《はかま》に、その時、彼女が歩みを止めた。そのまま、まるで最初から気付いていたかのように巡らせた視線を、僕の前でぴたりと止める。

「……だれ」

滝の音に負けず、凛《りん》と響くその声に、僕はつかのま聞き惚《ほ》れ……それから気付いた。

彼女の薄い巫女装束越しに見える素肌の艶《なま》めかしさと、その意味に。

「うわっ……わ、ごめん！　ってか済みません！　決して覗き見してたわけじゃ」

「……貴方《あなた》、千駒島の調査に来た人ね」

確信をもって呟かれた言葉に、僕は思わず後ずさる。湖から完全に出た彼女が、その周りをゆっくりと歩きながら、僕に近づいてきたからだ。

自分の身体《からだ》を隠すことなくまっすぐに向かってくるその様子に羞恥心《しゅうちしん》なんて微塵《みじん》もなく、素足のままゆっくりと歩み寄ってくるその姿は、優美で、神々《こうごう》しくすらあって……。

あああ、けどヤバイぞこれ、見えるから、めっちゃ透けて見えちゃうから！

「驚いた。本当に呼んだのね、よそ者を」

パニックを起こして後ずさりし続けていた僕は、彼女の言葉にビクッとし、その途端に小さな岩に引っかかって「ひえっ」と叫んでその場にへたり込んだ。

我ながら情けないけど、今はそんなことを気にしている余裕はない。咄嗟に、僕は視線を彼女の足元に向けた。青白い肌の、そのつま先だけがピンク色に染まった素足を。

……ああ、そうか。

その時になってようやく気付く。びっくりするくらい色白だと思ったのは、寒さで血の気を失ってるから。きっと湖の水温はかなり低い筈《はず》。とすると……、

「ごめん、気付かなくて！」

慌てて立ち上がった僕は、着ていたダウンを脱ぎ、それで濡れた彼女の上半身を覆《おお》った。神々しさすら感じていたはずの彼女の表情が、途端にきょとん、と文字で書いたように呆《あっ》気《け》にとられたものになる。

「寒いよね、っていうか真冬に湖とかダメだよ、まじで風邪ひくから！　ただでさえ君、祀りとかあって色々忙しいんでしょ？　だったら体調管理だけでもしっかりしないと！」

「……私が病を得るとでも？　千《ち》駒《こま》島の名前を持つ、この、千駒《せんこま》美寿々が？」

予想通りの名前と強気の反論が返ってきて、僕はその迫力に思わずうぐっと口ごもる。

とりあえず、彼女が巫女……美寿々さまだってのは、まず間違いないようだ。

「この湖は、私の身の穢《けが》れを祓《はら》うもの。私は遊んでいるわけではなく、祀りのために時間をかけて世俗の垢《あか》を濯《すす》いでいるのよ。あなた、名前は？」

「えっと……僕は」

「秋津真白！」

名乗ろうとした時、轟《とどろ》くような恐ろしい声が僕を呼んだ。見ると、赤い柱の社の階段を

下りながら、飛露喜くんがこちらに駆け寄ってくる。

「何をしている、ここで！」

　とんでもない剣幕で、しかも呼び捨てタメ口で怒鳴られた。さっき屋敷で挨拶した時の礼儀正しさなんて微塵もない、というより、そんなものを吹き飛ばして怒っている飛露喜くんは、すぐに僕と美寿々さまの元までたどり着くと、彼女を隠すように僕の前に立ちはだかった。

「お前、美寿々さまに何を……ここは神聖な斎宮《いわいのみや》なのに、どうしてあんたがここに！」

「そ、それが、トイレに行くつもりで廊下に出たら迷っちゃって、戻ろうとしたのに蔵のある場所に出て、扉が開いてたからつい中に」

「……ふっ、ふふふ……あはははは」

　しどろもどろになって説明する僕を、いぶかしげに顔を歪《ゆが》めつつ見つめる飛露喜くん。

そんな僕らを黙って見ていた美寿々さまが、不意に、吹き出すように笑い出した。

「そう、あなた山長の屋敷で迷ったのね。無理もないわ、よそ者にあの屋敷は広すぎるもの」

「……美寿々さま、どうかお戻りを」

「だけど驚いたわ。話を聞いた時もびっくりしたけど、よりにもよって山長が本気で、今年、この大切な年に外の人間を招くなんてね。しかもこんな、島の由縁《ゆえん》も業《ごう》も何も知らない人を」

飛露喜くんが必死になって美寿々さまを連れて行こうとするのに、彼女は完全に無視して僕に語りかけてくる。その言葉に引っ掛かりを覚えて、僕は思わず「あの」と口を挟む。

「今年は何か特別な年なの？　そういえば竹葉ちゃんも、今年は特別だって言ってたけど」

「……そう。知らないのね、貴方は何も。千駒島では、巫女が十八になる年に行われる祀りは特別なのよ。そして今年が、その特別な年」

「美寿々さま！」

慌てる飛露喜くんに、美寿々さまは淡々と続ける。ぞっとするほど冷たく、美しいその顔に、得体のしれない何かを宿しながら。

「この島では、十八になった年に成人として認められる。巫女も同じ、その時に初めて本来持つべき神通力を得るのよ。だから島人達はこの時のために、魂を清らかにし、島を守りながら暮らしている……今年が特別なのは、誰もが待ち焦《こ》がれていた、本来の役目を果たすための祀りの年だから、なのよ」

8

常緑樹の緑の稜線《りょうせん》の、そのなだらかな斜面に沿ってぽつぽつと点在する民家と田畑。山の側面に立ち、見下ろした先に広がる千駒島の集落は、あまりにも小さく、ひっそりと、雄大な自然に飲みこまれるように存在していた。

その間を縫って通る勾配《こうばい》の強い道を歩きながら、僕らは迫りくる自然のとてつもない迫力と、地方の人の「すぐそこ」という言葉がどれだけあてにならないかをまざまざと実感している、なう、だった。そう、現在進行形である。

小さな離島である千駒島では、漁業と農業、酪農を営む人々が点在しており、大抵ののが自給自足で事足りるのだと言う。定期船のお陰で生活必需品や某ネットサイトの注文商品だって毎日届くし、集落には病院も派出所もある。巫女島……ならぬ呪殺島、という仰々しい別名があったとしても、観光客が訪れるごくごく普通の島なのだ。

……と説明しながら、体型に似合わぬ機敏な動きで山の斜面を登り切った山長さんは、にこにこ顔で僕らを振り返った。

「まあ、都会に比べれば、何もないような島に見えとるかも知れませんがね」

「は、はあ……それにしてもすごい道ですね、ここ……」

荒い息をつきながら何とか山長さんを追いかける僕らの視界は、一面、森だ。薄暗い曇天の下、枯れ草や落ち葉を踏みしだくようにして、僕らは山の側面に申し訳程度に造られた歩道を進んでいる。

「さっきまで寒かったのが嘘みたいです……あっつー」

「……運動不足だな。この程度でバテるとは」

一歩前を行く古陶里が情けなさそうに僕を見たけど、反論できない。だって先生も瑚大朗さんも古陶里も、ちっとも疲れた感じじゃないんだもん。途中ですれ違った島民らしき人たちも、年齢問わずみんな余裕で歩いてたし……。

そういえば、と思い出す。ここに来るまでに会った人たちの大半が二十代～三十代くらいで、改めて「この島は移住者が多い」って話を思い出した。

……人が死ぬ秘儀が行われているのに、なんでこの島には人が集まるんだろう。

一見のどかで、でも確かに感じる強烈な違和感。彼らのいずれもが島に馴染んで、山長さんからも感じる「排他的」で「閉鎖的」な空気を漂わせていたのを思い出し、僕は改めて島の不気味を思う。この島に来た人たちは、まるで島の共有意識に飲み込まれてしまうみたいだ。誰一人として違った考えを持てないように……。

……昼食を終えた僕らが、山長さんの案内のもと屋敷の外に出てから、はや一時間ほどが経過していた。屋敷の玄関に集合した僕らに、近所を案内します、って感じで歩き出した山長さんが真っ先に向かったのは、屋敷の裏口を出て少し行った先からゆるやかに山に続く斜面で。最初はビックリしたけど、その道は登山道というほど険しくはなく、少し登ると、なんで山長さんが最初にこの場所を案内してくれたのか分かった気がした。

ここからだと、集落の全景を望めるのだ。

「わかりますかな。あそこにある青い屋根の大きな建物……あれが食料品や生活用品を取り扱う店です」

言って山長さんが指さしたのは、辺りを囲むようにして広がる大きな山々からすり鉢状に続く、集落の一角だ。所々にさっき漁港から屋敷に向かう途中で見かけたような田畑や民家が点在していて、中でも青い屋根の大きな建物が山長さんの言う「店」らしい。

「店には自販機もありますし、もちろん、定期便で届いた雑誌や新聞も売っとりますよ。公衆電話はありませんが」

「あ、そういえば、フェリーに乗っている時に見たんですが、確か山の中に赤い……鳥居らしきものがありましたよね。あれはこの辺りですか？」

ふと思い出したように先生が言って、同意するように瑚大朗さんも「ありましたね、確かに」と頷く。咄嗟《とっさ》に飛露喜くんを見ると、無言で僕をじっと見つめていた。

「山の中の鳥居と言えば、千駒神社ですな。島で鳥居を持つ社はあそこしかありません。ああ、ちょうど今からご案内しようかと思っとったところです。うちの屋敷から歩いて行ける場所にあるもんで」

うん、知ってます。何しろ奥座敷の地下からまっすぐ、滝壺の奥に隠れた「斎宮」ってのに繋《つな》がってるくらいですもんね。

なんてことを思いながら、僕は飛露喜くんの痛いほどの視線を感じつつ、ついさっき起きた、今でも夢なんじゃないかと思えるくらい不思議な出来事をぼんやりと思い出していた。

……蔵の穴の先に広がっていた滝壺の湖と、小さな祠、そして斎宮らしき建物と……その前で出会った、千駒島を統治する一族の末裔である一人の少女。

結局、僕は彼女とわずかな会話をしただけで飛露喜くんにつまみ出され、再び屋敷の中にある蔵の前で解放されたんだけど。巫女だけを社の前に残してきた飛露喜くんは、ぞっとするほど怖い目で僕を睨《にら》みつけて、最後にこう言った。

『今起きたこと、この座敷の奥に入ったことも、美寿々さまのことも、一切他言無用だ。父さんにも絶対に話すなよ。軽々しく口を滑らせたら、その時は……』

脅し方が父親そっくりだよ！　と揶揄《やゆ》する余裕もなく僕は頷き、飛露喜くんの案内のもと、無事に皆の待つ座敷に戻れたってわけだ。

さすがに帰りの遅い僕を、皆が……特に古陶里が心配してたけど、飛露喜くんに見張られていたこともあり、お手洗いに行く途中で迷っちゃって。とごまかすしかなかった。

とはいえ飛露喜くんも座敷にまで入ってこなかったから、その後で説明する機会はあったんだけど……すぐに部屋に戻って出かける支度をして玄関で再び集合で、バタバタするうちにタイミングを完全に逃してしまった。その頃には改めて飛露喜くんが合流しちゃってたし。

僕の口は相当軽いと思われてるのか、山長さんが案内してくれてる最中も飛露喜くんはずっと僕を睨みつけていた。というより、見張っていると言うべきか。

果たして何故そこまで秘密にしなきゃいけないのかがまず謎だ。まあ、勝手に聖域に入ったなんてバレたら怒られるし、話すつもりはないんだけどさ。

「ちょうど話にも出たところですし、それでは今からご案内しましょうか。今は美寿々さまが明日からの祀りにそなえて禊《みそぎ》をされとるので、社や禊の場である斎宮一帯の、いわゆる聖域の中まで入るのは難しいかもしれませんが」

「おおおっ！　それは是非！」

盛り上がる先生と瑚大朗さん。古陶里の瞳《ひとみ》もキラリと輝いて、これは興奮してるな、と長年の付き合いですぐに分かった。というわけで、相変わらず足取り軽い山長さんと、後尾についた飛露喜くんの間に挟まれるようにして山道を登る事それから十数分、視界を遮る木々の合間から、ようやく、色鮮やかな朱色の柱が見えてきた。

「……なんと、これは立派な」

先生が感嘆するように呟くのが聞こえてきて、でも、それはその場にいた全員の思いだったんじゃないだろうか。

それは天井を覆うように広がった木々の隙間から入る、弱々しい冬の陽光に照らし出されるようにして、そこにあった。大木の幹がそのまま形を変えたように、周囲の樹木を邪魔することなく自然に生み出された朱色の柱と、見上げるほど高い場所にある横木。そしてその向こう側にゆるやかな弧を描きながら続く、無数の朱色の鳥居。

こういうの、どこかで見たことがある。数えきれないほどの鳥居が連立し、社までの道を作っている場所。だけどここは少し特殊で、まるで少しずつ縮んでいくように手前から奥に向かって鳥居が小さくなっているのだ。

並ぶ鳥居の下は僅《わず》かに整備された形跡があり、落ち葉がまばらに散る平らな参道と、その先はうっそうと茂る木々に隠れて見えなくなっている。冬の太陽は寂しく、島のどこにいても曇ったように灰色の空を誇張させるばかりだったのに、鳥居にかかった幾筋かの光は眩しい程に美しくて、歴史を感じさせる古びた朱色の柱をいかにも普遍的に見せていた。

そう。それはまるで、時間が止まったような錯覚に包まれるほどに。

「これは……いつ頃に造られたものですか」

「千駒家の祖先がこの島に移り住むようになったのが三百年ほど前で、社や鳥居はその頃に造り出されたと聞いております。しかし一説によると、島には既に社があった……とも伝えられておりますので、そうなると正式な年号はわかりませんな」

「なるほど。あ、あと、この音はもしかして」

先生の言葉に、僕もつられて辺りを見渡す。

そう。実は少し前からかすかにアレが聞こえていたのだ、あの音が。

「滝、ですか」

「ええ。実は社は崖《がけ》の近くにありまして、その近くに、滝が……」

それは、山長さんの屋敷から繋がるあの洞窟の先の「滝」か。蔵の奥では追い返されたから直接確認はできなかったけど、どうやら山長さん、そこも案内してくれるらしい。

「危ないのであまり近付けませんし、滝壺のすぐそばに巫女の禊のための斎宮もあるのですが……まあ、滝を見下ろすくらいでしたら構わんでしょう」

僕らは揃ってお辞儀をし、山の上まで続く鳥居の下を進んだ。そうして初めて気付いたけど、鳥居は決して整然と並んでいる訳じゃない。ところどころ斜めに傾いたり、歪んだりしていて、どこかいびつなものも多いのだ。

神威を感じさせるようなものが「いびつ」って言うのは、何となく不吉な印象があるなぁ。なんて思いながらゆるやかに曲がった鳥居の道を歩いていくと、木々の陰に隠れて何かチラチラ動くものがある事に気付いた。

「……あれ？　もしかして」

先を歩いていた瑚大朗さんが小さく呟き、その声に、皆の視線も自然とそちらに向かう。

鳥居の参道から少し離れた密集した樹木の隙間に、二つの制服姿の人影が覗いていた。

間違いない、それは昼食前に座敷で別れたばかりの、能鷹冬樹くんと篠峯竹葉ちゃんだったのだ。

9

「お前ら、社のそばで何をしとる！」

僕らが声をかけるより先に、それまで穏やかだった山長さんの鋭い声が響いた。途端にこちらに気付いた冬樹くんと竹葉ちゃんが、はっと息を呑《の》んで顔を見合わす。

「子供の頃に遊び場にしとった癖が抜け切らんようだが、社が神聖な場所だと分からん歳《とし》でもなかろうが！　それも、この大事な時期に……」

何か言いかけて、ちらりと僕らを見る山長さん。その間をすくい取るように、まず竹葉ちゃんが木陰から僕らの立つ鳥居の方に歩み寄ってきた。

「すみません。明日の祀りで斎宮から本殿に移る美寿々さまをご案内する役目を賜り、母から何度も手ほどきを受けておりますが不安で」

「能鷹の息子に相談しとったのか。なるほど、確かに初の大役で心配になる気持ちは分かるが、いくら禁足日が明日からだとしても、こんなところで」

申し訳ありません、と重ねて竹葉ちゃん、そしてその後ろから出てきた冬樹くんが当初のチャラいイメージからは想像もできないほど丁寧に一礼する。その様子に、僕は思わずそばで同じように二人を見ていた古陶里と視線を交わした。

……気のせいかな。この二人、さっきまで口論してるみたいに見えたんだけど……。

「とにかく、話の続きはよそでやりなさい」

山長さんの言葉に素直に頷き、僕らが歩いてきた鳥居の道を二人が駆けていく。その直前、僕らの横を通り過ぎる時、不意に竹葉ちゃんがこっちを振り返った。

「……あの」

何かを言いかけた竹葉ちゃんの表情が、わずかに陰り、それからすぐに元に戻る。どこか切実ささえ感じさせたその一瞬の感情は幻みたいに消え去り、そこにいたのはさっきお座敷で話していた時に見た、クールで美人な優等生そのものになっていた。

それから彼女は、先に進んでいた冬樹くんを追いかけるようにして鳥居の坂道を駆け下りて行った。僕らに完全に背を向けて。

その光景を、僕はその後、何度も思い返すことになる。

すべての事件が終わった後……まるで呪われた島が導いたかのように、消えずに済んだはずの命が次々と失われ、祀りという名の儀式が招く悲劇の真相に気付いた時に。

この時、この瞬間こそが、事件の有無を決める分岐点だったのではなかったか、と。

「さ、行きましょう。日暮れが来れば本格的に祀《まつ》りの支度が始まって、もう、社のそばにも近づけんようになりますからな」

山長さんの言葉に、僕らは再び歩き出す。飛露喜くんだけが無言で二人の後ろ姿を見送っていたけど、僕の視線に気づいたのか、すぐに山長さんの後を追いかけ始めた。

……辺りを包む滝の音と湿気が次第に強まる中、数分ほどなだらかに曲がる鳥居の坂道を登ると、ようやく前方がひらけて、最後の鳥居が見えてくる。

と同時に、森を切り拓《ひら》いて作られた広場のような空間と参道、そしてその奥に広がる、森と一体化したような古びた木造の社が現れた。

参道の左手は今僕たちが登ってきたカーブを描く鳥居の道に繋がっているけど、右手は岩肌の覗く盛り上がった森の一部になっていて、そのせいか、全体的に秘境感がある。そんな参道の向こう側にある社は、縦に長い、小さな社と大きな社がふたつくっついたような形をしていた。

社殿の屋根は茅葺《かやぶき》で、優美な曲線を描いてはいるものの、勾配が強い。縦に長い印象はこのせいだろう。

僕らが知る「神社」とは、どことなく雰囲気が違う。古めかしい……古代の建物、みたいな印象があった。

「これは……大社造りですね」

「たいしゃづくり？」

先生の呟きに首をかしげると、代わりに瑚大朗さんが「神社建築の様式だよ」と優しく説明してくれた。

「神社って同じように見えるけど、実は色んな建築様式があってね。大社造りは出雲《いずも》大社に使われた様式で、伊勢《いせ》神宮に代表される神明造《しんめいづく》り、住吉《すみよし》大社の住吉造りと並んで最も古い神社建築様式だと言われてるんだ」

「弥生時代の高床式住居にも似ていて、他の様式に比べると正方形に近い、古典的な日本家屋のような形をしている。まあ、要するに、古い様式だってことだぁね」

先生が付け足すように言うと、山長さんが「さすがですな」と相槌《あいづち》を打つ。

「最初にこの社が、我々が移り住むより以前から建っとったんじゃないかと言われているも、実はそこに理由があるんですよ。神社の大半は流造《ながれづくり》になっとりますが、これだけ古い様式の社が島の……それもこんな山の中にあるのは不思議でしょうがない、と」

参道に踏み入ると、正面にある特徴的な本殿以外は普通の神社と変わりない。入ってすぐの場所には手水舎《ちょうずや》があり、灯籠の並ぶ先には小さな神楽殿《かぐらでん》や絵馬掛け所なんかもきちんとある。あと、僕らの目を引いた拝殿と本殿はそのずっと先にあるんだけど、その手前、右手側に社務所も見えた。

「あちらは社務所と千駒家のお屋敷を兼ねた建物です。普段は千駒家の方々と、世話役の者が暮らしとります。美寿々さまは早うにご両親を亡くしとられるんで、千駒の世話役を担《にな》う松尾《まつお》家というものが、美寿々さまのお世話をしてるわけでして」

　山長さんの説明に、僕らはもう驚かない。世話役……それは使用人というより、神に限りなく近い存在に仕える聖職、みたいなものなんだろう。そしてこれが、千駒島ではごくごく普通のことなのだ。

「この島の人たちにとって、千駒家は本当に特別な存在なんですね。先ほども竹葉ちゃんが、祀りでの大役を担うと言っていましたが」

「あの娘が、というよりは、篠峯の家が担う役割ですな。毎年必ず、巫女の案内……斎宮から社への誘導役は篠峯家の者が行うことになっとります。この千駒島では十八を成人とするので、今年、数えで十八を迎えた竹葉が新たにその役に就いたわけです」

「なるほど、それじゃあなかなか島から離れられないわけですね」

　……この島はどこまで閉鎖的なんだろう。

　座敷でわいわいはしゃいでいた綾花ちゃんたちを思い出す。秘儀を守るため、呪われた千駒家を守るために未来を犠牲にする若者たち。誰かが死ぬという不安が色濃く島を包み込む中、もしかしたらそこに潜む闇は、僕らが想像している以上に深いものなのかもしれない。

なんて思いながら呟いたら、いきなり山長さんにギロリと睨まれた。

「馬鹿《ばか》を言わんでください。この島の者は全員、島を愛し、守る覚悟が出来とる者ばっかりですよ。島を出たいなどと」

「で、ですよね、すみません、変なこと言って」

あまりの迫力に、僕はほぼ脊髄《せきずい》反射で謝る。

と、不意に前方の社務所の明かりがぱっとついて、中から、箒《ほうき》を持った女性が現れた。

四十代くらいの、落ち着いた雰囲気の女性だ。巫女装束ではない、ベージュのニットにくたびれた感じの膝丈《ひざたけ》スカート、それから昔懐《なつ》かしのエプロン姿。

女性はすぐにこちらに気付くと、あ、と表情をこわばらせ、あわてて一礼した。

「先生、この人が美寿々さまの身の回りのお世話をしとる松尾家の奥さんの、伊佐美《いさみ》さんです。伊佐美さん、こちらは今日いらっしゃった民俗学の先生と学生さんです」

山長さんが話しかけると、女性は顔をわずかに伏せ、ひとつにまとめた髪から落ちる幾筋かの後れ毛に触れながら僕らを見た。

「……はじめまして。松尾伊佐美です」

「こんにちは、世志月伊読です。今回は島の歴史について、民俗学的観点から……」

「伺っております。できる限り協力してほしいと、山長さんからも」

頼まれております、と小さな声で続けると、伊佐美さんは僕らにも視線を移した。

「どうして、社に」

「世志月先生のたってのご希望でな、案内できる範囲で見学させてもらいたい、ということで……そうですな、先生」

「はい。それにしても、本当に綺麗《きれい》な社ですねぇ」

「……有難うございます。よそからのお客様がいらっしゃることがあまりありませんので、そう言って頂けると誇らしく思います。千駒神社は我々にとっても特別な聖域ですから」

「なるほど。近くに滝もあるのでは傷《いた》みも激しいでしょうに、それをこれだけ綺麗に管理されているのは本当に素晴らしいですよ。松尾さんは千駒の巫女と暮らしていると伺いましたが、こちらの管理をしていて何か気付いたことは」

「特別なことは何も。社の歴史については、今の集落の皆が移り住むようになって以降のことしか分かりませんし……民俗学の先生でしたら何かお判《わか》りでしょうか」

「まだ着いたばかりですので何とも。とはいえ造りが出雲系となると、相当古い歴史がありそうですね。非常に興味深いです」

　先生と話すうち、伊佐美さんの表情から少しずつ警戒の色が消えて、当初のびくびくした印象とは真逆の快活さが見えてきた。実際は明るい人なのかもしれない。

「実はですな、伊佐美さんは教員免許を持っとりまして、子供の頃からずっと美寿々さまの教師役でもあるんですよ」

　と、山長さんが意外な話を聞かせてくれたので、僕らは驚いた。

「やめてください、山長さん。准《じゅん》教授の先生の前で、そんな」

「いやいや、立派なもんですよ。連れ合いもやっぱり教員免許を取っとりましてな」

「美寿々さまのお世話係としては当然のこと、巫女は成人するまではできるだけ俗世に触れぬよう暮らさねばなりませんし、お世話役を担う当家の者は大抵、資格を持っています。特に今の美寿々さまは千駒家唯一の血筋なので」

「……徹底しているな」

古陶里の呟《つぶや》きに、僕も完全同意。した途端、不意に社務所の奥から、滝の音に紛れて甲高い声が聞こえてきた。きゃー、みたいな、はしゃぐ子供の声に似ている。

「あれ？　あ、お子さんがいらっしゃるんですね」

瑚大朗さんが何気なくそう言うと、見る間に伊佐美さんの表情が強張《こわば》った。けれど、すぐに最初に見た時のあの生気のない表情に戻ると、

「猫でしょう、この辺りには野良猫《のらねこ》がいますから」

「そうですな、今は冬場でどこぞに潜り込んどりますんで。姿は見えませんが、しょっちゅう境内で暖を取ったり、社務所で眠ったりしとりますから」

「え、でも」

いぶかしげに反論しかけた瑚大朗さんと僕らに、伊佐美さんは、

「申し訳ありませんが、私、もう失礼しても……美寿々さまのお食事の支度がありますので」

「ああ、すまんかったな。わしらは社を見てくる」

ほとんど会話を断ち切るような強引さで一礼して踵《きびす》を返すと、結局使われることなく握られたままの箒を引きずりつつ、社務所の中に戻っていった。

……後に残されたのは、不自然な間《ま》と、ぽかんとする僕らだけ。

「えっと……あの、凄《すご》いんですね、皆、美寿々さまのために、教員免許とかお世話とか」

沈黙に耐え兼ね、僕は場を繕うように口を開く。すると山長さんが、

「当然のことですよ。この島は神に守られ、愛されとる。だからこそ千駒の一族を受け入れ、これまで血を繋いできたのです。誰もがそれをわかっとりますからな」

山長さんが、狂信的にも聞こえるセリフを口にしたもんだから、僕は思わず口ごもってしまった。いや、僕だけじゃない。世志月先生も瑚大朗さんも、そして古陶里ですらも、何も言えずに山長さんに視線を向けている。

だけど。

「さあさあ、冬の日暮れは早いですからな、暗くならんうちに社をご案内しましょう」

すぐに山長さんがそう言って、違和感を抱いたままの僕らを先導するようにずんずん歩き出したので、結局、僕らは何も言えないままその後に続くこととなった。

「真白」

「何だよ」

余計なこと言わなきゃよかった、なんて思いながら歩いていた僕に、走って来た古陶里

が隣に並び、くい、と袖《そで》を引っ張ってくる。

「山長飛露喜は、どうやら父親とは違う考えを持っているようだぞ」

言葉にふと振り返ると、しんがりを務めるようにゆっくり歩いてくる飛露喜くんが、何か苦虫を噛《か》み潰《つぶ》したような表情で俯《うつむ》いているのに気付いた。

「……人が死ぬ、というだけでも厄介なのに、他にもまだ何か起きそうだな。この島は」

「やめなよ古陶里、そういう不吉なこと言うの」

「言霊《ことだま》というものがあるからな？　しかし、悪い時の勘ほどよく当たるものだ」

にやりと笑った古陶里に僕は溜息《ためいき》をついて視線を外す。もやもやした胸の奥の塊が、また一回り大きくなったように感じながら。

……参道を歩いてどんどん近付くと、遠目からでも十分に大きく見えたそこは、思っていた以上に大きく、重々しく僕らの前に現れた。焦《こ》げたような古びた色の木造建築がいかにも歴史を感じさせる、島そのもののような雰囲気を醸《かも》し出す社。

僕は滅多に神社仏閣に行かないし、施設を出てからは何度か年末年始にお参りしたり、大学受験の合格祈願くらいはしたものの、それだって周りのノリに合わせたりゲン担《かつ》ぎだったりで……だけど、そんな僕ですら、ここが「普通じゃない」ことが何となくわかる。

これが、千駒神社の本殿か。

「なんか……迫力が凄いですね。鳥肌が立つっていうか」

言って、社を仰ぎ見る。神社の本殿といえば、もとより神様がおわす場所……ってイメージがあるけど、しんと静まり返ったそこはあまりにも厳かで、美しい。古陶里も隣で静かに頷《うなず》き、先生も、瑚大朗さんも、無言で社を見上げていた。

　すると山長さんは満足したように笑み、

「皆さんが考える以上にこの社は我々島人にとって特別な場所であり、心のよすがと言っても良い場所。よそ者である皆さんにも、それがようわかるんでしょうな」

　静かな声で言って、社に向かい一礼する。僕らも何となくつられて頭を下げると、山長さんはくるりとこちらを振り返り、社の更なる奥を指した。

「この先が崖になっとりまして、その向こうに滝があるんです。あの辺りは簡単に柵《さく》を作っとるだけなんで、あんまり近寄らんでくださいよ」

「柵というのはあれですか。本当に、随分と社から近い……」

　山長さんの声につられたように視線を移し、先生がぽつりと言う。最後はほとんど独白みたいになってたけど、同様に崖側を見た僕らも、思わず息をのんだ。

　社の前に立つ僕らからでも、それはすぐ目と鼻の先にあった。目立つようにあえてその色にしたのだろう、鳥居のように真っ赤な、僕らの胸くらいの高さのある柵。その先の景色はぶつりと途切れていて、広がるのはけぶる灰色の空と、昼間だというのに鈍い色を映した海、そしてどこかの島の遠景のみだ。

　山長さんが先導するように歩き出し、僕らも自然に崖の方に向かって歩を進める。それが目の前にきた途端、ものすごい冷気とマイナスイオン……というか霧のような滝しぶきがぶわっと巻き上がった。

眼下は確かに滝だった。右手側の山から流れてきた水が、切り立った崖の下へと瀑布《ばくふ》音《おん》を立てながら落ちていく。

急な斜面からなる滝は僕らの立つ場所のちょうど真下の滝壺に続いていて、その周りは切り立った急な岩場だ。その向こうは森、更に先には港が見える。

聞けば滝の大きさは幅約六メートル、高さ十五メートルほどとのことで、その瀑布の音と水しぶきに圧倒される。すごい迫力だった。

「神社と滝、というのは強力なパワースポットと言われとりまして、時々、あの滝壺の方に回り込む観光客もおるようですが、あれだけ険しい岩場です。危ないので島の人間も滅多に近づきません。祀りの時に巫女が禊に使うだけで」

「あんな危ないところで!?」

瑚大朗さんが僕らと並んで滝を見下ろしながら言うと、山長さんはうんうん頷き、

「滝壺の一部にそうした特別な場所があって、通り道も作っとるんです。島の人間しか知らん、大切な場所ですから、詳しくはお話しできんのですが」

あそこだ、と思った。あの、屋敷から続く湖のような場所。蔵が唯一《ゆいいつ》の出入り口かと思ったけど、滝の正面から入る道もあるのか。

だとしたら美寿々さまは、蔵を使わずにあの場所に行ったのかも知れない。祀りを前に、巫女装束のまま全身を水底に沈ませ、身を清めていた……あの、斎宮と呼ばれていた場所

に。

「社の近くにありますし、本当に事故が起きそうですね。これまでにそうしたことは……」

「ありません。よその人間は近づけんようにしとりますし、島民は皆、神聖な場所を汚すような真似《まね》はしませんのでな」

ふと、何かが引っ掛かった気がした。確かにここは危険な場所だけど、さっき鳥居の道の途中で見た冬樹くんと竹葉ちゃん……いや、飛露喜くんや綾花ちゃんも含めた彼らなら、幼い頃、無邪気に社に迷い込んだこともあったんじゃないだろうか。

とすると、あの手紙にあった「幼馴染みが殺された」というのは、まさか、ここで……。

「……真白、落ちるぞ。あんまり身を乗り出すと」

声と同時に古陶里に腕をひかれ、僕ははっとして振り返る。

見ればすぐそばにある古陶里の顔がびっくりするくらい白い。その表情に思わず何かを言いかけた時、「それでは」と山長さんがふんぎりをつけるように声を上げた。

「見学はこれくらいにしておきましょう。暗くなる前に下りて、あとは集落の中を簡単に案内します。さ、先生も社から離れて」

「おっと、失礼」

びくっとしながら社から離れる世志月先生。てか、いつの間に。

「テヘペロ」ポーズをとる先生を、あきれ顔の瑚大朗さんが慌《あわ》てて駆け寄り、社から引きはがした。その様子を確認してから、山長さんは再び言った。

「下りましょうか。そろそろ逢魔《おうま》が刻《とき》ですな」

山長さんの言う通りだった。

寒々とした冬の外気の下、いつの間にか、空の端からは黄昏色《たそがれいろ》が広がり始めていた。

10

「さあどうぞ。こちらです」

……山長さんに島のめぼしい場所を案内してもらった、その日の夜。

昼食と同じように、海の幸と山の幸を織り交ぜた夕食をごちそうになった僕らは、その後、一旦《いったん》は部屋に戻ったものの、再び飛露喜くんの案内を得て、とある場所を訪れていた。

屋敷の奥まった場所にある、こうこうと明かりに照らされた黒光りする扉。

座敷牢にも似た、島の歴史を知るための資料が納められている「蔵」である。

「これはまた、りっぱな座敷蔵で……」

感心したように呟《つぶや》いたのは世志月先生で、隣に立つ瑚大朗さんと、いつものように僕の隣にいる古陶里も興味深げにまじまじと蔵を見ている。だけど僕は、とてもじゃないけどそんな気分になれなかった。

勿論《もちろん》、冷え症でただでさえ寒いのに、暖房もないこんな場所に来たせいで凍えていたから……という訳ではない。屋内とはいえダウンを着込んできたから無事だ。

そうじゃなくて、昼間手洗いに行こうとして迷い込んだその場所が、夜になって訪れるとますます重厚な空気を醸し出し、異質で禍々《まがまが》しい気配すら放っているように感じられたのだ。

歴史を感じさせるその造りは改めて見ても頑丈で厳重で、飛露喜くんが、今度はきっちりと閉まっていた南京錠を開けて扉を開くと……その向こう側に木戸が現れた。うん、僕の記憶通り、ここは二重扉になってるんだ。

そして、その木戸を開けると、奥には黴《か》びた臭《にお》いと氷室《ひむろ》のような冷たい空気、そして闇《やみ》色の吹き溜まりが広がっている。

時刻は十九時。いつもならまだバイト中か、自宅でようやく食事でも、と腰を上げたくらいの時間なんだろうけど、ここにいると静かすぎて、まるで今が真夜中みたいに感じられる。

蔵の中にある吸い込まれそうな深淵の闇に思わず息をのんだ僕に、飛露喜くんが馬鹿にしたような笑みを浮かべるのが見えた。そのまま彼が先に座敷の奥に入ると、パチンと音がして、途端に蔵の中が明るくなる。

「こちらが島の文献や当家に伝わる品々です。ああ、安易に触れないようにしてください。箱に入っているものの中には、百年以上外に出していないものもあります」

「相当な数だよねぇ、これは……まるで博物館か資料庫みたいな」

世志月先生の言う通りだった。山積みになった古い文献や巻物、紐《ひも》で縛られた木箱に、黒塗りの鞘《さや》に入った短刀。怪しい軟膏《なんこう》の壺のようなものがごつごつと並び、けれど決して雑然とせず綺《き》麗《れい》に並んでいるさまは、先生の目からすれば「宝の山」状態だったのだ。

僕が迷い込んだときは真っ暗だったから分からなかったけど、確かに、古い資料を集めた蔵……というだけのことはある。これなら南京《ナンキン》錠《じょう》をかけるのも当然だ。決して、このどこかに「あの場所」に繋がる入り口があるから……という理由だけでなく。

「さて、私はこの辺りの資料を読んでみたいんだけど、これなんかは触れても良いかな」

ふいに、それまで蔵の中を見渡していた先生が文献の積み上げられた一角を指さし、飛露喜くんを振り返った。それに頷き、飛露喜くんは自ら文献の山から古びた冊子を取り出す。

「これは島に伝わる伝承です。僕らの先祖が渡ってくる以前の言い伝えをまとめたもので、もともと千駒島にいた神々と、島に流れ着いた赤子の物語になっています」

おお、なるほど。日本神話みたいなもんなんだな。

「どんな伝承なんですか？」

受け取った文献のひとつを丁寧に開き、最初のページに目を落とした先生の周りに、僕らも自然と集まる。とはいえぱっと見でミミズがのたくったようにしか見えないくずし字は、さすがに難解すぎてすぐには内容が理解できないから、その道のプロである先生に聞いてみた。

すると、ふむ、と頷いた世志月先生は、丁寧にページをめくって、

「なるほど。じゃあ私が簡単に読み解いていこう」


*****

遠い昔、まだ神の存在が人々にとって身近であった頃。

千駒島には島をふたつに分かつほどにおおきな川があった。川は島の最深部から生まれ、大滝となって山の斜面を流れ落ちる。川の始まりは高天原《たかまがはら》に繋がっており、それが流れ落ちる滝壺は黄泉《よみ》の国に続いている、と噂《うわさ》されていた。

ある日、その川を小さな舟に乗った赤子が下ってきた。

島人はそれを拾い上げたが、赤子には目も耳も鼻も口もなかった。しかし、なぜか甲高い泣き声を上げていた。

これは天津《あまつ》神《かみ》に違いない、と思った島人は、赤子を連れて家に戻り、大切に祀ることにした。赤子は成長することなく、いつまでも小さな体のままであった。

ある年、赤子の流れついた村に飢饉《ききん》が起きた。人々の暮らしは困窮し、沢山の被害が出たが、目も鼻も耳も口もない赤子が突如、こう告げた。

『東に種を蒔《ま》き、育てよ』

島人たちがそのようにしたところ、東の地にはみるみる作物が実り、沢山の命を救った。

その日を境に、赤子はたびたびお告げを伝えるようになった。

『川の氾濫《はんらん》が起きる。備えよ』

『疫病《えきびょう》が流行《はや》る。注意せよ』

いずれのお告げもその通りとなった。これはいよいよ、赤子は天津神であると人々は噂した。赤子こそが、天と地を繋ぐ架け橋である、と。

するとある者がこう尋ねた。

『亡《な》くなった者と再び言葉を交わすことは出来るのか』

赤子は答えた。黄泉平坂を越えたものを呼び戻すには、大いなる犠牲が必要となる。また、我も黄泉に近付くことになるであろう、と。

その夜、赤子は望まれるままに死者の魂を身に宿し、願いを叶《かな》えた。

以降、赤子はたびたび同じことを頼まれ、これを叶えた。飢饉で、川の氾濫で、疫病で、亡くなった大切な人達との再会を願う島人たちは、皆ひとしく満足した。

やがて赤子は命の終わりを迎え、最期にこう告げた。

『天津神でありながら地にあり続けた我の魂は、もはや黄泉に迎え入れられることはない。そのため世の理《ことわり》より離れ、地に繋ぎとめられるであろう。同じ魂を持ち、再びこの地に戻る』

こうして赤子が亡くなると、島人たちはその亡骸《なきがら》を、島を守る（天より地にくだった）国津《くにつ》神《かみ》として祀った。すると翌日、川の上流より目も耳も鼻も口もない赤子が流れついた。

島人たちはこれを敬い、再び巫女《みこ》として迎えた。

これが千駒の巫女のなりたちである。


*****

「なるほど、ヒルコ伝承と千駒島の歴史を絡《から》めた神話だね」

眼鏡を押し上げ、ようやく文献から顔を上げた世志月先生は、そう言って僕らを見た。

「この島はもともと天津国と黄泉国の間にある、国津神の暮らす島だった。その三つの国を繋ぐ川から流れてきた赤子が、やがて神託を受ける巫女として崇《あが》められ、死者の声を届ける役割を担うようなった」

「あの、質問いいですか」

「ん、何だい、真白くん」

サッと挙手した僕に、世志月先生がにこやかに先を促す。

「天津神と国津神ってなんでしたっけ……前に聞いた気もするんですけど」

「ああ、それはね、天津神は高天原におわす神様で、国津神は我々人間の暮らす地上で祀られている神様のことだよ。この赤子は当初、高天原から流れてきたことから『天津神』と考えられたが、やがて島人達に祀られた土地神となったことから『国津神』に変わった。こういう例は他にもあって、かの有名な日本武尊《やまとたけるのみこと》も同じく、高天原から地上にくだって後天的に国津神となった、というわけだ」

　ヤマトタケルノミコト。確か、八岐大蛇《やまたのおろち》を退治した人……神様だったっけ。

「国津神というのは、その土地で祀られ、信仰されている土着の神様を意味します。もともと日本は多神教で八《や》百万《およろず》の神がおわすと言われているので、中にはその土地でしか名を耳にしない神もいるわけです。この千駒島の神のように」

　補足するように言ったのは飛露喜くんだ。壁に背をもたせかけ、僕らを見張るようにじっと睨みつけながら。

「貴方《あなた》、世志月先生の補佐をしている割に詳しくないんですね」

「我々専門家の視点より、真白くんみたいな素人《しろうと》の見方の方が貴重なんだよ。僕らじゃ見落としてしまう部分に気付いてくれたりするからね」

　飛露喜くんの冷ややかな言葉に、瑚大朗さんがフォローを入れてくれる。それに便乗して、僕は再び気になっていたことを聞いてみた。

「さっきの話の、川から流れてきた赤ちゃん、もともと天津神だったんですよね？　だとしたら何で目と耳と鼻と口がないんでしょう」

「それはだね、真白くん、君、伊邪那岐と伊邪那美の神産みの神話は知ってるだろう？」

「……神様が作った最初の男と女、ですよね。その二人がこの日本列島を作って、その後に色んな神様を生んだって」

「伊邪那岐と伊邪那美も神様だから、二柱っていうのが正しいんだけど、まあまあそういう面倒くさいところははしょっちゃうね。伊邪那岐と伊邪那美は最初にヒルコという神様を生んだんだけど、その子が目も耳も鼻も口もない赤子だったと言われている。そのため海に流されたっていうのが『ヒルコ伝承』。島の神話に出てくる赤子もそれに繋がっているのかもしれない。

　或《ある》いは古来より日本に伝わる民間伝承に『福子』なるものがあってね、こうした赤子が生まれた家は栄える、福の神の化身であるという考え方なんだけども、そこにも関係あるのかもしれないね」

「この赤子は千駒島の初代の巫女であり、神、ということだな」

　急にそんな声が聞こえたのでビクッとして見ると、それまで蔵の端の陰になった場所であちこち探っていた古陶里が、急に明かりの下に出てきて飛露喜くんに問いかけていた。

「すなわち千駒神社で祀られている神、か」

「そうですね。本殿には神となった初代の巫女……赤子を象った岩が祀られており、歴代の巫女たちはそこから神託を受けてきたんです。島人達に幸《さいわい》をもたらす神託を」

　何故《なぜ》か険しい表情で、飛露喜くんは言った。

「今でも千駒島の信仰は篤《あつ》く、島人たちは神託によって守られています。しかし、よそ人たちはそれを軽んじる……だからこそ、その不信心に我々は厳しく対応するんです」

「観光地でありながら排他的な面を併せ持つのもその為《ため》ってわけなんだねぇ」

　しみじみ言う世志月先生に、僕らも確かに、と頷く。

今日、山長さんに島のあちこちを案内してもらって分かったこと。それは、この島において「千駒神社」ならびに「巫女である美寿々さま」が絶対的な存在である、ということだ。

美寿々さまは飛露喜くんと同年代、つまりはまだ女子高生のはずなのに、老若男女《ろうにゃくなんにょ》問わず彼女の事を「美寿々さま」と呼ぶし、何かあるごとに神社に向かって手を合わせる。畑仕事の休憩時間に、道を歩いている途中に、あるいは家の外に出てきたタイミングで、わざわざ神社の方角に向かって拝む島人の姿を、僕らは確かに目撃していた。

先生のもとに届いた手紙にあった「呪《のろ》われた巫女」なんて言葉からは程遠い、それらは令和の時代とは思えない、どこか厳かで神聖で、軽んじてはいけない重々しさを感じさせる光景だった。

「千駒島の神には名はありません。だからこそ、島人たちは巫女である美寿々さまの名を大切にしているんです。それは島に移り住んだ者も同じ、ひとたび千駒島の人間となれば、信仰は絶対です……貴方達よそ者には理解できないと思いますが」

腕組みしながら言う飛露喜くんもまた、美寿々さまを特別視している。あの、洞窟《どうくつ》の中で美寿々さまに対していた彼の態度を思い出し、僕の胸は何となくしんとした。

僕は無神論者のくせに困ったときは神頼みするような人間なので、形として、そうした人もいるのだ、という事実を知ることはあっても、心の底から何かを崇め、奉ることはない。

だけどここでは僕らとはまったく違う価値観が存在し、いわば僕らの方が「少数派」となる。それをよく理解しておかないと、ここで起きようとしている事件を防ぐことなんてできないのかもしれない……郷に入っては郷に従えって言葉が今ほどしみじみ胸に染みることもないな。

そういえば、と膝立ちしていた僕は、限界を覚えてひんやり冷たい蔵の床に腰を落としながら思い出す。

美寿々さまに会いたい、と言った世志月先生は、竹葉ちゃんにこんなことを言われていた。

『美寿々さまに会えるのは、美寿々さまが会いたいと思った人だけですし、今年は特別な年だから』

それにもうひとつ、これは僕だけが聞いた、飛露喜くんに口止めされた言葉だけど、

『今年が特別なのは、誰もが待ち焦がれていた、本来の役目を果たすための祀りの年だから』

……今年は特別な年、ってワードを、島に来てから今日だけで何回も聞いた。もともと千駒の巫女の役割は「神様や死者の魂を降ろし、お告げをする」ってことらしいけど、じゃあなんでこの島の領主一族は「島流し」されたんだろう。何か理由があるからこそ、彼らは島に封じられたはずなのだ。

とすればやっぱり、僕らが見聞きしたものとは違う、あの手紙にあった通りの現実がこ

の島には存在するのだ。人が死ぬ、という現実が。そして、それは、今年が「特別」で「本来の役目を果たす」ための「秘儀」だってことに関わりがあるんだろうか……。

「あの、失礼します」

その時、蔵の外から幼さの残る可愛《かわい》らしい声が響いて、ひょい、と蔵の入り口からおさげ髪の女の子の顔が覗《のぞ》いた。住み込みで働いている若水さんの娘さんだ。確か、名前は、

「渚ちゃん。どうかしたの？」

「大晦日《おおみそか》の祀りのことで、確認したいものがあるって母が」

「若水さんが？」

困ったように飛露喜くんが僕らを見る。見張ってないと心配なんだろうな、貴重な文献とかを雑に扱われるかもしれないし、何より僕が蔵から続く例の扉の話をする可能性もある。

「審神者《さにわ》役としての準備もあるんですよね？　私、代わりにここにいますから、飛露喜さまは母のところに行って、そのままお部屋で支度をしてください」

にっこりと無邪気に笑った渚ちゃんが、飛露喜くんの不安を言い当てるように言う。それに納得したのか、それとも他に選択肢がないと思ったのか、飛露喜くんは小さく頷き、

「じゃあ、きちんとお客様にご説明を」

「はい、任せてください！」

「皆さん、それでは僕は少しここを離れます。渚も蔵についてはある程度の知識がありま

すから、彼女が触れてはいけないと言う物には触らないように、お願いします」

「勿論だよ、こちらも一応はプロだからね、貴重な品に害を与えたりはしないと誓います」

胸に手を当て、片手を上げて言う世志月先生に、飛露喜くんは一礼して蔵を去った。廊下を歩いて行く気配が遠ざかり、それに代わって、渚ちゃんがそろそろと中に入って来る。

「よろしくお願いします。あっ、私が子供だからって、よしきたーとか思わないでくださいね！　ちゃんと見張ってますから！」

というわけで選手交代。渚ちゃんが見守る中、僕らは引き続き蔵の中の資料を見ることにした。

……飛露喜くんがいなくなって、蔵から斎宮につながる通路の質問ができるようになったわけだけど……渚ちゃん、知ってるのかな、あの通路のこと。入っちゃいけない場所に踏み入ったことがバレたらまずいし、自分から「知ってる」とも言えないのがもどかしい。

「ちなみに皆さん、どんな資料を見てらっしゃるんですか？」

考え込んでいると、渚ちゃんが首を傾《かし》げつつ僕らが棚から降ろした文献を覗き込んだ。

古びた紐とじのそれらは、中学生には読み解くのが難しいミミズがのたくったような文字でタイトルが書かれている。正直、僕にもハッキリとは読めないほど「達筆」だ。

「えーと、さっき先生に解説してもらったのが、この島に流れ着いた赤ちゃんが巫女になったっていう昔話みたいなやつ」

「ああ、それ……そのお話でしたら、色んな形で同じような話が伝わってるみたいですよ。他にも島の巫女が起こした奇跡の物語とか、死者が甦《よみがえ》ったみたいなお話もあって、結構面白かったんですよね」

「へぇ……この資料の中にあるのかな、そういう伝承を書いたものが」

ぐるりと蔵の中をもう一度見渡す。奇《く》しくも先生が最初に手に取った一冊は、それらすべての昔話の原型、基本となる物語だったんだろう。

「渚ちゃんは島の歴史に詳しいの？」

「地元の人には負けちゃうけど、そこそこ知ってる方だと思います。母が暇つぶしにいろんなお話を教えてくれたから。この島って遊ぶ場所があんまりなくて、私も母にお話して〜ってねだったし、それで島に詳しくなるならって母も喜んでくれて」

「あれ？　だけど、お母さんも島の外から来た人だよね。なんでそんなに詳しいのかな」

すると渚ちゃんは蔵の壁の一点を見つめて眉根《まゆね》を寄せ、

「私もそれ、聞いたことあるんです。島のお話って絵本になってるわけでもないし、島の人じゃないとほとんど知らない筈《はず》なのに、って。そしたら、山長さんが教えてくれたんだよって」

若水さんが勤める旅館にたびたび訪れていた際、山長さんはそんな話をしたらしい。

「若水さんはよほど千駒島のことが好きなんだね。もちろん山長さんにお世話になったからっていうのもあるんだろうけど、移住となるとよほどの覚悟がないとできないだろうし」

瑚大朗さんの言葉に、渚ちゃんは苦笑する。

「ほんっとにそうなんです。相談とか迷いとか全くなかったですもん、ある日いきなり引っ越すよって言い出して。正直、こんな何もない島にって最初はショックでしたけど」

内緒ですよ、と人差し指を唇に当てて言う渚ちゃんには、確かに、この島の人にしては毒されていない……美寿々さま信者の人とは違う雰囲気がある。

「でも、住んでみたら良いところでした。大人になっても住み続けたいかって言われたらわかんないですけど、母は私にもずっと島にいてほしいみたいです。ここにいたら、美寿々さまが守って下さるってよく言ってますもん」

「……良いところなんだね、この島は。事件もトラブルも何もない」

意味深に先生が呟いたけど、渚ちゃんは素直に「もちろんです」と元気いっぱい答えただけだった。どうやら彼女も手紙にあった事件については知らないようだし、手紙の差出人ってわけでもなさそうだ。

「それにしても若水氏は千駒神社への信仰心が篤いんだな。何の利があるのかは知らんが」

「あー古陶里さん、そんなこと言ったら怒られますよ！　うちじゃ美寿々さまの悪口とか絶対禁止なんです、先代の美寿々さまのこともあんまり話しちゃ駄目っていうくらいで」

「先代の……美寿々さま？」

僕らは一斉に渚ちゃんを見る。ん？　先代も同じ名前なの？

「え、聞いてません？　千駒神社の巫女は代々『美寿々さま』の名前を継ぐんですよ。確か一番最初の巫女の名前とかで……だから先代の巫女も美寿々さまなんです。四十歳で亡くなって、その後で今の美寿々さまがその名を継いだって聞きました」

言いながら立ち上がると、渚ちゃんは奥の棚の中から無造作に積まれた巻物を手に取る。古びた紐をほどき、ちょっと中を見て首を傾げていたものの、何本目かの巻物を確認した途端に「あった！」と瞳を輝かせた。

「これです、ほら、美寿々さまの名前が続いてるでしょ？」

僕らの前に、渚ちゃんはその巻物をごろんと広げる。そこには、達筆で記された千駒家の家系図があった。

上部からかすれた線が続き、その下に、最初に出てくる千駒美寿々の名前。恐らくは島に来て以降の家系図になるのだろう、以前の系譜は途切れているものの、初代美寿々さまから現在の「美寿々さま」に至るまでの千駒家の人間の歴史が、そこには並んでいる。

千駒美寿々の兄弟が婚姻し、子供が生まれ、そのうちの一人が「美寿々」と名付けられ……途中、千駒家と婚姻を結んだ名前に「山長」「稲波」「篠峯」「能鷹」「松尾」といった見覚えのある名前があるのを確認しつつ、僕はふと、並ぶ名の中に奇妙な印を見つけた。

「この×マーク、なんだろ」

巻物に触れないよう、その印を真上から人差し指で示しながら呟く。

そう。それは「×」マークだった。美寿々さまの兄弟の子の中に、必ず×マークがついている人物がいる。名前を消す、というよりは、名前の下に追記するような形で記されていた。

　すると渚ちゃんが「ああ」と目を輝かせ、

「それ、美寿々さまになった新しい巫女の名前ですよ。×の印の入った子が巫女として選ばれて、美寿々さまの名を継いだってことです。巫女の名を継承する時、それ以前の名前は死んでしまう。つまり、美寿々さまとして新しく『生まれ変わる』から、名前を書き直すんじゃなくて別に明記するんです」

「以前の名前は死に、新しく生まれ変わる……か」

　ふむ、と先生が家系図を見る。僕たちも改めてまじまじと×印のついた名前を凝視した。

　それってつまり、人としての自分は死んで、巫女として生まれ変わる……島の現人神《あらひとがみ》として、ってことだよね？　なんか生々しいなぁ。

「じゃあ、ここ見れば今の美寿々さまの本名も……あれ、名前そのものが書いてない」

「まだ十八歳になってないからです。今年初めて、美寿々さまは本当の意味でその名を継承して、巫女となる。そうしたら美寿々さまのところの家系図も付け足されるんです」

　なるほど、後から記すのか。とすると、ここには先代の美寿々さままでしか明記されていないんだな。

「美寿々さまは一人っ子？」

「はい。でもそういう時は縁戚《えんせき》から子供を迎えて、新しい美寿々さまにするんですよ。多分、今の美寿々さまの代でもそうするんじゃないかなぁ」

「過疎化《かそか》対策の移住者、養子を迎える世帯もある島だって聞いたけど、まさか領主一族も養子をとって血を繋いできたとはねぇ」

先生の呟きに頷きながらも、僕は「これだと」と呟く。

「今の美寿々さまの本名は、十八になるまでここに記されないってことなんだね」

「みたいですね。巫女《みこ》になったらもう『美寿々さま』って呼ばれるし、それ以前に呼ばれていた名前は記憶の中にしか残らない……なんか寂しいです。そういえば今の美寿々さまは、早いうちに美寿々さまを継承したから、私も何て名前だったのか覚えてないなあ。せめて次の巫女さまが後を継いだら、元の名前に戻って過ごせると良いですよね、先代の美寿々さまはそうなる前に亡くなったから、美寿々さまのままでしたけど」

「ダライ・ラマみたいな感じですかね」

何となく、そういうの聞いたことあるなぁ、と考えて思い出した。昔見た映画「セブン・イヤーズ・イン・チベット」に出てきた高僧も、確かそんな感じだった気がする。ダライ・ラマが亡くなると、その日時に生まれた子供が次のダライ・ラマになるんだよね。

すると先生は「ちょっと違うかな」と右手を振り、

「ダライ・ラマは輪廻転生《りんねてんしょう》思想から生まれた存在で、同じ魂が身体《からだ》を変える、つまりは生まれ変わりだと信じられているものだから、美寿々さまのように名前を継ぐだけなのであれば、むしろ歌舞伎《かぶき》役者なんかの襲名の方が近いんじゃないかな？」

　なるほど……そういうものか……。

　それにしても、話を聞く限りではやっぱり美寿々さまは「良い巫女」って感じだし、そこに人を苦しめたり悩ませたりする要素は感じられない。

　じゃあ、あの手紙に書かれていたことはやっぱり嘘《うそ》なのか？

　……僕が最初に行った赤江島では、赤江一族は人の命を使った蠱毒《こどく》を行ったことで呪われたと聞いたけど、美寿々さまにはそんな要素が一切ない。それとも神道では死は穢《けが》れ、ってところから「死者を身に降ろす→穢れを受ける」ってことなんだろうか……。

　でもそんな理由じゃ弱い気もする……そもそも「人が死ぬ」というあの言葉は何なんだ？　業が積み重なって島に隔離された一族、ってよっぽどの事情がないとそこまでされないだろうし。

「やっぱりここは呪殺島じゃなくて、あの手紙も悪戯《いたずら》目的で……」

「え？　じゅさ、何ですか？」

　いつの間にか無意識のうちに口に出してしまっていたらしい。僕の呟きに、渚ちゃんがきょとんとし、他の皆がぎょっとしたように僕を見た。

「い、いや、何でもない、気にしないで！　それにしてもこういう内輪の話、僕らにしちゃっても良いのかな？」

　慌てて話題を変えると、渚ちゃんは怪訝《けげん》な顔のままではあったけど、そうですねぇ、と話に乗ってくれた。ほっ。

「本当はいけないんだと思います。島の人は私が皆さんにお話しした事、あんまり良く思わないかも……なので今の話は、母にも皆にも内緒にしててくださいね！」

なんて話をしながらワイワイ文献を開いたり、木箱の中の壺《つぼ》や用途の分からない品々を取り出して眺めたりするうちに、いつの間にか時間はどんどん過ぎ……蔵の中にいると外の気配が分からないので、スマホを確認してビックリした。

いつの間にか、もう二十一時を過ぎている。

「先生。渚ちゃんもいるし、今日はこの辺りでおしまいにしませんか？」

僕の仕草に気付いたのか、瑚大朗さんが腕時計を確認しながら提案した。今日は早朝から交通機関を乗り継いだうえ、山道を歩いたりもしたから割と疲れている僕もすぐに頷く。

「明日からは祀《まつ》りがあるから外出禁止っぽいけど、蔵は見せてもらえるんですよね？　だったら続きは明日にでも」

「そうだね～。いつも調べものをしてる時は宵っ張りだからうっかりしたな、いくら家の中とはいえ、未成年の女の子をこんな時間まで引き止めるのはさすがにまずい……一旦引き揚げようかね。あ、文献を幾つか座敷に持ち帰りたいんだけど、渚ちゃん、構わないかな」

「手前にある文献は屋敷の中であれば持ち出しても構わないって言われてます。ただし、破ったり濡《ぬ》らしたりしないでくださいね」

めっ！　みたいな感じで注意する渚ちゃん。それに先生が素直に「わかりましたぁ」って片手を上げて頷き、僕らはほっと身体を伸ばした。

長時間、蔵の中で体を曲げつつ作業していたから、節々が痛くて少し身じろぎするだけでもパキッと関節の鳴る音がする。

「渚ちゃん、付き合わせちゃってごめんね。時間は大丈夫だった？」

「あんまり遅くなったら母が迎えに来ると思うので、まだ大丈夫だとは思います」

渚ちゃんはそう言ったけど、若水さんも家の用事や僕達の寝支度なんかを整えなきゃいけないみたいだし、忙しいはず。

「この資料、全部出しっぱなしにして部屋に戻る訳にもいかないから、片付けにもうちょっと時間がかかるよね。真白くん、悪いけど先に戻って若水さんに伝えてもらえないかな。渚ちゃんももうすぐ戻りますって」

「すみません……私、ここの蔵の鍵《かぎ》を閉めるまでは離れられないので」

「了解、ちゃんと伝えるよ」

一応、見張りの役割を終えるまでは動けない渚ちゃんに申し訳なさそうに言われて、僕らは一足先に蔵を出ることにした。僕ら、というのは、古陶里も一緒についてきたからだ。

「真白一人だと、また迷子になるかもしれないからな」

「……面目ない」

そんなわけで、僕と古陶里は二人並んで、寒さの増した薄暗い廊下を、座敷に向かって戻ることにした。

11

「なんだか良く分からなくなってきたなぁ」

ぎし、ぎし。と軋《きし》む板張りの廊下を進みながら、僕は思わずため息を吐く。

明かりのあった蔵とは違い、部屋と部屋の間の廊下は薄暗い。それでも夜間には真っ暗にならないよう、天井近くについている僅《わず》かな照明が点灯するらしく、その僅かな明かりの中をそろそろ歩いていると、何だかお化け屋敷の中を歩いているような気分になった。

前方を照らしながら、まるで洞窟の中に入って行くような気分でいる僕に、隣で猫のように音を立てずに歩いていた古陶里が、感情の窺《うかが》えない眼差《まなざ》しをすっと向ける。

「その、分からない、というのは、さっきの独り言のことか？　うっかり手紙の事を口にしていただろう、蔵の中で」

「あ、あれ、やっぱり聞こえてた？」

焦《あせ》って苦笑いする僕に、古陶里は呆《あき》れたように吐息して、視線を正面に戻した。

「手紙の差出人のことは確かに気になるが、島の人間の前では禁句だろう。ここに来てさほど経《た》っていない私でも、島の人間が巫女という強固な絆《きずな》で結ばれているのが分かる。告発文のようなあの手紙の主が『異端者』なんだ」

「だけど古陶里は不思議に思わない？　なんであの手紙の主は僕らに接触してこないんだろう。確かにあれを出すのは島を裏切ることになるんだろうし、身の危険もあるかも知れない。でも人の命がかかってるのに……」

千駒島に対して、僕が抱いていたイメージはやはり「赤江島」だ。

あの地で赤江神楽さんは、呪殺島に流された一族の末裔《まつえい》として島の人達から距離を置き、自分にかかった呪いを周りに伝播《でんぱ》させないように細心の注意を払っていた……ように思う。

だけど千駒島では、呪術《じゅじゅつ》を執り行う一族……千駒家の人間が島人に混じって暮らし、むしろ畏《い》怖《ふ》と尊敬の念を向けられながら集落の中心となっているのだ。

「本当にこの島で人が死に、恐ろしい秘儀が行われているのなら、どうして千駒美寿々は島人たちの信仰心を集めてるんだろう」

「先代の美寿々とやらは四十で亡くなったという。死因については触れなかったが、天寿を全うしたとは思えない。だとしたら、そこには何らかの呪詛《じゅそ》の要素があり、死の穢れがあることは間違いないだろう。それにこの島に来てからおかしなこともいくつかあったしな」

「おかしなこと？」

「真白も気付いているだろう。まずひとつめは、千駒美寿々の幼馴染《おさななじ》みだと言った稲波綾花の話、そして神社に行く途中にいた能鷹冬樹と篠峯竹葉、同じく、神社で聞いた子供の声」

ひとつずつ、指折り数えながら古陶里が呟く。

「綾花ちゃん、何か変な話してたっけ？　冬樹くんと竹葉ちゃんが鳥居のところにいたのは確かに変な雰囲気だったな〜と思ったし、あと、子供の声も気になったけど」

「気付かなかったのか？　まあ、あれは単なる数字の間違いだとして、途中で見かけた二人の様子は明らかにおかしかったし、子供の声も松尾夫人と山長氏が咄嗟《とっさ》にごまかしたのが気にかかる」

「数字って何？　あと、子供の声は松尾さんにお子さんがいるとかじゃないの？　美寿々さまには身内がいないんだよね？」

「だとしたら誤魔化す必要はない筈だな。最初は移住してきた家族か養子に来た子供でも隠しているのかとも思ったのだが……何か、もっと重要なことを隠しているような」

「……あのさ、そのことなんだけど」

古陶里が虚空《こくう》を睨《にら》みながら呟く姿に、ふと、今だと思った。蔵から続く抜け道の事、話すなら飛露喜くんのいない今しかないって。

だけど、それより先に、視界の端、真っ暗な庭園に何かが見えた気がして、僕と古陶里はビクッと反射的にそちらを見る。

高い塀のこちら側に作られた広々とした庭園。真っ赤な実を付けたクロガネモチやマツの木の合間に小さな池とししおどしのある、典型的な日本庭園であるその中に、確かに人影があったのだ。

「飛露喜くん？」

後ろを向いていたけれど、それは間違いなく、数時間前に蔵を離れた飛露喜くんだった。こちらに気付かず、誰かと必死で話しこんでいるようだけど、相手の姿は完全に建物に隠れていてまったく見えない。

やがて僕らが声をかける間もなく、飛露喜くんはそのまま、建物の陰にすっと隠れてしまった。誰かと話しながら庭園の奥に消えた、という雰囲気だった。

「……どうしたんだろ。部屋で祀りの準備をするとか何とか言ってたのに……」

「あんな場所で隠れて話す必要があるか？　この島の人間はよくよく内緒話が好きらしい」

「あんなふうにされるから、余計に皆が怪しく見えちゃうんだよなぁ……まさか人を殺す相談をしてる……なんてことはないか、さすがに」

「ならいいんだが」

つん、とむくれたように言って、古陶里は再び座敷に向かって歩き始める。ここまで来たらもう迷子になることはないんだけど、それでも僕は慌てて彼女の後を追う。

「ね、山長家は祀りでは審神者を務めるとか何とか言ってたけど、確か竹葉ちゃんも祀りで役目があるんだよね……巫女の案内、とかなんとか？」

「千駒島の巫女は死者の魂を降ろすと言っていたな。人ならざるもの、神の存在を身に降ろして宣託を受ける神憑《かみがか》りでは、巫女や審神者、琴師といった役割があるが、恐らくはそうしたもののひとつだろう」

「なるほど……」

なんて話をしていたら、僕はさっきまで話そうとしていた蔵の抜け道のことを完全に忘れてしまった。結局そのまま部屋に戻って若水さんに渚ちゃんのことを伝え、布団《ふとん》を敷くのを手伝ううちに、片付けを終えた先生たちも戻って来て……その頃には、朝からの気疲れでぐったりしていて、庭園で見かけた飛露喜くんのこともすっかり忘れてしまっていたんだ。

まさかそれが、生きている飛露喜くんの姿を見た最後になるとは思いもせずに。

12

祀り当日の朝。

スマホのアラーム音にはっとして目覚めると、辺りはすっかり明るくなっていた。

時刻は午前七時。寒くて布団にミノムシみたいに包《くる》まったまま身体を起こすと、既に隣にあった布団は畳まれていて、身支度を終えた瑚大朗さんがさごそと鞄《かばん》の中を片付けているところだった。

「ああ、おはよう、真白くん。そろそろ起こそうと思ってたんだ」

「おはよーございます……」

頭がまだぼんやりしてるけど、何とか記憶を辿《たど》る。そうだ。確か昨日は蔵の捜索を終えて部屋に戻って、その後すぐに横になって寝ちゃったんだ。

ちなみに古陶里と世志月先生の女性陣は襖《ふすま》を挟んだ隣の座敷で眠っていて、瑚大朗さんの話によると、既に起きて洗面所に行っているらしい。

「さっき若水さんが来てね、七時半に朝食って言ってたから、真白くんも早く準備した方が良いよ」

「ふぁい……分かり……ましたぁ……」

大きく欠伸《あくび》した途端に出した腕がひやりとして、身を竦《すく》める。暖房を入れてもらっているはずなのに、座敷の中はやっぱり寒い。

「真白くん、廊下は冷えるから靴下を履いていったら？」

有難いアドバイスを受け、替えの靴下を出してのろのろ履くと、僕はお泊りセットを手に廊下に出た。

昨夜教わっていた洗面所に行くと、懐《なつ》かしさを感じさせるタイル敷きの大きな流しの前で、古陶里と世志月先生にバッタリ会う。すでに歯磨き洗顔用具を片付けている辺り、これから座敷に戻るんだろう。二人とも、簡単にとはいえバッチリ着替えとメイクを完了させているので、そこに寝起きのぼんやりとした空気はない。

「みんな早いなぁ」

僕が言うと、古陶里が薄く微笑《ほほえ》んで、

「真白の場合は睡眠時間と言うより寒さに弱いんだろう？　朝食まであと三十分だぞ、私と先生は先に座敷に戻っているから、急げ」

「はいはい、分かりましたよ」

　女性と違って男の朝の支度なんて手早いものだ。五分程度でちゃちゃっと済ませて座敷に戻り、ようやく着替えたところで若水さんが現れた。

「皆さん、おはようございます。あらまあ、お布団そのままで良かったのに」

　簡単にまとめた布団を見て若水さんはおっとり言い、そのまま昨日、昼食と夕食をとった座敷に案内してくれた。

　朝の光に照らされた庭園が廊下越しに見えるよう、襖を開け放したその部屋には既に、四人分の食事が並んでいた。聞けば山長さんと飛露喜くんは、午後から始まる祀りの準備があるので同席しないとのこと。忙しいんだろうなぁ、と思いながら、僕らは食卓につく。

　ちなみに今朝のご飯は、炊《た》き立てのご飯に山菜の味噌汁《みそしる》、焼き鮭《ざけ》と、お椀ですくったような形の手作り豆腐にほうれん草のお浸し、出汁まき卵、あとは季節ものの小鉢がいくつか。

　途中、若水さんが退席して（たぶん僕らの布団を片付けに行ったんだと思う）、いち早く食事を終えた先生が「この後の予定なんだけど」と切り出した時、玄関先で何か大きな音が聞こえた。

　やがて、ガタッとどこかの襖を荒々しく開ける音がしたかと思うと、庭に面した廊下を、渚ちゃんが走って来る姿が映る。

「渚ちゃん？　どうかしたの？」

「渚？」

瑚大朗さんが腰を浮かして声をかけるのと同時に、物音を聞きつけた若水さんが奥から現れ、気付いた渚ちゃんが慌てて座敷に入ってくる。そのまま僕らと若水さんを見比べた彼女が何か言おうとした時、再び玄関から、悲嘆にくれたような大きな声が響いた。

「渚、どなたかいらっしゃってるの？」

「あの、篠峯さんご夫婦が……竹葉さんがいなくなったって」

「え？」

娘の腕を摑《つか》んだ若水さんが怪訝な顔で言って、僕らもぽかんとする。

「そんなはずないでしょう、だって竹葉さんは祀りの準備をしているはずで……」

「祀りの準備をしている場所から消えた、ってことでしょうか」

不審な状況に思わず僕が口を挟むと、若水さんは、まるで僕らの存在に初めて気付いたみたいにぎょっとした顔になって、すぐに「いえ、あの」と口ごもった。

「私、旦那《だんな》さまを呼んでまいりますので、皆さんはこちらにいらしてください。渚、篠峯さんを別のお部屋に」

「えっ、でも」

「いいから。お願いね」

言って、若水さんが慌てて座敷を出て行く。渚ちゃんが不安げに僕らを見たものの、今度は玄関からどたどたと足音が近付いてきて、

「山長さん、こちらにいらっしゃるんですか？　うちの娘が」

今度は背後の襖が開いたかと思うと、壮年の夫婦らしき男女が飛び込んできた。

眼鏡をかけた神経質そうな長身の男性と、竹葉ちゃんと同じくらい髪を短くした女性。二人とも、どことなく竹葉ちゃんに雰囲気が似ている。

彼らは座敷にいた僕らを見るなり、はっと立ち竦んだものの、すぐに我に返った様子で一礼した。

「……これは失礼しました、てっきり山長さんがいらっしゃるのかと」

「いえ、大丈夫です。そんなことよりお嬢さんをお探しと伺いましたが」

顔面蒼白《そうはく》のまま呆然《ぼうぜん》としているご夫婦に、世志月先生が立ち上がる。とても落ち着いていられる状況じゃないだろうに、二人は僕らに遠慮しながらも再び頭を下げ、すぐに竹葉ちゃんのお母さんが口を開いた。

「娘は昨日から祀りの下準備のために千駒神社に入っていたのですが、今朝になっても戻ってこなくて」

「神社にはいなかった、と？」

古陶里が聞くと、今度はお父さんが震える手を拳《こぶし》にして、

「篠峯の家は代々、祀りでの巫女の案内役を担《にな》っておりますが、島の習わしで祀りの前日

の十七時頃から神社に入り、前準備を整えるんです。本来なら朝方一度家に戻って心身を清めねばいかんのですが、時間になってもなかなか戻らないので、千駒神社に行ったところ」

「……娘は、二時間ほど前に社を出たと、松尾さんが」

「竹葉がおらんというのは本当か」

　その時、篠峯さんたちの背後の開いたままの襖から、若水さんを連れた山長さんが現れた。祀りの準備云々《うんぬん》、って言ってたから装束に着替えているのかと思いきや、見たところ昨日と変わらない、普通の姿だ。

「どうなっとる。午後の祀り本番までには着替えて神社に戻らんといかんのに」

「こっちが聞きたい！　言っておくが、竹葉はこんな大事な時に役目を忘れて出歩くような子じゃない、何かあったとしか思えんわ！」

「山長さん、竹葉はこちらには来てないんですよね？」

　篠峯さんご夫妻が、怒り混じりで、あるいは不安そうに山長さんに詰め寄る。それに山長さんも困惑した様子で首を振り、飛露喜は……と言いながら若水さんを振り返った。

「あいつは何しとる。こんな時に」

「それが……お部屋にも姿がなくて」

「飛露喜もおらんのか？　あのアホ、何を考えとる、審神者も準備があるとあれほどしっかり言い聞かせたのに」

昨日、初めて会った時は温厚そうだと感じた顔を苛立《いらだ》ちに歪《ゆが》ませ、山長さんは吐き捨てるように言う。その形相にピリつく座敷にこっちまでいたたまれなくなりつつも、ふと気付いた。

というか、飛露喜くんもいないの？　こんな大事な時に？

昨日の夜に庭園で見かけた姿を思い出した。誰かと話しこんでいる様子だった後ろ姿……まさか、あれから部屋に戻ってない、なんてことはないよね？

「若水さん、飛露喜くんって昨日、戻ってきました？」

「え、坊ちゃんですか？　そういえば昨夜は、確か九時過ぎに廊下を歩いているのを見ましたが、その後は一度も」

「おい！」

怪訝な顔でこちらを見る古陶里の視線を感じつつ、身を乗り出して尋ねようとした時、それまで黙って話を聞いていた篠峯さんがカッとなった様子で声を上げた。

「今はうちの娘の話をしとるんだ、話をややこしゅうせんといてくれ！　すまんが山長さん、集落の皆で娘を探してもらえんだろうか。祀りの大事な時期なのは分かっとりますが、竹葉は真面目《まじめ》な子だ。こんなふうに誰にも言わずにどこかに行くなんて絶対にありえんことですよ……もしかしたら、何かの事故に巻き込まれた可能性だってある」

「……山長さん、我々にも協力させて下さい。確かに今は大事を控えた大変な時かもしれませんが、竹葉ちゃんが心配です」

渋る山長さんに、先生が代表して頭を下げる。その様子と、お互いの身体を支え合いながらやっと立っている、という状態の竹葉ちゃんのご両親を見ると、山長さんはようやく頷き、

「竹葉が見つからんことには、祀りも……そうですな、致し方ない」

ぼそぼそと呟くと、不機嫌さをそのまま表情に出して、再び若水さんを振り返った。

「集落の皆にも声をかけよう。あんたは飛露喜を探して、すぐに竹葉の捜索に加わるように伝えなさい。私は先に、皆と一緒に竹葉を探しとるから」

「分かりました」

それが号令みたいなものだった。僕らは慌《あわ》てて荷物の置いてある部屋に戻ると、上着を羽織って玄関に向かった。

13

何とか捜索協力を許してもらえた僕らは、地理に疎《うと》いこともあり、渚ちゃんと行動を共にすることとなった。

竹葉ちゃんを探して自分たちまで迷子になったら意味がないし、何より勝手に禁足地に入ってしまう恐れもあったからだ。

「わしらも後から向かいますが、怪我《けが》をしてはいかんので、どうぞ無理はせずに」

山長さんはそう言うと、今すぐにでも屋敷を飛び出して捜索に向かいそうな篠峯夫妻を引き留め、地図を出して何事か相談し始めた。

　続けて山長さんが集落の人たちに電話をかけ始める中、僕らはひとまず千駒神社のある山へと向かうことにする。竹葉ちゃんは神社から自宅に向かう途中でいなくなったと思われたからだ。

　山の斜面を登り、ゆるやかな弧を描く赤い鳥居の道をひたすら突き進み、ようやく参道に到着する。その足で真《ま》っ直《す》ぐ社務所に向かい、すぐに心配そうにうろうろしている二人の男女とバッタリ出くわした。

「ああ、皆さん、おはようございます」

「おはようございます」

　青白い顔色で挨拶《あいさつ》してくれたのは、昨日、美寿々さまのお世話役だと紹介された松尾伊佐美さんだ。その隣には、体格の良い、神主装束をまとった強面《こわもて》の男性が並んでいる。

　もしかして、と思った途端、男性は白い息を吐きながら、重々しく「松尾玄庵《げんあん》です」と自ら名乗り、促すように伊佐美さんに視線を送った。

「昨日は、妻がどうも」

「ああ、はい……」

「そんなことより、竹葉さんは、まだ見つかりませんか」

　むすっとした顔の玄庵さんと僕らの挨拶を遮るように、伊佐美さんが慮《おもんぱか》るような声で聞いてくる。不安に揺れるその声に、こくこく頷いたのは、僕らの先頭に立つ渚ちゃんだ。

「いません、どこにも。山長さんもすぐに集落の皆を連れて探しに来るって言ってたので、もう少ししたら人手が増えるはずです。私は母に言われて、皆さんと一緒に先に来ました」

「今朝、竹葉ちゃんがここを出て家に戻ったというのは……」

先生が尋ねると、伊佐美さんは不安そうに頷いて、

「はい、確かに竹葉さんは昨日の十七時から今朝の五時まで千駒神社の拝殿にいらっしゃいました。祀りの前に整えておくものがあって、昨夜から泊まりでその準備をしていたんです。それで、朝になって着替えの為に家に戻られるのを、私が見送りました」

「私は社務所につめておりましたが、妻は竹葉さんと一緒におりましたので、確かでしょう」

「失礼ですが、千駒神社を調べても構いませんか」

ずばりと、僕らの思いを口にしてくれたのは、世志月先生だった。

その言葉に、案の定、玄庵さんが険しい表情になる。よそものが……という言葉が聞こえてきそうなくらい、それは分かりやすい拒絶だった。

「……あいにくですが、神社には誰もおりませんよ。美寿々さまも一部の者だけが知る場所においでですし、そもそも客人を本殿に入れる訳にはいきません」

玄庵さんははっきりとそう言った。低くてよく通る、渋い声だ。

だけど先生も負けてない。眼鏡を押し上げて一息つくと、今度は玄庵さんに頭を下げながら「お願いします」と口にした。

「社の中に入るのが難しい、ということは重々承知しています。私も民俗学に関わる者のはしくれです、禁忌を犯すことの恐ろしさも理解している……しかし、今は一刻も早く竹葉さんの身の安全を確認しなければ。既に中は確認済みのようですが」

「……本殿の中には絶対に入らない、と約束していただけますか」

重々しく、玄庵さんが言う。それに僕らが頷くと、松尾夫妻はしばらく顔を見合わせていたものの。

……やがては頷き、境内の捜索許可を出してくれたのだった。

ようやく動き出した僕らの間に流れるのは緊迫した空気。誰もが険しい表情で、何か大変なことが起きてるんじゃないかって予感に襲われている。

思いつくのは、あの手紙にあった不吉な言葉……だけどまだそうと決まった訳じゃない。確か彼女は昨日、鳥居から離れた森で冬樹くんといるのを見かけた時、今回初めて祀りの大役を担うことになったと言っていた。とすると、その緊張を解くためにどこかを散歩してるとか……真面目な子だからこそその寄り道があってもおかしくない。

（もしかして、冬樹くんにも話を聞いてみた方が良いんじゃないのか、これ）

そんなことを考えつつ、僕らは許される限り本殿に近付いて辺りを探す。軒下や茂み、賽銭箱《さいせんばこ》付近や閉じたままの本殿の扉周りも……だけど松尾夫妻が話していた通り、竹葉ちゃんの姿はどこにもなかった。

「参ったねぇ。こりゃ一旦、篠峯さんの家への道を辿った方が良いかもしれないよね。そのうえで」

「あっ」

一通り探して皆で集まり、眼鏡を外した世志月先生が滲《にじ》んだ汗を拭きながら提案した……その時だった。不自然なほど引き攣《つ》った声が、神社から離れようとしていた僕らの動きを止めたのだ。

声を上げたのは、社から少し離れた場所に立つ渚ちゃんだった。彼女がいたのは境内の端にある真っ赤な柵の並んだ場所で、いびつに突き立ったその境界の向こう側には滝がある。昨日、山長さんに案内してもらった……十五メートルほどの高さの滝、滝壺《たきつぼ》が洞窟を通じて山長家の蔵に繋《つな》がっている、例の場所だ。

その縁に立ち、渚ちゃんは真っ青な顔で下を覗き込んでいた。真下、つまりは滝の流れ落ちる先、滝壺を。

これを耳慣れた言葉で表現するなら、いわゆる「嫌な予感」ってやつだ。

……最初に我に返ったのは古陶里だった。真っ先に渚ちゃんのもとに駆け寄り、続いて瑚大朗さん、世志月先生がそれを追いかける。僕と伊佐美さんもようやく我に返り、遅ればせながら渚ちゃんに近付いた。そして。

「ああ……」

渚ちゃんの視線を追い、恐る恐る滝壺を見下ろした僕は、思わず嘆息する。

激しい瀑布《ばくふ》の先、滝しぶきが霧のように舞う滝壺の中に、それはあった。揺れながら、時に水の勢いに巻き込まれて沈んでは再び浮かぶ人影……。

まるで人形のような「それ」が。

「あれ、人じゃないよね？　違うよね、似てるけど、そんなわけないよね⁉」

パニックを起こしたような甲高い声で、渚ちゃんが叫ぶ。僕らが周りに駆けつけた今でも、その視線は滝壺の下に向かったままだ。ようやく気付いた古陶里が彼女を引き寄せ、柵から引きはがしたけど、渚ちゃんは震えながら「いやだ、違う、こんなのやだ」とうわ言のように繰り返していた。

だけど僕らだって同じようなものだ。誰もが立ち尽くし、滝壺に浮かぶ人の形をしたそれを凝視することしかできなかったんだから。

まるで映画のワンシーンみたいにすべてが非現実的だった。ゆらゆら動く人影、力を失って流れに翻弄《ほんろう》される人の身体……。

「おい、どうした！」

すると、そんな僕の思考を断ち切るように、ようやく玄庵さんが駆け寄ってきた。その声に振り返った人はいたけれど、やっぱり、誰一人として声を発することが出来ない。滝壺に浮かぶものが何であるのか、誰もが同じことを……僕が今、そうではないかと思いついてしまった事を、考えていたからだと思う。

「なんだ？　あれは、何かあそこに……」

そして、僕らと同じように滝壺を覗き込んだ玄庵さんと瑚大朗さんも、ようやく状況に気付いて僕らを見た。

「……まさか、竹葉さん、なのか？」

そして、誰もが口にできなかった言葉を形にしたのは、玄庵さんだった。

「こ、ここから落ちたのか、こんなところから？」

「いや、待ってください、まだ竹葉ちゃんと決まったわけじゃ……」

「そうですよ、大体、家に戻るつもりだったのなら、ここは方向が真逆じゃないんですか？　なんでわざわざ滝に近付いたりなんか」

「待て。違う」

玄庵さん、先生、瑚大朗さん、僕、そして渚ちゃん。ほとんど誰もが滝壺に浮かぶものを竹葉ちゃんだと確信し、半ばその死を受け入れながらも呆然と話し込んでいた時。

眼を細めて水面を睨み付けていた古陶里が、すべてを打ち消すような強い声できっぱり言った。

「あれは篠峯竹葉ではない。はっきりとは見えないが」

「え？　ちょっ、何言ってんの古陶里」

咄嗟に突っ込んだのは僕だ。だって、はっきりとは見えない、どころの話じゃない。この距離、しかも滝の流れとしぶきで視界が限られている中、浮かんでいる人間の顔なんて……どころか生死すら確認することはできない状況なのだ。

だからこそ僕らも、どこを探してもいない竹葉ちゃんと滝壺に見える人影を結び付けて話しているのに……と。驚く僕に、けれど先生まで「待てよ、確かに」と言い出した。

「古陶里ちゃんの言う通り、あれは竹葉ちゃんじゃなさそうだよ。というより……男性じゃないのかな。覚えてない？　あの服、何となく見覚えがある」

「制服？」

誰かが言った。渚ちゃんだったかもしれない。

「そう。高校の制服、それも、男子学生のものだよ。真白くんも見たことがあるよね？」

男子学生の、高校の制服。先生の言葉に僕も頷く。確かに、見た。この島には高校が一つしかないって話を聞いた時に……竹葉ちゃん達は制服姿で、冬樹くんもまた、そうだった。

だけど冬樹くんは、ひとつにまとめられるくらいに髪を伸ばしていて、あそこに浮かんでいる人影とは一致しない。流れに激しく翻弄されてはいるけれど、それくらいなら分かる。滝壺の人影の髪は、どちらかというとショートカットに近い長さだからだ。

だとしたら……まさか。

「……そうだ。言われてみれば確かに、神社を出た時の竹葉さんは巫女装束をまとっていた。制服姿の訳がない」

「飛露喜さんです」

言葉を失う僕らに代わって、松尾さん夫婦が交互に呟く。

「あれは、滝壺のあれは……竹葉さんじゃなくて、飛露喜さん……」

「だけど、何故《なぜ》。竹葉ちゃんじゃなくて飛露喜くんなんだ？　どうして」

繰り返す松尾さんの言葉に、僕らはただ、言葉もなく、滝壺に浮かぶ人形のようなそれを見下ろし続けた。

辺りに轟《とどろ》き渡る瀑布音に包まれながら。

第二章　神の棲《す》む島

1

飛露喜くんが死んだ。滝壺《たきつぼ》に落ちて。

その可能性を口にした松尾夫妻に、僕らは呆然《ぼうぜん》として、でも、すぐに我に返った。

「いや、皆さんちょっと、ちょっと待ってくださいよ、落ち着いて。まだ確認したわけでもないのにそんな……大体、飛露喜くんが何であんなところに」

「そういえば、朝から飛露喜くんの姿が見えないって話をしてたね、山長さんと若水さんが」

頭がうまく働かないまま呟《つぶや》いた僕に、瑚大朗さんが怖々《おずおず》と言う。その言葉に、僕も確かに思い出した。

『飛露喜もおらんのか？　審神者《さにわ》も準備があるとあれほどしっかり言い聞かせたのに』

『飛露喜を探して、すぐに竹葉の捜索に加わるように伝えなさい。私は先に、皆と一緒に竹葉を探しとるから』

そうだった。山長さんはそんな話をしていたんだ、屋敷を出る直前に。

だけど、だからってあそこに浮かんでいるのが飛露喜くんだなんて……そんなことが有り得るのだろうか。竹葉ちゃんが行方不明になった同じ日に、今度は飛露喜くんが、滝壺に落ちて亡《な》くなるだなんて。

「すぐに通報しましょう。もしかしたら何かの間違いかもしれないし……瑚大朗」

「そうですね。ここは携帯が使えませんから、社務所の電話をお借りしたいのですが」

「しかし……調べると言っても、あの滝壺にはそう簡単に近づけないし、そもそも竹葉さんがまだ見つかっていないんだから、こっちに人手は割けない。警察の手を借りようにも、滝のそばには斎宮《いわいのみや》があって近付けん、祀りが終わるまでは何とも……」

先生と瑚大朗さんのテキパキとした対応に感心したのも束《つか》の間《ま》、それに対する玄庵さんの言葉に、その場にいた全員が絶句した。いやいやいや、今はそんなこと言ってる場合じゃないだろう。

すると僕らの気持ちを代弁するように、瑚大朗さんが一歩踏み出し、

「あそこにいるのは飛露喜くんかもしれないんですよ？　もしかしたら、まだ息がある可能性だって……確かに祀《まつ》りも大切でしょうが、今はとにかく人を集めて」

「……大切、だと？　そんな簡単なもんじゃない、我々がどれだけ待ち続けてきたのかあんたら部外者に分かるのか、島人が全員、どんな思いで……」

「あなた、落ち着いて」

「瑚大朗も、そう興奮するな」

普段は温厚な瑚大朗さんと、強面《こわもて》の玄庵さんが言い争うのを周りが止めて、そうこうするうちに赤い鳥居の坂道から、集落の人たちを連れた山長さんが現れた。

寒さでくすむ景色の中、こちらに駆け寄ってくる山長さんの姿に、僕らは束の間「もしかしたら」と心のどこかで期待した。そのすぐ隣に飛露喜くんの姿があるんじゃないか、って。

だけどその願いは叶《かな》わず、思わず言葉を失う僕らのもとに、山長さんたちが駆け寄ってくる。

「玄庵さん、伊佐美さん。一体こんなところで何しとる。竹葉はまだ見つからんのか」

「それが……山長さん」

「飛露喜くんはどこにいますか」

真っ先に尋ねたのは先生だった。眼鏡の奥の瞳《ひとみ》の感情を消して聞くその姿に、山長さんはいぶかしげな表情で「それが」と首を振る。

「どこにもおらんので、我々だけで探しに出たんです。若水さんに屋敷に残ってもらって、飛露喜が見つかり次第、こっちに来させるように言うたんだが」

「……いないんですか？　本当に、どこにも？」

「何でそんなことを聞くんです。探しとるのは竹葉でしょう、今は竹葉を」

言いかけて、山長さんがぴたりと口を閉じる。ようやく僕らの間に漂う重い空気に気付いたようだった。

「飛露喜がどうかしたんですか。大体、皆してなんでこんなところに集まっとるんです」

「山長さん、落ち着いて聞いてください。……滝壺に人らしきものが浮かんでいます。それが、もしかしたら」

「竹葉が、滝に落ちたのか⁉」

先生が結論を言うより先に、山長さんと、その背後にいた篠峯夫婦が悲鳴を上げて滝の境界線の赤い柵《さく》に駆け寄った。止める間もない。そのまま滝壺に浮かぶものを見るなり息をのんで、

「た、竹葉……⁉　竹葉ぁぁぁぁ！」

「なんでこんなところから、なんで……」

篠峯夫婦がその場に頽《くずお》れる。だけど。

「あれは篠峯竹葉ではない、と思う。ここからでははっきり顔が確認できないが」

さっきと同じようなタイミングで古陶里が言って、ご夫婦が、ぽかんと古陶里を見た。

「え……」

「竹葉じゃない、って」

「わかりませんか。あれは、男性のように見える」

古陶里の言葉に、震えながら立っていた渚ちゃんが、引き攣《つ》るような声を上げてその場

にへたり込んだ。

……その後、僕らは山長さんと集落の人たちに、知り得る限りのことを説明した。とは言っても、今の段階で話せるのは、滝壺に落ちたのが飛露喜くんじゃないのか？　ってことと、未《いま》だに竹葉ちゃんが見つかっていないということくらいだったけど。

「飛露喜が……なんでまた、滝壺なんぞに」

　呆然と呟いた山長さんは、さすがに動揺を隠せないようだった。当然だ、自分の息子が亡くなったかもしれない状況で、平静でいられるわけが……と思った矢先、

「とにかく、あれを回収せんといかんが、今は祀りの準備がある。何より、飛露喜が務めるはずだった審神者の代わりも探さんと……竹葉のこともある、下を探しとる皆に連絡して、まずは竹葉の捜索を続けよう」

　背後にいた島人達を振り返りながら言ったその姿に、薄々予想していた僕らもぎょっとした。

　千駒島の人にとって、祀りがとても大切なものなのだということは、僕らだって理解している……つもりだった。けど、さすがにこれは。

　そう思ったら、僕は無意識のうちに「あの！」と声を出していた。

「山長さん、この滝の真下はそう簡単には近付けない岩場だけど、島の人なら話は別だって言ってましたよね？　だったらすぐにあそこに浮かんでいるのが誰なのかを確認すべきだと思います。人手が足りないなら僕らが手伝いますし、竹葉ちゃんの捜索と並行して」

「あれが飛露喜であろうとなかろうと、もう死んどる。見れば分かるでしょう。それなら竹葉の捜索を優先せんと、万が一の場合は竹葉の代わりも探さんといかんのですから」

「死んでるって……まだ分からないじゃないですか！　万が一、まだ生きていたら……」

さすがの僕もかっとなり、咄嗟《とっさ》にそれを言おうとした。

そう。滝壺に近付けないのなら、内側から行けばいい。山長さんの屋敷の蔵から滝の裏側まで繋《つな》がる道、あれを使えばいいんだ、って。

だけど僕がそれを口にするより先に、山長さん、と悲痛な声が僕らの耳を打った。竹葉ちゃんのご両親である篠峯夫妻だった。

「飛露喜さんがここから落ちたのなら、竹葉の身にも万が一の事があるかも知れません。その辺をふらついているわけじゃない、これは事件です、竹葉だってもしかしたら」

「わかっとる。改めて皆で竹葉を探そう。悪いが皆さんには屋敷に戻ってもらいますよ、さっき仰《おっしゃ》っていた通り、これは非常事態だ。あんたら島の外の人間にふらつかれては、むしろ邪魔になる」

「なっ……！」

とんでもない物言いに反論しようとしたけど、その途端、僕は背後からぐいっと両腕を摑《つか》まれた。見れば先生や瑚大朗さん、古陶里も、集落の人達に囲まれている。

「そのまま皆さんを私の屋敷にお連れしなさい。今日から祀りの終わる年明け二日まで、あんたらには屋敷の中に閉じこもってもらいます」

2

豹変《ひょうへん》、なんてもんじゃない。

胸の内で何を考えていたのかはともかくとして、少なくともこれまで表向きには「客人をもてなす」という体《てい》だった山長さん、そして島の人たちは、今や完全に僕らを「調和を乱す異分子」とみなしていた。

山長さんの息子さんが亡くなったかもしれないのに、まるで僕らこそがその犯人であるかのような……集落の人たちに身柄を拘束された僕らは、結局、周りの迫力に押されて文句ひとつ言えないまま、山長さんのお屋敷まで連行された。

信じられなかったのは、山長さんのとんでもない判断に反対する島人が一人としていなかったことだった。彼らはむしろ従順に僕らを屋敷に押し込み、若水さんに山長さんからの指示を伝えると、玄関に一人だけ見張りをたてて立ち去った。

唯一《ゆいいつ》の救いは瑚大朗さんで、

「人手が必要な筈《はず》です、それならせめて俺を捜索隊に加えてください。仕事柄歩き回るのには慣れてますし、知っている子が行方不明と聞いてじっとしていられません。単独行動はしないと約束しますから」

あくまでそう食い下がった瑚大朗さんに、これ以上反対して揉《も》めるよりはと思ったのか、山長さんが「一人だけなら」と同行を認めてくれたのだ。瑚大朗さんはアイコンタクトで先生と何かやりとりした後、島の人たちと連れ立って竹葉ちゃん捜索に向かった。

　そうして、後に残されたのは部外者である僕ら三人と、憔悴《しょうすい》した様子の渚ちゃん、それに若水さんの五人だけ。

「本当に申し訳ありません」

　皆を代表して、というわけでもないんだろうけど。いったん渚ちゃんを部屋に連れて行き、すぐに僕らの座敷に戻って来るなり、若水さんが頭を下げた。だけどそこには山長さんの行動に反対する気配も、意思も感じられず、どころか彼女は深々と土下座しながらも、早口でこう付け加える。

「どうか悪く思わないでください。私も飛露喜さんや竹葉さんのことが心配です。でも、万が一のことがあって祀りが中止になったら……」

「島の祀りって、そんなに重要なものなんですか？　人が消えたのに、それを確認も弔いもせずに続ける必要があるほど？」

　若水さんを責めても仕方ない。そう分かっているのに、僕は思わずそう言ってしまう。

するとと古陶里が僕の肩に手を置き、

「真白、無駄だ」

「なんで」

「それを若水氏に言っても意味がない。彼女は山長氏や島人たちの言葉には逆らえないのだから」

言葉に、若水さんの表情が陰り、僕は何も言えなくなる。

若水さんは島の外から来た「よそ者」で、だけど、これからも娘さんと二人でこの島で生きていかなければならない。そう決めて、島に移り住んだはず。

だとしたら、彼女に正論をぶつけて説得しても立場を悪くするだけで、何の問題の解決にもならない。古陶里はそれを危惧《きぐ》したのだ。

「まあまあまあ、二人とも落ち着いて。こうなったら仕方ないよ、後は島の人達と瑚大朗に任せよう。少なくとも島の住人の大半が捜索に出ているようだし、我々が加わってもさほど状況は変わらないだろうしね。それに竹葉ちゃんがここに来る可能性だってある」

「この屋敷に？」

「彼女は島の外に興味を持っていたようだったからね、もしかしたら、わざと身を隠して我々に会いに来る可能性だってゼロじゃないよ？」

なんと、先生も僕と同じことを考えていたらしい。それはつまり「竹葉ちゃんが島を出たがっていた」という事であり……、

あの、僕らが島に来るきっかけとなった手紙、差出人不明のあの告発文を書いたのが、竹葉ちゃんである可能性が高まったということ。

「問題は飛露喜くんだけど……あれがそうと決まった訳ではないし、それこそ竹葉ちゃんと飛露喜くんが行動を共にしているかもしれないしね」

付け足された先生のその言葉は、滝壺で人らしきものを見た僕らに対する、ひとつの免罪符のようなものだったのかもしれない。

そこに知っている人間がいたのに、助けることもできず、屋敷に閉じこもるしかない僕らへの。まだ、そうと決まった訳ではないのだから、と。

「……私、昼食の前に何か身体《からだ》の温まるものを用意して参りますので、何かありましたらお声掛けください」

そうして、場の空気にいたたまれなくなった若水さんが座敷を去ると、僕らはようやく三人だけとなった。廊下を去っていく足音に耳を澄まし、いつの間にか無意識のうちに息を詰めていた僕らは、寒々とした座敷の中で一斉に白い息を吐く。

「先生。やっぱりあの手紙を書いたのは竹葉ちゃんなんでしょうか」

「……どうかなぁ。彼女が姿を消した理由が分からないから何とも言えないけども」

言いながら、先生が静かに立ち上がる。

「えっ。先生、どうしたんですか？」

「いやぁ、我々は屋敷の外に出なければ問題ないわけじゃない？　だとしたらここでじっとしている必要もないだろうし、飛露喜くんの部屋を見せて頂こうかなと」

「飛露喜くんの部屋……って、そんな勝手に」

「本人が、我々のいる座敷の斜め前だと教えてくれたから、場所は分かるんだよね。ちなみに今朝チラッと確認したら、鍵《かぎ》のない部屋だったよ」

「……あ。そういえば」

先生の言葉につられて思い出す。

「昨日の夜、僕と古陶里だけ先に蔵を出たじゃないですか。その途中の庭園で、誰かと話している飛露喜くんを見かけました。多分あれが最後に見た飛露喜くんです」

「庭園で、誰かと？」

「相手の姿は見えませんでした。けどあれ、確か二十一時過ぎだったよね、古陶里」

「ああ、蔵を出たのがそのくらいだった」

「誰と話していたのかねぇ。まさか、竹葉ちゃんとか？」

先生が腕組みしながら呟く。それには古陶里が「いや」と首を振り、

「彼女は昨日の十七時から、祀りの支度のために千駒神社の拝殿に入っていた……と松尾夫妻が証言している。途中で抜け出したのであれば話は別だが」

「その辺りは松尾さんたちに聞いてみないとわかんないよね。でも、途中で抜け出したんなら言ってくれそうなもんだけど……」

言いながら、考える。どうして昨日の夜、彼に声をかけなかったんだろう。すぐにどこかに行ってしまったけど、話しかけることで何か変わったかもしれないのに。

「庭園も調べてみた方がいいかもですね。飛露喜くんと一緒にいた人が誰なのかを探る手がかりがある可能性も……」

「じゃあ、その間に私は飛露喜くんの部屋を調べよう」

重い腰を上げて先生の横に立った僕に、古陶里もようやく立ち上がる。主《あるじ》のいない部屋に忍び入るなんて……という躊躇《ちゅうちょ》は、状況が状況だし、という免罪符の前に儚《はかな》く消えた。先生が飛露喜くんの部屋に入るのを見送り、僕らは昨夜、飛露喜くんを見かけた庭園へと向かう。

夜闇《よるやみ》の中では茂る木々の影が不気味な陰影を生み出していたその場所も、今は明るい日差しの下で、ごくごく普通の「日本庭園」としてそこにあった。冬の寒々しい景色の中、常緑樹の緑の木々の葉が茂り、その中にししおどしが見える。

靴はないけど、縁側の下に草履があったので、それを借りて庭に降りた。

外に置かれたままだった草履は氷のように冷たく、それから少し湿ったような植物と土の香りがして、その時、ふと僕は蔵から続く抜け道のことを話しそびれていたことを思い出す。

そうだ。なんでこんな大事なことを忘れてたんだろう。

滝壺に浮かんでいたものを回収するためには、滝壺の周りから近付くしかない、と誰もが考えていたけれど、本当はあるのだ。もう一つ、滝壺に近付く方法が。

「古陶里……あのさ」

半歩先を歩いて既に庭園の真ん中にいた古陶里が、ふっと動きを止めて僕を振り返る。その眼差《まなざ》しに向けて言葉を続けようとした、その時。

「……きゃっ！」

嘘《うそ》みたいなタイミングで声が聞こえて、僕と古陶里は同時に視線をそちらに向けた。

「何だ、今の」

誰かが転んだみたいな声だった。でも、庭園には僕ら以外の人影はない。あるのはただ、寒々しく微《かす》かに風に揺れる木の葉と、氷の張った小さな池と、ししおどしだけ。

不審に思いながらも、僕らは昨日、飛露喜くんがいた角、建物の陰に隠れてしまうぎりぎりの奥に足を向けた……その矢先、

「わっ！」

うずくまる何かにぶつかり、思い切り体勢を崩した。咄嗟にそばにあった幹に手をつき、それに驚いた古陶里が振り返って、僕の方をまじまじと見る。

その視線に「どうかしたのか」と問おうとして、僕はようやく、自分がぶつかったそれが何であるかに気付いた。小さく丸まった背中が震えるたびに、くるんと揺れる弧を描くツインテール。そのシルエットには見覚えがあった。

「綾花ちゃん？」

僕の声に、観念したように彼女はゆっくり顔を上げる。体勢を崩して地面に両手両膝《りょうひざ》をついたその姿は、紛れもなく、原宿に憧《あこが》れる今どきの女子高生、稲波綾花ちゃんだった。

3

「えっ、何してるの、こんなとこで」

「……ひどぉぉい、綾花のこと思いっ切り蹴《け》ったぁぁ」

恨めしそうに僕を見上げると、綾花ちゃんは膝についた土を払いながら立ち上がる。ふわもこの淡いピンクのショートコートに謎《なぞ》のキャラクターが描かれたニットワンピース、そして鮮やかな色合いのタイツを合わせたそのスタイルは、化粧っ気がまったくないからか、ひどく幼く見える。おまけに覗《のぞ》き込んだ彼女の目は真っ赤で、すごく痛々しい。

「ええと……綾花ちゃん、確か君、島の人たちと一緒に竹葉ちゃんを探しに行ったんじゃ……」

「途中で抜け出して来たの！　一人の方がもっとちゃんと探せるもん！」

赤い目を潤《うる》ませながら綾花ちゃんは言った。どこか怒っているようにも見える。

「祀りの前だから捜索できる場所は限られるとか言って、みんな全然飛露喜たちのこと心配してないし、あんなの、本気で探す気ないんだよ！　冬樹まで皆と一緒になっちゃって……あの二人が祀りの日にいなくなるなんて絶対に変なのに。おまけにみんな、飛露喜が滝壺に落ちたとか訳わかんないこと言うし、だからここに来たら何か分かるんじゃないかって」

綾花ちゃんはかなり混乱しているみたいだった。そりゃそうだ、幼馴染《おさななじ》みが二人も行方不明で、おまけに滝壺にはそれらしき人影が浮かんでいて。それなのに祀りのせいで警察の捜査もままならない状況だなんて、普通に考えてありえない。

「今年は特別なのに……こんな年に飛露喜も竹葉も行方不明なんて……」

　呆然自失、思わず漏れた、って声で言って、綾花ちゃんは僕と古陶里の前に再びうずくまる。まるで庭園の木々の茂みに膝を抱えて隠れる子供みたいに。

「何か……怖いよ……美寿々さまなら何か分かるんじゃないかって思うのに、禊《みそぎ》の間は会えないって……なんで今年なの……？　これじゃ、美寿々さまの呪《のろ》いみたいじゃん……」

「え？」

　言葉に驚いて綾花ちゃんの顔を覗き込むと、寒さで頬を真っ赤にした彼女の視線は、そこにない何かを見つめるように庭園の茂みの陰影に向かっていた。恐怖、というよりは、悔恨、後悔、あるいは……僕や古陶里がすぐそばにいることも忘れて、綾花ちゃんはうわ言のように言った。

「だから綾花、言ったのに。あんなの無理だって。あんなことしたから神様を怒らせちゃったんだ」

「綾花ちゃん？　それ、何の話……」

「神様を怒らせたというのは何だ？　何か罪を犯したのか？」

　今度の呟きは、はっきりと古陶里にも聞こえたらしい。すると古陶里は、まるで罪人を裁くように足元にうずくまる綾花ちゃんを見下ろした。

「君は昨日、この屋敷でこう話したな。子供の頃はよく六人で遊んでいた、と。五人ではなく、六人……しかし我々が知る限りでは、君たち幼馴染みというのは千駒美寿々、山長飛露喜、篠峯竹葉、稲波綾花、能鷹冬樹の五人のはず。もしかして、この島には君たちの『幼馴染み』がもう一人いるのではないか？　いや、いたのでは、と言った方が正しいのか」

「……それは……」

焦点の合っていなかった視線が、ようやく感情を取り戻し、ぼんやりと僕と古陶里を見る。そのまま綾花ちゃんはふらふら立ち上がると、泣き出しそうな顔のまま俯《うつむ》いた。

「ユリが……」

「ユリ？」

「と、友達……松尾ユリ……」

松尾ユリ。その言葉に、僕らは完全にフリーズした。

松尾って、松尾夫妻の？　美寿々さまのお世話をしながら千駒神社の管理もしてる、あの。

「つまりそれ、松尾夫妻に子供がいたってこと？　え、けどそんな話、全然……」

「言えるわけないじゃん、黙ってろって皆に言われてたんだから。でも、やっぱりダメだったんだよ。ユリを見捨てたせいでこんなことになっちゃった、罰が当たっちゃったんだ……」

「ええと、松尾ユリさんって子を見捨てたの？　綾花ちゃんたちが？」

「綾花たちは嫌って言ったの！　でも……でも」

「……松尾ユリは殺され、その事実は隠匿《いんとく》された」

不意の古陶里の呟きに、綾花ちゃんがビクッと身体を震わせる。

それから、信じられないものを見るように目を見開いた。

「何、言ってるの？」

「違うのか？　この島では沢山の人が死に、生まれた。そして君たちの幼馴染みの死もまた、その多くの死の中に隠されたのではなかったのか」

それは先生のもとに届いた手紙にあった言葉だ。あの手紙を書いたのは、綾花ちゃんだったのか？　だけど彼女はそれっきり黙り込み、それに眉根《まゆね》を寄せた古陶里は、ぐいっとその肩をつかんで「では」と言った。

「質問を変えよう。昨日、我々は篠峯竹葉と能鷹冬樹が千駒神社の鳥居の外れで何か話し込んでいるのを見た。あの時、何の話をしていた？」

「ちょっと、古陶里……」

そんなこと、綾花ちゃんに聞いたって分かるわけない。そう思って慌《あわ》てる僕に構わず、古陶里は遠慮なく綾花ちゃんに畳み掛ける。

「我々の目から見て、篠峯竹葉と能鷹冬樹の様子は剣呑《けんのん》に見えた。二人は仲が悪いのか、あるいは何かトラブルでも抱えていたのか」

「けんのん……確かに最近ちょっと雰囲気おかしかったけど、トラブルとかじゃないよ。冬樹が拗《す》ねてたんじゃないのって思ってたけど」

「拗ねる？」

「冬樹ってば子供すぎなの。最初は賛成してたくせに、いざ竹葉が受験するって言ったら反対し始めて……あっ」

「受験って……竹葉ちゃんが大学受験の準備してたってこと？」

「島に大学はない。つまり篠峯竹葉は、島を出るつもりだったということだな」

僕と古陶里の決定打ともなる言葉に、綾花ちゃんの瞳の焦点が段々定まってくる。

それはまるで彼女が何かの覚悟を決めたようにも見えた。

「そう……竹葉、本当は本土の大学に行きたがってたの。島を出て、外に行きたいって」

そして。綾花ちゃんの話は、これまでの僕たちの予想を裏付けてくれるものだった。

「ほんとはね。竹葉、だいぶん前に東京の志望校の願書を取り寄せてたんだよ。祀りの前に皆に内緒で島を出て、受験して、大学に受かったら今度こそきちんと両親を説得したいんだって言ってた。でも最近、もう島に残るしかないのかなって、急に気弱になっちゃって」

ぐすん、と綾花ちゃんは鼻をすする。

「冬樹が反対してるから？　って聞いたら違うって言うし、じゃあおじさんとおばさんにバレたのかなって……でも、濁して答えてくれなかった。なんか変な感じで……落ち込んでるっていうのかな、いつもの竹葉じゃないみたいだった。その鳥居で見かけたっていうのも、もしかしたら冬樹がしつこく受験に反対してたのかも」

「進学の話か。そりゃ確かに山長さんには話せないし、島の人の目がある場所じゃ相談しにくいね」

納得した。それにしても、冬樹くんは何で進学に反対してたんだ？　一人だけ島を出るなんて……みたいな話だろうか。

すると古陶里が「もしかして」と呟いて綾花ちゃんを見た。

「篠峯竹葉と能鷹冬樹は交際しているのかな？」

「へ？」

びっくりした。その発想はなかった。けど綾花ちゃんはきゅっと小さな口をすぼめて、そこだけは素直に「うん」と頷《うなず》く。

「皆には内緒ね。島の人はそういうのうるさいから。ホントは竹葉がいなくなったって聞いた時、冬樹と一緒なんじゃないかと思ったの。それでさっきの捜索のとき冬樹と話したんだけど、知らないって言うし、おまけに飛露喜までいなくなっちゃって……」

ぐすぐす泣き出した綾花ちゃんに、僕は何とも言えない気持ちで古陶里と顔を見合わせる。

「竹葉、祀りがあるから今はそれを成功させることだけ考えなきゃって言ってた。受験の事は忘れたいって、あんなに進学したがってたのに……そこまで覚悟決めたお役目を、あの竹葉が放り出すなんて絶対に変だよ」

「……綾花ちゃん。昨日の夜ね、僕らここで飛露喜くんを見たんだ。誰かと話してるみたいだった。何か心当たりないかな」

綾花ちゃんがきょとんと僕らを見る。そのままふるふると首を振り、

「みんな昨日は夕方から祀りの準備か自宅待機だよ。綾花は役職がないから家にいて、冬樹も琴師の準備練習で家にこもってただろうし、竹葉は神社に、美寿々さまも禊で神社の外に出てないもん」

「自宅にいた、というのは、誰か証言できる人が？」

古陶里が言うと、綾花ちゃんが急に目つきを鋭くして、僕らを睨《にら》みつけた。

「なにそれ。綾花たちが何かしたと思ってるの？」

「そうは言っていない。ただ、山長飛露喜と篠峯竹葉がいなくなった理由が、そこにあるかもしれない……と考えているだけだ」

ぐっと綾花ちゃんが黙り込む。

「何でも良い。気になること、知っていることがあれば教えてほしい。本当に心当たりはないのか？」

「……ないよ。全然、ない」

これは、嘘だ。もともと嘘のつけない子なんだろう、表情に全部出ている。不安も、後ろめたさも、そして恐怖にも似た感情も。

それでも貫き通さなくてはならない秘密がこの子達にはあるのだ。手紙に書かれていた「隠匿された真実」が。

すべてはただの推測に過ぎないけど、もし仮に「殺された幼馴染み」が松尾ユリなのだとしたら、手紙の差出人は限られてくる。彼女を「幼馴染み」と呼ぶのは、竹葉ちゃん、綾花ちゃん、冬樹くん、飛露喜くん、そして……美寿々さましかいないからだ。

だけどこの様子からして、綾花ちゃんは違う。告発者では、ない。

「……これでは埒《らち》が明かないな。庭を探した方が早いか」

「そうだね。昨日、飛露喜くんが立ってた場所があそこだから……」

あからさまに話題を変えると、綾花ちゃんがほっとするのが視界の端に映る。そのまま庭園の更なる奥に足を踏み入れた僕らに、綾花ちゃんも、場の空気をごまかすように僕らを真似て辺りを探し始めた。

重い空気の中、綾花ちゃんから放たれるピリピリした緊張感を肌で感じながら、僕と古陶里は庭の木々や茂みの影、飛露喜くんのいた建物の影になる場所を調べた。突き出したその場所は風呂場《ふろば》と手洗いにあたるのか、中は無人らしい。お陰で小さく開いた窓の向こうを気にすることなく辺りを探すことができた。

まず、茂みから風呂場付近にうっすらとついた足跡。これは恐らく飛露喜くんのものだろう……庭から離れるように、玄関口に向かって消えている。

だけどもうひとつの足跡がない。というより、意図的に足でこすったような跡があちこちにあって、昨夜飛露喜くんと話していたと思《おぼ》しき人物が、いかに自らの来訪を秘密にしたがっていたのかが分かる。玄関口まで回ったけど、後は複数の足跡に紛れて何がなんだかわからなくなってたし、個人で調べるのはこれが限界だろう。

「何もなさそうだね、探偵ドラマみたいにうまくいかないよなぁ……」

「滞在時間もさほどではなかったのかもしれないな」

庭に戻って溜《た》め息をついた僕に、古陶里も残念そうに目じりを下げる。綾花ちゃんも困ったように立ち尽くすだけだ。

「しょうがない、一度、先生と合流しよう。そしたら……」

「真白くん、古陶里ちゃん……あれ？　綾花ちゃんも？」

その時、まるで話を聞いていたみたいなタイミングで回廊の方から先生が現れた。僕らの姿をぽかんとした顔で見ている。

「おやおや？　いつの間に三人になったの？」

「何かあったんですか、先生。飛露喜くんの部屋、探してたんですよね」

綾花ちゃんにも状況が分かるようにあえて聞くと、先生は「あ」と我に返ったように瞬《まばた》きして、

「部屋で気になるものを見つけてね。君たちにも見てもらった方が良いんじゃないかと思って、呼びに来たんだよ」

「気になるもの？」

「とりあえず来て。ええと……綾花ちゃんも？」

先生がそう言って振り返り、綾花ちゃんも強張《こわば》った顔で頷く。僕らも廊下に上がろうと

して……。

（あれ？）

ふと、視線の先に何か白いものが見えた。庭園の木の枝に引っ掛かっている。何だろうと思って咄嗟に手に取ると、それは湿ったカードのようなもので。

じっと見て、それが何であるのかに気付いた時、僕は愕然《がくぜん》とした。

（なんでこんなものがここに？）

強烈な違和感があった。だけど先生は今にも廊下の向こうに姿を消してしまいそうだし、僕は慌ててそれをポケットにねじこむと、古陶里や綾花ちゃんに続いて廊下に上がった。

4

先生の先導のもと、うねうねと曲がる冷たい廊下を進んで行くと、両側に襖《ふすま》が続いていた光景から急に板張りの壁が現れた。和室の廊下とは違う、明るい照明が並ぶその先は、それまでの日本家屋の雰囲気とはがらりと変わった普通の「部屋」のようで。その境界を越えた途端に、何かの結界を越えたような不思議な感覚を味わいながら、僕らは薄く開いた部屋に足を踏み入れた。

いかにも生真面目《きまじめ》な印象のある飛露喜くんらしい、整理《せいり》整頓《せいとん》された部屋だった。ベッド脇《わき》の壁にはハンガーにかかった制服が吊《つ》るされ、机と、参考書や分厚い背表紙の本の並んだ書棚がある。あとは……何かがかけられていたと思しきフックみたいなものもあった。

　主のいない部屋に無断で入ることに罪悪感を覚えつつ、僕らは世志月先生に歩み寄る。

「さっきの、気になるものを見つけたって何ですか？」

「飛露喜の部屋に入るの、若水さんが許してくれたの？」

　だけど先生が答えるより先に、部屋の入り口で立ち止まっていた綾花ちゃんが咎《とが》めるように言った。

「そんなわけないよね。まさか勝手に入ったの？　飛露喜こういうの凄《すご》くうるさいのに！」

「その飛露喜くんの行方を捜すために、ここにお邪魔させてもらったんだよ。私たちはこの屋敷から出られないし、それでも飛露喜くんのことが心配だからね。もしかしたらここには手掛かりがあるかもしれない」

　苦しい言い訳だけど、先生もそれを免罪符にお邪魔してる以上、今更引くわけにもいかないのだ。僕らもそれは同じで、綾花ちゃんの批難の眼差しに後ろめたさを覚えつつも、もはや部屋の外に出ようとは思わなかった。

「ところで、これなんだけどね。気になるもの」

　言って、先生が手にしていた冊子のようなものをこちらに差し出す。既にページが開いていて、どうやらそこを見せたいようだ。

「それ……アルバム？　やだ、そんなのプライバシーの侵害だよ!?」

青ざめた綾花ちゃんが声を上げるも、どちらかと言うとそれは、批難というより怯《おび》えの混じったもののように感じられた。震えながらアルバムに手を伸ばした彼女をひょいと避《よ》けると、先生は再び僕らにそれを差し出す。

「彼の行動を知るのに最も適しているのがこれだから、失礼は承知の上で拝見した。で、見つけたのがこの写真なんだよね」

「これって……子供時代の飛露喜くんたち？」

開かれたアルバムのページには、神社の境内に並ぶ六人の子供たちの姿があった。小学校低学年くらいだろうか、あどけないその顔ひとつひとつに何処《どこ》か見覚えがある。

「飛露喜くんに、綾花ちゃんに、竹葉ちゃんに、冬樹くん、それに美寿々さまと……」

「もう一人、子供がいる。飛露喜くんの陰になっててハッキリ顔が見えないんだけどね」

そうなのだ。先生の言う通り、どこか見覚えのある……僕らの知る、この島の若者たちの面影を宿した子供の中に、一人だけ、顔を隠すように飛露喜くんの後ろに立つ女の子がいる。

ほっそりしたその子供は、どこか自信なさげで、不安そうに見えた。まるで飛露喜くんの影みたいに存在感がない。

「この子は綾花ちゃんたちの友達かな？　確か島の子供たちは皆幼馴染みだと言ってたけど……彼女とは、島に来てから一度も会ってないんだよねぇ」

「ユリ」

「え？」

凛《りん》と響く、どこか確信を得たような声。古陶里だった。

「この子が松尾ユリ、なのだろう。お前たちが見捨てたという」

しん、と周りが静まり返る。と同時に先生の視線が綾花ちゃんに向かった。

「ええと……？　松尾というのは、千駒神社の松尾さんご夫妻のことだよね？　つまりこの島には昔、松尾さんの血縁者の子供がいたのかな。しかし見捨てたっていう言い方は物騒だよねぇ、古陶里ちゃん」

「彼女が自分で言ったことだ。そうだな、稲波綾花」

綾花ちゃんは今にも卒倒しそうだ。ああ、このままじゃ倒れる。僕は咄嗟に彼女に手を伸ばし、支えようとしたところで古陶里が再び口を開く。

「先ほど庭園で、自分たちは神様を怒らせてしまった、と話したな。恐らくはそれに関わっているのが友達の『松尾ユリ』、この少女だ」

「……彼女はいつ死んだの？」

彼女はまだそれを明確に口にしていない。けれどほとんど確信をもって僕が言うと、綾花ちゃんはしばし呆然とし、やがて諦《あきら》めたように視線を落とした。

「む、昔。子供の頃」

「島の人達は知ってるの？　山長さんも」

「知ってるどころか……ユリが死んだこと隠そうって言ったのは大人だよ、山長さんも皆も秘密にしろって……だから綾花は悪くないもん！」

　駄々っ子みたいに言う綾花ちゃんに、ようやく、僕らは納得する。

　やはりあの手紙に書かれていたことは嘘じゃなかったんだ。確かにこの島では、一人の少女が死に、その事実は隠匿されていた。

「だけど、何で山長さんたちは、そんなこと」

「島が、大変なことになる、から。ちょうど先代の美寿々さまが亡くなった後だったし、この島には絶対に美寿々さまが必要だから、こんなことで全部ダメにできないって……でも飛露喜は怒ってた、ユリと仲が良かったし、こんなの間違ってるって。綾花も思うよ、隠したらもっと悪いことになっちゃうのに。事故だったんだよ？　わざとじゃなかった、なのに、こんなことして、全部おかしくなっちゃった」

　ゾクリ、と。

　肌が粟立《あわだ》つような感覚があって、僕は思わず瞬きした。

　整理整頓された飛露喜くんの部屋の中、主だけが欠けたその場所に響く綾花ちゃんの声。それはかつて島で起きた死亡事故に、美寿々さまが直接関わってたみたいな言い方で。

　加えて、松尾ユリさんの死の隠蔽《いんぺい》について、飛露喜くんが怒ってたってことは……。

　沢山の情報が頭の中に飛び込んできた瞬間、何か、ひとつの答えみたいなものが見えた気がした。それが何かは分からないけど、僕らの前に何かが明確に提示されたような。

　ああ、だけど、ちょっと待って。まだ整理がついてない。

「どういう状況で事故は起きたんだ？」

混乱して口ごもる僕の代わりに、古陶里が確かめるように呟く。その声に、恐らくその事実を抱え続けて苦しんでいたであろう綾花ちゃんは、まるでようやくはけ口をみつけたとでも言わんばかりに……どこか諦めを含んだ眼差しではあったけど、安堵《あんど》も感じさせる表情で、ぽつり、ぽつりと語りだした。


*****

それは七年前、小さな島で起きた事件。

島には領主の系譜である「美寿々さま」を補佐し、その神憑《かみがか》りともいえる「死者の魂を呼ぶ」儀式を継続させるために、様々な役割を持つ人々が集められていた。

ひとつは、儀式において最も重要な役割を持つ「審神者」の一族。ひとつは祀りに必要な楽曲を奏《かな》でる「琴師」と呼ばれる一族。ひとつは祭祀《さいし》において巫女《みこ》を案内する一族。ひとつは巫女の世話係の一族。いずれも千駒の血統から枝分かれした人々だ。

それぞれの血統に子供が生まれ、狭い島の中で、彼らは幼馴染みとして仲良く暮らした。けれどそこには絶対的な序列があり、それは歪《ゆが》めてはならない厳然たる「掟《おきて》」として子供たちの間に立ちふさがっていた。

その中でも最も重要視されたものが、「美寿々さまには決して逆らうべからず」という不文律。

千駒家、そして巫女の儀式を守るために存在したそれぞれの一族の子供たちは、特にそのしきたりに縛られていた。

審神者役の山長家。琴師の能鷹家、祭祀（案内）の篠峯家、そして世話役の松尾家。綾花ちゃんの家に役割はないものの、稲波家は島で最も美寿々さまに近い千駒の縁戚《えんせき》として生まれたのだと言う。

……中でも松尾ユリは、生まれた瞬間から「美寿々さまのために」生きることを定められた子供だった。早くに親を亡くして他に身よりのなかった巫女の為《ため》に、すべてを捧《ささ》げた両親のもとで生まれた少女。両親は実子のユリではなく、美寿々さまを最優先に生きてきた人達だった。

彼女は、松尾ユリは、そんな身の上である自分自身のことをどう思っていたんだろう。アルバムにあった写真の中で、彼女が飛露喜くんの後ろに隠れるように立っているのは、もしかしたらそんな境遇が影響していたのではないか……と思うと、何だかいたたまれなかった。

「確かに、外の人からしたら変なことかもしれないよね、こんなの。でも綾花たちにとっては生まれた時からそこにあった当たり前のことだし……それが変なんて考えたこともなかった、あの時まで」

あの時まで。余韻を残す言葉を口にして、綾花ちゃんは深く、深く吐息する。

「……綾花たちはみんな幼馴染みだし友達だったけど、飛露喜とユリは、ちょっと特別だった。審神者役の勉強のために飛露喜はしょっちゅう社務所に行ってたし、ユリはいつもそこにいたから、二人は綾花たちと過ごすよりずっと長い時間一緒にいたの。時々、二人だけでこそこそ何か話してたり、どこかにふらっといなくなったりすることもあったよ。飛露喜とユリだけの世界があるみたいな、特別な感じ……でも、美寿々さまは、それがあんまり気に食わないみたいだった」

美寿々さまは、いつも子供たちの中心にいた、と綾花ちゃんは言う。

支配者のように綾花ちゃんたちの上に君臨した巫女姫は……いや、巫女となる前から、彼女は子供達に自分の要求をのみ込ませ続けた。どんな我儘《わがまま》も（と、綾花ちゃんはハッキリ言った。子供時代の美寿々さまの態度を「我儘」と）、どんな一方的な命令も。

そして、事件は起きた。

ある日、美寿々さまの発案で、隠れ鬼をすることになった。千駒の社のある山の中で、珍しく、美寿々さまが「私が鬼になる」と宣言したらしい。小さな巫女姫が数を数える間に子供たちはあちこちに散り、隠れた。

綾花ちゃんは、比較的、美寿々さまのいる場所から近いところに隠れていたのだと言う。いつ鬼が来るのか分からないより、その動向を探れる場所にいた方が良いと考えて。だからその時、ハッキリと聞いたらしい。

辺りに響き渡った、甲高い悲鳴を。

「声は、千駒神社の本殿から聞こえてきた。誰も出入りできないはずの場所だけど、美寿々さまに禁忌はないから、勝手に入り込んでも誰も叱《しか》らない。だから、もしかしたらと思って行ってみて、そうしたら」

そこに、子供が倒れていた。頭から血を流し、驚いたような顔で目を開いたまま倒れている子供が。

「……何があったのかは分からない。でも、その後すぐに大人たちが現れて、綾花も皆も一旦《いったん》家に帰された。怖くて怖くて、綾花は全然眠れなかった。でも一番怖かったのは、朝、家に来た山長さんが言ったこと……」

『松尾ユリ、という人間はこの島には存在しなかった』

「それって」

「全部、なかったことになったの。このことは絶対に誰にも言うなって」

「だけどそんな、松尾さん夫婦は自分の子供が亡くなったのに」

「……それは」

綾花ちゃんが続けて何か言いかけた時だった。

「何をしてらっしゃるんですか！」

声がして振り返ると、いつの間に現れたのか、部屋の入り口に若水さんが立っていた。これまでに見たことがないような険しい顔をした若水さんは、あっという間に部屋に入って来るなり、僕が持っていたアルバムを引き抜くように奪い取る。

「どうしてこんな……勝手に、坊ちゃんのお部屋に」

「済みません。どうしてもじっとしていられなくて、もしかしたら飛露喜くんを探す手がかりがあるんじゃないかと」

「だとしても、無断で入るなんてあんまりです！　ただでさえ今は大変な時なのに……なんて非常識な」

　そう、怒り心頭で一息に言い切った若水さんは、今度は綾花ちゃんを睨みつけた。

「そもそも、どうして綾花さんまでこちらにいらっしゃるんですか？　皆で竹葉さんを探しに出ていらしたはずでしょうに」

「……だって……飛露喜もいなくなったって聞いたから……」

「とにかく、今すぐ部屋を出てください！　山長さんは確かに皆さんがいらっしゃるのを認めたそうですが、それは島の歴史について調べることを許可しただけのこと。こんなふうに島の人間の個人的なことに首を突っ込む権利はないはずです！」

　反論の余地もない。もちろん、一人対四人だからいくらでも抵抗は出来るんだろうけど、さすがにそこまで非常識な行動はとれず、僕らは大人しく部屋の外に追い出された。

　そのまま座敷に戻った僕らは、綾花ちゃんを連れて出て行った若水さんが、音が響くほど強く襖を閉めた後で顔を見合わせた。もちろん、若水さんと綾花ちゃんの足音が遠ざかるのを確認してから口を開く。

「……松尾ユリちゃんのこと、話半ばで終わりましたけど、さっきの話が事実なら」

「手紙の告発にあった『幼馴染みの死』とは、松尾ユリという少女のことだったんだね。そして、それなら他の部分……呪われた巫女、恐ろしい秘儀という言葉もまた現実であり、誰かが死ぬという予言も……」

　畳の部屋で半分腰を浮かせたまま座り、先生が眼鏡の奥の瞳《ひとみ》を細めながら呟《つぶや》く。

「しかもさっきの話から察するに、松尾ユリちゃんの死には美寿々さまが関わっていた可能性がある」

　ああ、やっぱり、考えていることは皆同じだったのか。

　綾花ちゃんの話によれば、ユリさんは神社の本殿の中で亡《な》くなっていた、らしい。とすると、その「事故現場」にいたのは誰だったのか？

　彼女の死の隠蔽について怒っていた飛露喜くん、そして話が本当なら、悲鳴を聞いて駆け付けた綾花ちゃんは事件に関わりがない、という可能性が高い。とすると、残るは現在行方不明の竹葉ちゃん、そして冬樹くんと……美寿々さまだ。

　加えて、綾花ちゃんはこうも言っていた。この島には美寿々さまが必要なのに、こんなことで全部ダメにはできない、と。そして美寿々さまは、松尾ユリさんと飛露喜くんが親しくするのを快く思ってはいなかったとも。

「美寿々さまか、竹葉ちゃんか、冬樹くんか。事故に関わっている人間がいるとしたら、この三人ですよね。そして手紙の差出人も恐らくはこの中の誰かだ」

「……実はさっき、もうひとつ気になる物を見つけたんだよね」

ちょいちょい、と、内緒話をする合図に僕らを指で呼びながら、先生が言った。そのまま黒のパンツのポケットから何かを取り出す。

それは、写真だった。まさかアルバムから引き剥《は》がして来たのか？

「先に言っておくけど、粘着が弱くなってたのか、これだけパラッと外れてたのを持ってきただけだよ。で、真白くんからアルバムを返してもらったら戻そうと思ってたのに、その前に若水さんがね……」

物凄く言い訳臭いのに、眼鏡の奥の目は澄んでいて、これは仕方ない状況なんだよね、と訴えかけてくる。言動に妙な説得力を持たせることができるのって、もしかしたら先生の一種の才能なのかもしれない。

「まあまあまあ、とりあえず見て。これ」

先生が差し出した写真には、巫女装束の女性と、同じような白い衣をまとった子供の姿があった。証明写真のように真《ま》っ直《す》ぐに並んで立ち、恐らくは、こちらに顔を向けている……カラーなのに全体的に色が薄く、なぜか何百年も昔のもののような古めかしさがあった。

そして、何より。

「これ……飛露喜くんがやったんですかね？」

僕は恐る恐る呟く。二人の巫女らしき人物の顔の向きを「恐らく」と表現したのは、白い装束をまとった子供の顔が判別できなかったからだった。つまり、そこだけマジックのようなもので黒く塗りつぶされていたのである。

意図的に子供の顔だけが黒塗りされたその写真は、異様だった。感じられるのは強い憎しみ、嫌悪《けんお》のようなもの。

「恐らくこれは、先代の巫女と美寿々さま、だろうな」

古陶里が言って、先生の手から写真を取る。そのまま空にかざすように持ち上げて目を細め、色んな角度から写真を眺めて、今度は僕に差し出す。

「これでは顔が分からない」

「……もし仮に飛露喜くんが写真を塗りつぶしたのなら、手紙を書いたのも……？」

「いや。この写真からは他人《ひと》の助けを得ようとする不安さよりも、ほの暗い憎しみのようなものを感じる。まるで呪詛《じゅそ》そのものだ」

古陶里の言葉にゾクッと背筋が冷たくなった。呪詛。まさかここでその言葉を聞くなんて。

「だとしたら、飛露喜くんは生きてて……ユリさんの復讐《ふくしゅう》をしているってこと？」

「今日見つけたばかりのわずかな情報で結論を出すのはちょっと早い気もするけどねぇ、そうなってくると、色々と話も変わってくるだろうし」

当初、僕らは飛露喜くんが滝壺《たきつぼ》に落ち、それと同時期に竹葉ちゃんが消えたのだと思っていた。最後に僕らが飛露喜くんの姿を見たのが昨夜で、竹葉ちゃんが消えたのが今朝。

……駄目だ。もう、嫌な予感しかしない。

「とりあえず、誰が手紙の差出人かということは無視しよう。大切なのはあの内容が真実かもしれない、ということだからな。そしてこの写真から分かる情報として……千駒美寿々は我々が想像する以上に、幼い頃から次代の巫女としての扱いを受けていた。先代の巫女は早くに亡くなったと聞いたが、代替わりする以前から、それは変わらなかった」

　古陶里の言葉に、先生もうんうん頷き、

「綾花ちゃんの話にもあったが、現在の美寿々さまは子供たちの間でだけじゃない、島の人達にとっても特別な存在だったみたいだね。そして美寿々さまと子供たちが一緒に遊んでいる時に事故が起き、松尾ユリが亡くなった……と。こりゃまた複雑だよ」

「複雑ですか？　だってこれ、物凄く分かりやすいですよ。松尾ユリさんの死の原因はやっぱり美寿々さまにあって、だからユリさんと仲が良かった飛露喜くんは美寿々さまを許せなかったってことですよね。立場的に直接責めることはできなかったけど、少なくとも不満を抱いていたからこそ、こうして美寿々さまの写真に怒りをぶつけた……っていう」

「事がそう単純なら良いんだけど、何しろここは呪殺島だからね。美寿々さまは島に流された呪術者の一族であり、亡くなったユリさんも縁戚とはいえその血に連なる一族だ。つまり、これはもしかしたら、千駒家に伝わる呪術が強く関わった事件なのかもしれない。手紙によれば、島の秘儀は恐ろしいものであるらしいからね。もしかしたら松尾ユリさんの死因も、単なる事故ではなく、何か呪術的要素が働いたのかもしれない」

「美寿々さまがユリちゃんをいじめようとして事故が起きたとか、喧嘩《けんか》して揉《も》みあううちに、みたいなんじゃなくて？」

「可能性の話だけどね。そうだとしても、飛露喜くんにすれば納得のいかない状況ではあるかもしれないし」

「はあ……」

「ぽかんとしてないで、思い出せ。蔵で見つけた島の資料には何と書いてあった？」

古陶里に小突かれて、考える。資料……蔵で見つけた資料、って、あ。

「そういえば、蔵の中には」

「千駒島にもともといた神様と、島に流れ着いた赤子の話。ヒルコに似た赤子は不思議なお告げの力を持って島の人々を助け、最後は死人を口寄せして自ら死者と生者の会話を叶《かな》えた。結果、その赤子は死という穢《けが》れに触れすぎたため、神々の住む天津国に帰ることが出来ずに地上にその身を繋《つな》ぎとめられた……この魂を持って生まれた存在が美寿々さまである、と」

あれ。今何か大事なことを思い出しかけたんだけど……まあいいか。それより今の古陶里の説明が何だって言うんだ？　と思っていると、続けて先生が、

「赤子の物語は、今の美寿々さまの立場について説明したものでもある。何しろ歴代の美寿々さま、つまり千駒家の巫女はいずれも、この赤子の生まれ変わりってことだからね。

それはつまり、島に伝わる赤子の神の物語は、千駒島に隠された「呪術」を解き明かすヒントであり、代々続く巫女の血統……美寿々さまの物語に繋がっているということでも

ある。そして、そこに島人たちが仲間の死を隠してなお祀《まつ》りを神聖視する理由がある」

「理由って……」

「赤江島の事件で結果的には赤江家の縁戚にまで死者が出たことを考えると、松尾ユリの死も呪詛が周りに影響を及ぼした事例として受け止められなくはない。そして島の人間は、それを隠匿して祀りと巫女を守ろうとしている。手紙の差出人は、そのおぞましさに耐えられずに告発文にも似た手紙を世志月准《じゅん》教授に送ったのではないか」

先生と古陶里の説明に、僕は言葉を失った。呆然《ぼうぜん》とする僕を見た先生は、

「……まあ、そういう考え方もあるというひとつの案だけどね、これは。我々は民俗学に関する調査や研究でこういう特殊な環境下での祭祀や事件なんかに詳しいから、通常では考えられないような暮らしをしている人たちがいることも知っている。真白くんには理解できないかもしれないが、綾花ちゃんも言ってたでしょ、生まれた時からそういうことが当たり前だったって」

「はあ……」

「蔵にあった資料には確かに、巫女の『魂《たま》よばい』の能力が何であるのか、そしてこの島の『呪術』をも解き明かすヒントが隠されてるはずなんだよね。もう少し調べたいなぁ」

「まあ、ここが僕らの常識の通じる場所じゃないっていうのは分かりますよ、現状を考えても。ただ、僕からすれば松尾ユリさんの死が千駒一族に伝わる呪いによるものなのか、或《ある》いは単なる事故か、というのはあんまり関係ない気がします。だってそれが美寿々さま

のせいだって思われていたのなら、確かに飛露喜くんは複雑な思いを抱えてただろうし、この写真の塗りつぶしについても納得できるから」

「うん、まぁ、それはそうだね。ここにあるのは個人的な恨みの念だ」

……だとしたら。飛露喜くんはやっぱり生きている、ということになるのか？　そして美寿々さまに復讐しようとしている……うーん、やっぱり何か変だ。

だって飛露喜くんはちゃんと美寿々さまをいたわっているように見えた。あの蔵から続く滝の裏側で二人に会った時、少なくとも飛露喜くんは、突然現れた僕から美寿々さまを守ろうとしていたのに。

「……何か引っかかるなぁ。飛露喜くん、美寿々さまを憎んでるようには見えなかった」

「千駒美寿々を油断させるためにあえてそう振る舞っていた可能性もあるぞ。もし本当に彼女が松尾ユリの死に関わっていたとしたら、千駒美寿々も自分が山長飛露喜に憎まれていると薄々気付いていたはずだからな。それを悟られないようにあえて従順に接していたのかも」

とん、と僕の肩に手を置いて、古陶里が言う。

「成人しても島を出ることが許されず、ずっと囚《とら》われたまま、憎い巫女姫のそばで生き続けなければならない。そうした複雑な環境から生まれる心理は、我々にははかりしれないものがあるのではないか。歪んだ環境と心理が悲劇を生むことを、私も真白も、もう経験しているだろう」

「古陶里……」

そうだ。確かに僕らは知っている。

大嫌いな人間に囲まれて、生き続けていく苦しみ。自分を拒否した人たちの中で、逃げることも許されず、決められた道を進むしかなかった「彼」が起こした事件を、僕らは赤江島で目《ま》の当たりにしたのだから。

……大切な幼馴染みの死のきっかけを作った美寿々さまに、ずっと仕え続けなければならない人生。逃げ出して、他に目を向けることも、別の人生を選んで悲しい記憶を忘れることすらも許されない。

ああ、確かに。そう考えると、ぞっとするものがある。

「まさに呪殺島、だな。この千駒島にもやはり、因習に狂わされた人間の業《ごう》がある」

「竹葉ちゃんも関係してるのかな。やっぱり彼女が手紙の差出人で……もしかしたら、飛露喜くんと一緒に行動してるって可能性はないかな？」

ふと気付いて口にする。そうであって欲しい、と思ったのは、あの二人のどちらにも死んでほしくなかったからだ。どんな事情があったって、誰かが死ぬのはごめんだ。

「まあ確かにね。松尾ユリさんの死に関わった人間の一人として、竹葉ちゃんも関係者ではあるし……だけどそうなると、あの滝壺に浮かんでいた人物は誰だったのかって話になるからね。視力二・五の瑚大朗も、さすがにあの状況じゃ顔の判別もつかなかったようだし」

「男子高校生の制服で、髪は短かった。わかってるのはこれくらいですもんね。制服からして竹葉ちゃんではないし、髪の長さからして冬樹くんでもない。実際、冬樹くんは捜索に協力してたみたいだし」

だとしたら、他の、僕らが名も知らない学生が落ちたのか。だけど島の人達の中で「自分の子供がいなくなった」と騒ぐ親はいなかった。今朝、山長家に飛び込んできた竹葉ちゃんの両親、篠峯夫妻のように。

「参ったねぇ。せめて、あれが誰なのかを確認する方法があれば良いんだけど」

「あの」

僕はようやく切り出した。本当に、やっとのことで。

「若水さんが綾花ちゃんを連れ出してる今のうちに……二人に、付いて来て欲しいところがあるんです」

5

蔵は、相変わらずズシリとした重厚感をもってそこにあった。

外はまだ昼前なのに、ここに立つとどうして濃厚なまでの夜の気配を感じるんだろう。夜、というより、闇とでもいうのだろうか。ひしひしと伝わる不気味な感覚が指先まで満ちて、ぴりぴり痛いほどの緊張に包まれる。

「この蔵の地下が洞窟《どうくつ》に繋がっていて、そこを使えば滝の裏側に出られる、と」

古陶里が言った。

……飛露喜くんの部屋で見つけた写真を手に、記憶をたどって状況を推理しようとしていたわずか数分後、僕らは山長家の奥にある座《ざ》敷牢《しきろう》……じゃない、資料庫となっている例の蔵を訪れていた。

もちろん、若水さんには内緒だ。こそこそ抜け出し、バレないようにここまで来る道すがら、僕はようやく皆に説明したのである。

蔵から続いている、美寿々さまが禊をしていた滝の裏側の存在を。

突拍子もない僕の話を聞いて、皆、最初でこそぽかんとしていたものの、それが冗談でも何でもないことを悟るとすぐに「急ごう」と迷わず蔵へと向かうこととなった。

「しかし、真白。よくもまあ今まで黙っていたものだな」

蔵にたどり着いた途端、いきなり真横から冷ややかな声をかけられ、僕ははっと我に返る。見れば古陶里がじっとりとした目で僕を見上げていた。

「真白がこんなにも秘密主義だとは知らなかったぞ」

「いやいや、違うって。黙ってたんじゃなくて言い出す機会がなかったの！」

そもそも最初は飛露喜くんに見張られてたし、山長さんたち島の人に聞かれるのもまずかったから話せなくて……その後はまあ、タイミングを逃し続けてたんだけど。

「蔵に隠し通路があるなんてホントにビックリだよねぇ。飛露喜くんが知ってるなら、もちろん山長さんも承知してるんだろうけど、若水さんと渚ちゃんはどうなんだろうねぇ」

「何とも言えないです。ただ、昨日の夜、渚ちゃんが飛露喜くんの代わりに蔵に来た時は特に注意を払ってなかったみたいだし、渚ちゃんは知らないのかも」

確認したわけじゃないけど、そういうのって大体の人は言動や所作に出てくるもんじゃないかと思うんだよね。

「それにしても、問題はどうやって中に入るのか、ですよね。まさか若水さんに鍵《かぎ》を貸してほしいってお願いするわけにもいかないし」

案内はしたものの、肝心の鍵がないことに、僕は今更ながらに気付いた。さっきの若水さんの様子からして、少なくとも山長さんが戻ってくるまでは蔵に入れてもらえない気がする。資料を見たいからと言っても無駄だろう。

すると「それなんだけど」と先生が右手を上げて、

「あるんだよね、実は。飛露喜くんの部屋で見つけた鍵が」

「へ？」

驚く僕に、先生はジャケットのポケットから房のようなキーホルダーが付いた古そうな鍵を取り出す。特徴のあるその形には見覚えがある、確かに南京錠《ナンキンじょう》の鍵だ。

「かなり特徴のある形だから、部屋で見た時、この蔵の鍵なんじゃないかと思ってね。島の人達の様子からして蔵への出入りが禁じられるかもしれないし、万が一を考えてちょっとだけ拝借したんだよ。まさかこんなに早く必要になるとは思わなかったなぁ」

「さすがは世志月准教授、素晴らしい」

えええ⁉　褒めるところなのそれ⁉

と思ったものの、古陶里が「とりあえず感謝しよう」と囁《ささや》いたので、今はそこに触れないことにした。お陰で蔵の中に入ることが出来るんだし、文句言ってる場合じゃない。そもそもこれまでの行動を考えると、もはや今更感が凄い……。

一歩前に出た先生が蔵の戸の南京錠を持ち上げ、鍵穴に鍵を差し込む。固い音がしたところでゆっくりと鍵を回すと、カチリと鳴って、南京錠が横にスライドするように外れた。

「良かった。この鍵で間違いなかったようだね」

先生がほっと息を吐《つ》き、南京錠を蔵の壁に立てかけるようにして置く。続いて重々しい黒の観音開きの扉に手をかけ、体を斜めにして体重をかけつつ、ぐっと引っ張った。

……ぎぃ、と音を立てて扉が開くと、今度は木戸だ。先生が迷わずそこも開くと、中からぶわりと相変わらずの氷室《ひむろ》のような冷気が噴き出した。

この辺りは屋内とは思えないくらい寒いけど、蔵の中の空気はそれに輪をかけた冷たさだ。滝に繋がっているからなんだろうけど、竹葉ちゃんの捜索に出て以降一度もダウンを脱がずにいる僕ですら、反射的に身体《からだ》が震えるほど寒い。

先生が先に中に入って蔵の電気をつけると、僕らは遠慮なく速やかに蔵の中に足を踏み入れた。もたもたしていたら若水さんに気付かれるから、ここは躊躇《ためら》っている場合じゃない。

続いて古陶里が侵入したことがバレないように蔵の戸を内側から閉める。南京錠と鍵は床に置いたままだけど、扉を開け放しておくよりはマシなはずだ。

「さて、真白くん。滝に続く入り口というのはどこにあるのかな」

「ええと、確かこの辺りに……」

つい昨日の事なのに、一見分からないように隠された出入り口はすぐに「ここです」と指差せるほど簡単には見つからない。僕は記憶を辿《たど》るように文献や箱、島の資料が丁寧に積み上げられた蔵の奥へと進んだ。古陶里たちが固唾《かたず》をのんでこちらを見ているのを感じる。

最初に入った時は中は真っ暗で、音が聞こえる方向に歩いていたら、そのまま穴に落ちてしまった。恐らくは滝の裏側に続く隠し扉が開きっぱなしになっていたんだろう。

その後、飛露喜くんに連れられて戻って来た時も「つまみ出される」って感じで周りを確認する余裕がなかったんだけど、床の隠し扉を通って戻って来たことだけは把握できた。

だから蔵の奥の床をさぐるように見ていると、黒光りする床板に線のようなものがあるのを見つける。上に木箱や布で包まれた陶器や刀のようなものが積まれていたので、それを丁寧にどけると、線が真四角に繋がった。かなり大きい……二メートル四方くらいだろうか？　恐らくは、これが扉だ。

更に辺りを探ると線の真横にくぼみがあって、なぞると取っ手のようなものが出て来た。それを摑《つか》んでぐっと引っ張ると、重い響きと共に床扉がゆっくりと開く。

「うう……う、重っ」

「この大きさじゃ当然だよ。我々も手伝おう」

言って、先生と古陶里が薄く開いた床扉の隙間《すきま》に手を入れ、一緒に持ち上げてくれる。

やがてゆっくりと開いた扉は、反対側の壁にもたれかかるように動きを止めた。

途端に、真四角に開いた大きな視界に薄暗い岩場へと続く道が現れ、奥から例の「こぉぉぉぉ……」という風音みたいな瀑布《ばくふ》音《おん》が響いてくる。

「これが滝に繋がる地下通路か」

「……おお。確かに滝の音が聞こえて来るねぇ」

古陶里と先生が感嘆の声を上げ、僕も改めてぱっくり開いたその場所を覗《のぞ》き込む。

段々、僕の記憶違いなんじゃないかと思い始めていた隠し通路は、本当に存在していたのだ。勘違いでも思い違いでも、夢を見たわけでもなく。

そのことにほっとしつつ、僕は率先して扉の中に入った。地下に続いていると言っても真下に降りる訳じゃなくて、中は緩やかな下り坂になっている。僕が「落ちた」と思ったのは、多分足を踏み外したせいだな、これ。

「かなり大きい扉だねぇ。屋敷から滝の裏側に続いているというのは、何か理由があって行き来する必要があったからだとは推察されるけど、もしかしたら昔は荷物の搬入口として使われていたのかもしれない」

僕の後に古陶里が続き、最後に岩場に降りた先生が大きく開いた入り口を見上げて言ったので、僕もああ、と納得する。確かにそうかもしれない。

　薄暗い洞窟のような場所をそのまま進むと、やがて前方がほんのり明るくなってきた。昨日迷い込んだ時と同じ、弧を描くような一本道の先が大きく開けたのだ。

「これは凄い」

　そしてその先に、ぽっかりとした巨大な空間が現れた。僕の記憶と同じ、中央には滝壺から続く湖が広がっていて、その周囲には複数の灯籠《とうろう》が並んでいる。滝の方向から入り込む真昼の陽光の頼りなさを補うためだろうか、その灯りはぼんやりと辺りを照らしていた。

　湖のほとりには小さな祠《ほこら》と赤い柱の社の一部。まったくもって、昨日ここに来た時と変わらない景色がそこにはあった。

「これは、もしかしたら山長さんが言っていた巫女の禊の場じゃないのかな。禁足の地、というやつ」

「島の中でも絶対に入ってはならない聖域だな。罰が当たるかもしれない」

「古陶里も先生も、今更そういうのやめてよ」

　躊躇《ちゅうちょ》なく飛露喜くんの部屋に入ったり、写真や蔵の鍵を持ち出してた人達にそんなこと言われたら、さすがの僕も心配になって来るぞ？

　だけど、考えたら竹葉ちゃんの捜索で千駒神社に行った時、先生は「民俗学に関わる者のはしくれとして、禁忌を犯すことの恐ろしさも理解している」と言っていた。これはもしかしたら、許可なく他人の部屋に入ることとは全く違うレベルでの「禁忌」なのかもしれない。

「そういえば、この湖みたいなところで美寿々さまと会った時、すぐに飛露喜くんに見つかってものすごく怒られたな……」

「そうか、美寿々さまと会った場所なんだね、ここが」

僕の呟きに、先生が眼鏡を押し上げつつしみじみ言う。巫女と遭遇したっていう話は隠し通路の説明の時に簡単に済ませてはいたものの、島に来る前からずっと美寿々さまに会いたがっていた先生にすれば、感慨深いものがあるんだろう。

「山長さんも、美寿々さまは今、禊《みそぎ》の最中だと言っていたね。ここで穢れを落とし、この後の祀りにそなえているのなら……もしや美寿々さまは今現在あそこにいらっしゃるのかな」

「それより先に、先生、ここからなら滝壺に浮かんでた人影の確認が出来ませんか？」

赤く塗られた小さな社に視線を送り、今にもそちらに歩き出そうとした先生を、僕は慌《あわ》てて引き留める。そう、ここに来た目的はそれなのだ。

「この先に行けば、あの岩場の曲がり角の向こうが滝の真裏です。僕らは屋敷から続くこの隠し通路しか知りませんが、もし美寿々さまが別の方法でここに出入りしてて……滝の表側に出る方法があるのなら、あの浮かんでいたものを引き寄せる方法だって」

「……あれは何だ？」

その時、不意に湖の方を見ていた古陶里が言った。

「あそこに何かある」

言って細く白い指がまっすぐにさしたのは、湖の周りに並ぶ灯籠の間。

慌てて視線を転じた僕らの目にも、確かに何かが見えた。何か……細長いもの。灯籠の隙間から、投げ出されるように落ちている。

そうと気付いた瞬間、ドクリと心臓が嫌な音を立てた。いや、待てよ？　灯籠の陰に隠れてはいるけど、もしかして、あれ……。

「人……？」

誰かがそう言った瞬間、僕らはほとんど同時に走り出していた。間違いない。あれは人間の足だ。灯籠の間に誰かが倒れてる！

ごつごつした岩場は走りにくく、途中で転びそうになったけど、その間の記憶はほとんどない。ただ、不吉な予感だけが頭にあって……ああ、頼むから、それだけはやめてくれ。

そう思いながらもようやくそれがハッキリ見える場所までたどりついて、僕らは足を止めた。一度、その姿を凝視してから、恐る恐る近付く。

「……嘘《うそ》だろ……」

血の気を失って有り得ないほど白くなった顔。固く閉じられた目。顔の輪郭に張り付く短い髪も、投げ出されたようにぴんと伸びた四肢も、全身も。その柔らかな身体のラインがはっきり分かるほど、ぐっしょりと濡《ぬ》れている。

そこには、変わり果てた姿の篠峯竹葉ちゃんが、あおむけで横たわっていた。

6

「どういう事だよ、これ……」

岩場に水たまりができるほどびしょ濡れになっている竹葉ちゃんは、巫女装束だった。恐らくは行方不明になった時と同じ姿のままで、そこにいる。

その顔に苦悶《くもん》の色はなく、まるで眠っているみたいに穏やかに見えた。けれど白い装束に負けず劣らずの青白い顔や手足が、はっきりとそれが生者のものではないことを物語っている。

脳裏に、昨日会ったばかりの竹葉ちゃんの姿が思い浮かんだ。真面目な顔で綾花ちゃんや冬樹くんをたしなめていた竹葉ちゃん。どこか羨望《せんぼう》を含んだ眼差《まなざ》しで先生の大学の話を聞き、赤い鳥居の近くで冬樹くんと話しこんでいた……あれが彼女を見た最後になったのか。

「うっ……」

咄嗟にこみあげるものがあり、僕は口を押えて俯《うつむ》いた。視線を逸《そ》らしても視界の端に白い足が映って、ダメだ、と目を閉じた瞬間に真横で風が動くのを感じる。

古陶里だった。何の躊躇もなく竹葉ちゃんに近付くと、そのすぐそばにしゃがみ込み、

「……息をしていないな。死んでいる」

遺体に触れないよう、鼻と口に手をかざして呼吸の有無を確認し、ぽつりと言った。いや、なんで古陶里はこんな冷静なんだ？

「ここで殺されたのか、あるいは殺された後に運ばれてきたのか」

「……古陶里ちゃん。手紙の件があるにせよ、殺された、と断定するのはどうだろうね」

と、先生。確かにこの状況では竹葉ちゃんの身に何があったのか分からない。

すると古陶里は顔をしかめながら僕らを見上げて、

「ここに傷がある。詳しく見ないと分からないが、事故ならまずこんな傷は出来ない」

「傷？」

「腰元だ。血痕《けっこん》らしきものが……」

古陶里がこれを見ろと言わんばかりに装束の腰元をめくる。遺体に触れるなんて、と注意しようとして、僕は確かにそこに小さな傷のようなものがあることに気付いた。分かりにくいけど、巫女装束の腰元、というより脇腹《わきばら》付近もうっすらと淡い赤に染まっている。鮮血というには、あまりにも自然な色彩で、衣装の模様なんじゃないかと見逃すくらいの赤さだった。

見比べると、その位置は確かに傷のある場所と一致する。大きな傷ってわけじゃないし、染《し》みも丸くて小さなものだったけれど……。

「衣類に破れはないが、血痕を見るに刃物で傷つけられたというより、何か細い棒状のものが刺さった跡に見えるな」

「棒状のもの？」

「そういえば、山長飛露喜は弓道部だと言っていたな」

　古陶里がぽつりと言って、僕らを見る。

「さきほど山長飛露喜の部屋に入った時、何か、壁にフックのようなものがあった。あれはもしかしたら、もともと弓道の道具かそれに類似したものがかけられていたのではないか？」

「そういえば、昔、瑚大朗もそんなこと言ってたな……学生時代は部活用の弓矢を部屋の壁にかけていたとか何とか」

「けど普通、ああいうのって袋みたいなものに入れません？」

「持ち歩くときはそうするんだろうねぇ。けど飛露喜くんは瑚大朗みたいに部屋にいる時はあそこに掛けてたんだろう。だけど、竹葉ちゃんのこの傷が弓矢によるものとは断定できないよ、何しろ衣装には穴ひとつあいてないんだから」

　先生の言葉に僕も頷《うなず》く。まったくもって同感だ。だってもし矢に射られたのなら、衣類にほころびひとつないのはおかしい。

　だけど、そうなるとこの血の染みみたいなものは何だ？　もしかしたら内側からじゃなく、衣類の上に飛んだ血痕とか……いや、違うか。僕は鑑定のプロってわけじゃないけど、この朱色はパッと見ても内側の傷からじわじわ滲んだ血痕のように見える。

「着替える途中で怪我《けが》をしたか、射抜かれたか」

「竹葉ちゃんは最初から巫女装束だったはずだよ。いったん着替えようとしたなら、どうしてこの姿のままなんだよ」

「仮の話だ。突っ込むな」

「ずっる！　普段は遠慮なく僕に突っ込むくせに」

「まあ確かに、この血痕と消えた弓矢とを結びつけるのは安易すぎるな。そもそも飛露喜くんに関する話はすべて我々の想像に過ぎないし、直接話を聞いたわけでもないからね。松尾ユリさんのことも、黒塗りにされた美寿々さまの写真も……もしかしたら、何か誤解が生じているだけかも知れない」

先生も竹葉ちゃんに近付き、まじまじと投げ出されるように横たわる姿を見る。

「それに、だ。仮にここに傷があり、それが致命傷だったのだとしても、竹葉ちゃんはなんでこんなにずぶ濡れなんだろうね？　もちろん普通に考えるのなら、一度この湖に落ちたからだろうけど、そうだとしたらどうしてここで倒れているのか……自力で這《は》い上がり、あおむけになって息絶えたのか、あるいは……私達じゃ死亡推定時刻も分からないし、どういう経緯でここに来たのかも分からない」

「午前五時まではこの上にある千駒神社にいたんですよね、松尾さんの話によると。だったらその後でここに来て亡くなったってことで……午前五時から今現在までが死亡推定時刻になるんじゃないですか？」

言いながらごくりと生唾《なまつば》を呑《の》む。竹葉ちゃんは神社を出てすぐにここに来たのだろうか。

どのルートを通ったのか、いや、そもそも何が目的で？

「竹葉ちゃんは神社の拝殿の方で祀りの準備をしていたんですよね。だとしたらなんで美寿々さまが禊をしている斎宮《いわいのみや》のそばにいるんだろう」

「仮に竹葉ちゃんが自らの意思でここに来たのなら、美寿々さまに会いに来た、ということだろうね。彼女はそもそも屋敷からここに続く通路の事を知っていたんだろうか」

先生が首を傾《かし》げながら僕を見たけど、さすがにそこまでは分からない。

「竹葉ちゃんの家は祀りに関わるお家だし、知ってる可能性もなくはないけど……」

「これは山長さんに聞くべきだね。我々がこの通路を知っていたこともバレるけど、竹葉ちゃんが見つかったことを報告するにはどのみち説明しなくちゃいけないし、こればっかりは避けて通れない」

そうだ。先生の言葉にようやく気付く。瑚大朗さんや島の皆はまだ外を探しているはずで、その中には竹葉ちゃんの身を案じるご両親もいるのに、呑気《のんき》にここで話し込んでる場合じゃない、早く知らせてあげないと。

娘が帰ってこない、と真っ青な顔で山長家に駆け込んできた篠峯夫妻の様子を思い出すと、僕の口の中に苦いものが広がっていく。

「先に……山長さんに知らせて、後のことはお任せすべきだよね。さすがにこんな状況じゃ、もう祀りがどうの、なんて言わないだろうし」

「どうだろうな。息子の行方が分からないのに祀りを優先させた人だ、死人が出ても、状況について調べるのは祀りの後だと言い出すのではないか？」

「そんなことは」

「そもそも何故《なぜ》、山長氏はここを探していないのだろうな。自分の屋敷だ、通路について知らないはずはない……少なくとも山長飛露喜は知っていたわけだから」

「神聖な場所だからあえて近付かなかった、とか？　美寿々さまがいらっしゃるから……」

「そうだよね。巫女が禊を行う斎宮というのは確かにここのことだろうし、以前に山長さんが、滝に降りる方法がある……と言っていたのもここに繋がっているんだろう。ただ問題は」

　先生が言葉を濁す。僕らはその言葉に導かれるように、一斉に朱塗りの社を見た。

　祀りの前は人前に姿を見せることのない巫女がこもる聖域、斎宮。もし、今もあの赤塗りの社の中に美寿々さまがいるのなら、彼女はこの状況を知っているのだろうか？

　自分のすぐそばで起きた、幼馴染《おさななじ》みの少女の死を。

　社はひっそりと静まり返っている。辺りに響くのは、ここからでは見えない滝の方向から響いてくる瀑布音だけ。

　まるで時間が止まったようなその場所で、探していた竹葉ちゃんの遺体を前に、どうやら僕らはまともな精神状態ではなかったようだ。本来なら屋敷に駆け戻り、すぐにでも若水さんに状況を伝えて山長さんたちに連絡してもらって……後は警察に調査を任せるべきなのに、何故かすぐには動けなくて。

まるで感覚が鈍ったような、霞《かすみ》がかったような意識のまま、まるでそうしていたら何かが起きるんじゃないか、とでもいうように社を見つめ続けた。

……斎宮から、ぎぃ、という妙な音が聞こえてきたのはその時だった。

それは木戸がきしみながら開く音に似ていて、ここからではちょうど死角になっているけれど、開いたのだ、という漠然とした感覚が僕らに共有された。その感覚が消えないうちに、やがて、奥から人影が現れる。

「美寿々さま」

僕は呆然と呟いた。彼女の姿を知っているのは僕だけだったから。

竹葉ちゃんが身にまとっている全身真っ白な巫女装束とは少しデザインの違う、華奢《きゃしゃ》な体に赤い袴《はかま》を合わせた衣装の彼女は、まるで人形のように背筋をぴんと伸ばして斎宮の廊下を渡り、小さな階段をゆっくりと降りてきた。その動きはあくまで優美で、彼女の周りだけ、別の時間が流れているように厳かだ。

長い黒髪に縁どられた素顔は白く、唇は紅をさしたように赤い。艶《あで》やかな黒目がちの大きな瞳が僕らをとらえ、そうして、彼女はいつの間にか僕らの目の前に立っていた。

誰も、何も言わなかった。古陶里も先生も。まるで目の前に突如、触れてはならない神聖な存在が現れたような威圧感に負けて、僕は思わず後退する。

やがて美寿々さまは、僕らの横を通り過ぎ、静かにあおむけになって目を閉じる竹葉ちゃんのすぐそばに立った。

「……なぜ、ここにいるのかしら」

「それは分かりません。竹葉ちゃんが行方不明だったことはご存じでしたよね、もちろん」

一度とはいえ、言葉を交わしたことがあるからだろうか。自然と僕が代表のように答える。

すると美寿々さまは人形のように整った顔を僕に向けて、

「竹葉のことではないわ。貴方《あなた》たちのことを言っているの。なぜ、ここにいるのか、と」

再び問うた声は、鈴の音のように軽く、そのくせ当然のように他者を従わせるような強さを持っていた。彼女が「美寿々さま」じゃなかったら、それはある意味、傲慢《ごうまん》な態度とも取れただろう。

「ここは神聖な場。貴方にはそう言ったはずね。ましてやあと数時間で祀りが始まるこの時、私が俗世の穢れを落とし、禊を済ませなければならない大切な時間に、なぜ？」

「……竹葉ちゃんを探していたからです。それに、滝壺に浮いていた人影を、ここからなら確認できるかもしれないと思って」

ふっと、美寿々さまの表情が動いた気がした。けれどそれを確認するより先に、彼女はもとの人間みを失った、取り付く島もないアルカイックスマイルを浮かべる。

「それで、竹葉を見つけたのね。滝壺に浮かぶもののかわりに」

幼馴染みが亡くなったのに。

美寿々さまは、ショックを受けた様子も悲しむ様子もなく、ただ、今目の前にあることをなぞっただけのようにそう言った。静かな声だった。

あまりにも穏やかすぎて、僕は一瞬、竹葉ちゃんはまだ生きていて、ただここに倒れているだけなんじゃないかと思った。それを美寿々さまも知っているからこそ驚かず、今にも起き上がった竹葉ちゃんと一緒に「ほら、騙《だま》された」と笑うんじゃないかと。

だけど現実には、竹葉ちゃんは息をすることなく、冷たい体のまま横たわっている。

……その時、それまで黙って様子を窺《うかが》っていた先生が、美寿々さまの視界に入るように移動した。そのまま静かに美寿々さまに問いかける。

「彼女が死んでいたことを、貴女《あなた》は知っていましたか」

「まさか。外が騒がしいので出てきたのよ。本当は祀りが始まり、竹葉が迎えに来るまでは、斎宮の中にいるはずだったのに」

「では、ずっとあの斎宮の中にいたわけですよね。何か不審な物音を聞いたりは？」

「いいえ。でも、俗世と我が身を切り離すために心を開放していたから、この世で起きたことの一切が耳に届かなかっただけかもしれない」

何だよそれ、と突っ込みたいのに出来なかったのは、美寿々さまが言うと、それがいかにも本当のことのように聞こえたからだ。そんな妙な説得力が、彼女にはある。

「竹葉がいつここに来たのかも分からないわ。そもそも、今はまだその時ではないのに、何故ここにいるのかも」

「何故いるのか、ではなく、何故亡くなっているのか。ということが重要なのでは？」

先生が言った。

「そもそも、神道において死は穢れです。祭事に関わる竹葉さんが亡くなったのだから、今日の祀りは中止になるのでは……」

「あなた」

ふっと、美寿々さまがしっとりと濡れたような黒い瞳で先生を見る。ゾクリとするほど艶やかな眼差しだった。

「確か、島の歴史について調べに来た先生ね。名前は世志月伊読……准教授」

「これは失礼しました。自己紹介もご挨拶《あいさつ》もせず……確かに私は世志月伊読です。そして、ここにいる二人が私の」

「お手伝いで来た、三嶋古陶里さん、そしてあなたが……秋津真白さん、よね？」

僕の名前を告げる時だけ、なぜか、試すような声になった。僕の本当の名前がそうではないことを知っているみたいに。

「……よくご存じで」

「貴方たちが島に来ることを容認したのは山長だけど、私が反対すればそれは叶わなかった。大切な時期に島を訪れる外の人間の名前を、私が知らないはずがないでしょう」

「なるほど。それでは我々は、貴女に感謝しなくてはいけませんね」

「……先に言っておくけれど、祀りは中止にはならないわ。確かに先生の言う通り、死は穢れとされている。けれどこの千駒島では、死は再生と共にあるの……だから決して、穢れではない。終わりではないのよ」

　美寿々さまの声は、まるで神託を告げる巫女のように洞窟の中に響き、束《つか》の間《ま》その声の深さに僕らは声を失った。

　千駒島の巫女は「魂よばい」を行う。それは死者の魂を呼び戻し、生者と対話させるイタコのような能力である。僕が知っている「美寿々さまの能力」は恐らくそんなところで、すべては先生の受け売りでしかないけど、その説明を山長さんも否定しなかった。

　だけど、美寿々さまのこの言葉の意味はそれよりももっと……何か、深いものがこめられているようで。

「初めてお目にかかります。千駒の巫女」

　その時、僕のすぐ隣でじっと立っていた古陶里が言った。

「俗世の事に興味はないかもしれませんが、我々は貴女の身も案じています」

「私の身？」

「松尾ユリという名前に覚えは？」

　古陶里の声に、束の間、美寿々さまの表情が強張《こわば》った気がした。

　けれどそれも一瞬のことで、すぐにその顔には、感情の一切が読み取れない穏やかな微笑にも似た表情が戻って来る。

「どうしてそんなことを聞くの？」

「貴女の幼馴染みの少女の名ですよね？　しかし、彼女が亡くなったことはなぜか秘されている……もしかしたらそこに巫女が関わっているのではないか？　と我々は考えています。そして、篠峯竹葉が亡くなったことにも」

「ユリは確かに私の幼馴染みよ。亡くなっているのを見つけたのは私たちで、だからこそ島の人たちは皆、事件を公《おおやけ》にしなかった。幼い子供たちが傷つくことを恐れてね。それがそんなにおかしなことかしら？　それに……ユリの死と竹葉の死が、どう関係するというの？」

「松尾ユリは貴女達の幼馴染みであり、山長飛露喜の大切な友人だった。そして幼くして亡くなった彼女のことを、山長飛露喜はずっと忘れられずにいたのでは？」

「………」

「山長飛露喜は松尾ユリと特別親しかった。そして、松尾ユリの死が隠蔽《いんぺい》されたことに不服を抱いていた……貴女は今、松尾ユリの死が隠匿《いんとく》されたのは、そこに関わった子供たちを守るためだと言った。だが死人が出た事故を完全に隠蔽するのにはそれなりの理由が必要だ。子供たちの心を守りたい、というだけで、そこまでするだろうか？」

「つまり、何が言いたいの」

「島の大人たちが守りたかったのは、松尾ユリの死を目《ま》の当たりにした子供たちではない。島にとって大切な存在である巫女……貴女だったのでは、ということです」

躊躇なく一息にそれを言い切ると、古陶里は冷たくなった竹葉ちゃんを振り返る。

「篠峯竹葉の死因は分からないが、腰の辺りに矢を受けたような傷がある。山長飛露喜が現在消息不明であることも貴女は知っているはず、しかし、同時に彼の部屋から弓矢も消えていたことはご存じだろうか」

「飛露喜が竹葉を、矢で射て殺したと？　まるで狩りの獲物のように」

　歌うように、美寿々さまが言う。

「とんでもないことを考えるのね。わかっているの？　貴女は今、ユリが亡くなったのは私のせいで、消えた飛露喜がその復讐のために竹葉を殺した、と言っているのよ？」

「もちろん。私は確かに、そう言っている」

　ぞっとするほど冷たい空気が辺りに流れた。そもそも真冬の滝壺の湖は底冷えするほど寒く、足元からひたひたと冷気が上がってくるけど、それにも増して冷ややかな美寿々さまの黒目がちの大きな瞳《ひとみ》が、僕らを心底震わせる。

「失礼にもほどがある。私が一言いえば、貴方達を今すぐ島から追い出すこともできるのに」

「だったらそうすればいい。島から出されるのであれば、我々はその足ですぐに本土の警察に向かい、事件について報告する」

「……それは困るわね。祀りの邪魔をされるのは」

「もし仮に松尾ユリの死に深くかかわっているのなら……山長飛露喜の本当の標的は貴女

かも知れない。次に命を狙われる可能性も」

「そんなことはありえないわ」

「なぜ、そう思う？　あくまで自分は松尾ユリの死に関わっていない、と？」

「いいえ」

美寿々さまが言った。はっきりと。

「私の立場から嘘偽りを口にするのは許されないことだから言うけれど。確かにそうよ。私は……いえ、私たちは、松尾ユリを殺した。私たち全員で、彼女を殺したの」

7

全員で、松尾ユリを殺した。

その衝撃的な言葉は、思いのほかあっさりと美寿々さまの口から零《こぼ》れ落ちた。過去の罪を懺悔《ざんげ》するふうでもなく。真相を言い当てられて焦《あせ》るふうでもなく。ただ、竹葉ちゃんの死を見た時と同じように、静かに、穏やかに、彼女はそれを告げた。

「……殺した？」

「結果的に言えば、そうなるわね。そして山長はそれを隠した。三嶋古陶里さんの言う通りにね。だからこそ飛露喜が復讐するわけがない、彼も共犯者なのだから」

「じゃあ、何で飛露喜くんは行方不明に？　それに竹葉ちゃんはなぜ」

「私にそれを聞くの？」

美寿々さまがうっすらと笑みを浮かべた瞬間、不意に遠くから「何しとる！」という鋭い声が響いた。

そのびっくりするほどの銅鑼《どら》声《ごえ》は洞窟内にわんわんと鳴り響き、とっさに耳をふさぎつつ、僕らは屋敷のある方角へと視線を向ける。

最初に視界に入ったのは山長さんだった。それから、そのすぐそばに立つ瑚大朗さんと若水さん、それから数人の島人達。蔵の隠し通路を通ってきたのだろう、全員が真っ青な顔で、僕らと美寿々さまを見ている。

「なんということを……神聖なる斎宮に、禊の場に入り込むとは……」

「美寿々さまが禊の最中に斎宮を出ておられるぞ。どうなっとるんだ」

島人の一人が口火を切ると、あとは次々と僕らをなじるような声が飛び出してくる。そんな険悪な空気の中、山長さんたちと行動を共にしていた瑚大朗さんが、駆け足で僕らの方に歩み寄った。

「驚いたな、なんで皆こんなところにいるんですか」

「瑚大朗、お疲れ様。しかし何故ここが判《わか》ったのかな？」

「若水さんが慌てて連絡してきたんですよ。皆が屋敷からいなくなったって」

瑚大朗さんが気まずそうに、この場に駆け付けた理由を答えてくれた。道理で山長さんは苦虫を噛《か》み潰《つぶ》したような顔をしている。

「それにしても、なんなんですかここは。蔵に隠し扉みたいなものがあって、こんなところに通じてるなんて……俺、聞いてないですよ」

「若水さんに言われて戻ってきてみれば、蔵の鍵が開いとったもんでな」

瑚大朗さんの声に僕らが答えるより先に、山長さんが言った。

「不思議で仕方ない。どうやってここを見つけたのか。蔵の資料を見る許可を出したのは間違いでしたわ……いくら事情を知らんでも、ここが神聖な場だと分からんわけがない。ようも祀りの当日に、巫女の禊の場を穢してくれましたな！」

体がビリビリ震えるほどの怒声だった。その声に思わず身を竦《すく》めた僕らの横で、すっと立ち上がった美寿々さまが、ゆっくりとその場を移動して、僕らから少し離れた場所に立つ。

その様子を視線だけで追いかけた山長さんは、けれど、美寿々さまの陰になっていたそれに……そこに倒れているものに、ようやく気付いた。瞠目《どうもく》し、言葉をなくす山長さんに不審を抱いた島の人たちも、ゆっくりと僕らの足元に視線を移して。

「……竹葉？　竹葉ぁ！」

悲鳴のような声が響き、島人の中からふたつの影が飛び出して来た。それは横たわる竹葉ちゃんの姿に気付いた篠峯ご夫妻だった。

二人は瞬《また》く間にこちらに駆け寄ると、僕らを突き飛ばすようにして竹葉ちゃんのそばにしゃがみ込む。

「竹葉……なんで、なんでこんなことに」

「早く医者を呼んでくれ！　溺《おぼ》れたのか、身体が……冷たい」

　本当は止めなきゃいけなかったんだろう。死因が分からない、しかも他殺の可能性まである遺体に触れちゃいけないって。

　だけど、娘の身体を抱き上げて震える父親と、縋《すが》りつくようにして咽《むせ》び泣く母親の姿を見ていたら、とてもじゃないけどそんなこと言い出せなかった。皆もそうだったんだろう、いつもは冷静な古陶里も無言でそれを見守っている。

　山長さんも、最初でこそ僕らを見比べていたものの。すぐに近寄ってきて美寿々さまに一礼すると、竹葉ちゃんを一瞥《いちべつ》して、きっぱり言った。

「……医者の必要はない。もう死んどるわ」

「なんだと、お前……っ」

　咄嗟《とっさ》に竹葉ちゃんのお父さんが立ち上がり、山長さんの胸ぐらをつかむ。一触即発の空気が流れたものの、山長さんはそれに慌てることもなく、ゆっくりと自分をつかみ上げる腕に手をかけた。

「離せ。わしを殴っても娘は戻らん」

「あなた、やめて」

　すすり泣いていた篠峯夫人が、竹葉ちゃんを引き寄せながら夫を制止し、土下座するように頭を下げる。山長さんにじゃない。感情の欠落した眼差しでその一部始終を見つめていた美寿々さまに向かってだ。

「美寿々さま、どうか、どうか娘をお願いします。まだ亡くなったばかりなんでしょう？　だったら、だったら今すぐに」

「やめんか、馬鹿者《ばかもの》が！」

胸ぐらをつかみ上げられたまま、山長さんが叱咤《しった》の声を飛ばす。途端に竹葉ちゃんのお父さんが、山長さんを思い切りぶん殴った。

「あなた！」

「あんたには人の心がないんか。娘を亡くした親の気持ちが分からんのか！」

「篠峯さん、やめてください！　山長さんだって飛露喜さんが……ご存じのはずですよ！」

岩場に倒れこんだ山長さんを再び殴ろうと、拳《こぶし》を振り上げた篠峯さんに、奥さんと若水さんの制止の声が重なる。はっと動きを止めた篠峯さんは、山長さんをかばうように間に入った若水さんを呆然と見つめた。

「それより早く竹葉さんを……こんなところで、あんまり可哀想《かわいそう》です……」

うっ、と篠峯さんの奥さんが顔を覆《おお》う。篠峯さんも、力を失ったようにだらんと腕を下ろして娘を振り返った。

「……なんで竹葉はこんなところにいたんだ。家に戻らず、巫女の禊の場なんぞに」

「あんたらもそうだ。一体これはどうなっとる」

「すみません、山長さん。昨日たまたま蔵の前を通った時、蔵の鍵と、ここに続く入り口が開いていたんです。それで僕が勝手に入り込んでしまって」

　殴られた顔をぬぐいつつ立ち上がった山長さんに謝ると、僕は慌てて言葉を続ける。

「ここが神聖な場所だって言うのは分かります。でもここからなら滝壺に浮かんだものが何なのか確認できるんじゃないかと思ったんです、だから飛露喜くんを」

「滝壺の遺体なら引き揚げた。ありゃ飛露喜じゃ。間違いない」

「は？」

　山長さんの吐き捨てるような言葉に、僕は思わず言った。

「引き揚げた？　遺体を？」

「ああ。ちょうど流れに乗って、滝壺にある岩場に引っかかったところを回収した。一晩水に浸《つ》かってすぐには分からんかったが、歯並びやほくろの位置で父親のわしが確認したから間違いない。遺体は屋敷に運んで、あとは竹葉を探しとったんだ」

「それは本当か？　滝壺に浮かんでいたものは、確かに山長飛露喜だったのか？」

　間髪入れずに古陶里が言う。それに、山長さんが吐き捨てるように舌うちして、

「こんな嘘をつくわけがない。それでも疑うならあんたらのお仲間に聞けばええ、島の者も皆、わしと同じもんを見とる」

　僕らはとっさに瑚大朗さんを見る。とても信じられなかったけど、返ってきたのははっきりとした頷きで。

神社のある崖《がけ》の上から続く激しい滝水のせいで、真下の滝壺の流れも当然ながら早くて荒い。その渦が、たまたま岩場の方に動いてくれたお陰で遺体を回収できた……あり得ない話でもないし、瑚大朗さんも見ていたのなら嘘じゃないんだろう。

だけど実の息子が亡くなったっていうのに、山長さんのこの態度は何だ？　確かにピリピリしてはいるけれど、一人息子を失った父親って態度じゃない。それとも逆にショックを受けすぎて、感情が表に出ないんだろうか？

すると、それまで状況を静観していた美寿々さまが、口を開いた。

「本当に死んだの？」

はっと、それまで見てはならない神聖なものを避けるように視線を逸らしていた山長さんと島の人たちが、息を呑んで美寿々さまを見る。けれどすぐに視線をせわしなく辺りに彷徨《さまよ》わせ始めた。

「山長、答えて。飛露喜が死んだというのは、確か？」

「……確かです。若水さん、そうだな」

山長さんが背後にいた若水さんを振り返って言うと、彼女は鼻をすすりながら美寿々さまを見上げて、

「お顔ははっきり分かりませんでしたが、私もそばにおりました。飛露喜さんのように見えましたし、島の皆さんも確かに……そうですよね」

言葉に、島の人たちもちらほら頷く。だけど、あまりの状況に動揺してるんだろう、彼

らの視線は竹葉ちゃんと、それから少し離れた場所に立つ美寿々さまの間を行き来するばかり。その姿には説得力というか、確信を得るだけの空気が欠けている気がした。

　だけど僕は、それ以上に、美寿々さまの態度が気になった。

　飛露喜くんの死を肯定した山長さんに対して、彼女がその時浮かべていた表情。それを何と表現すれば良かったのだろう。

「……よそ者を島に呼んだんは失敗だった。神聖な祀《まつ》りを穢《けが》されたから、こんな事になったんだわ。とにかく、飛露喜に続いて竹葉までこんなことになったのでは仕方ない、飛露喜の代役はわしが勤めるとして、美寿々さまの案内役は綾花に任すのが妥当だろう。今すぐに準備するように伝えんと」

「……綾花は嫌がると思います」

　震える声でそう言ったのは、数名の島人の間から歩み出た冬樹くんだった。幼馴染みの死を前にして、彼の顔色はひどく悪い。

「あいつはもともと祀りを嫌ってるし、それに、今はだいぶん参ってて」

「そんな口を利いて良いんか、冬樹。お前も琴師の家に生まれた人間だ、祀りがどれだけ大切なもんか理解しとるだろう」

「…………」

「確かに、今年の祀りはよそ者のせいであんまりにも色んなことが起きすぎた。しかし誰もやめようとは思わんだろう。篠峯の家も、そうだな」

冷ややかな山長さんの言葉に、竹葉ちゃんを抱いていた篠峯夫妻が悔しそうに視線を伏せる。驚いたことに、反論の言葉は一切ない。

「あんたらを呼んだんはこちらの失敗、責めるつもりはないが、せめてこの先は島のしきたりに従ってもらう。竹葉のことは残念じゃが、何があったのか調べるのは祀りの後。それまでは遺体を安置しておく他はない」

しゃらん、と、どこからともなく鈴のような音が聞こえた気がした。それにつられて振り返ると、ちょうど美寿々さまが、僕らには何も言わずに斎宮へと消えていくところだった。

「誰か、綾花を連れてこい。二度は言わん、綾花に竹葉の代理を務めてもらう……竹葉のことも、飛露喜のことも、あんたらには何も文句は言わせんぞ」

第三章　厳咒詛《イツノカシリ》

1

「本当は、薄々気付いていたんです。あの子が島を出たがっていること」

泣くのをやめ、すべてが抜け落ちたようにげっそりとした虚《うつ》ろな眼差《まなざ》しをさまよわせていた篠峯夫人……竹葉ちゃんのお母さんは、僕らに向き合うなりそう言った。

「あの子、本当に勉強が好きで……知らないことを学ぶのが楽しいと、一度だってそうするように言ったことなんてないのに、進んで勉強しているような子供でした。たくさん本を読んで、もっと専門的なことを勉強したいって。でも、夫は絶対に許さないと思いましたし、私だって……気持ちの上では応援してあげたかったけど、千駒島に住む以上は表立って賛成してやれない。だから、見て見ぬふりをしていたんです。どうせ叶《かな》わない夢なら、期待させるだけ可哀想《かわいそう》だもの。だけど、こんなことになるくらいなら、いっそのこと」

島を出してやるんだった。そう付け加えて、篠峯夫人はうつむいた。彼女の目の前には、竹葉ちゃんの大学の受験票が置かれている。

　それは彼女がいずれは島を出て通いたがっていた大学のもの。呪殺島の運命の軛《くびき》から逃れ、自由を手に入れようとしていた少女の夢の欠片《かけら》だった。

　……山長家のお屋敷に戻った僕らは、捜索が終わったのを理由に今度は瑚大朗さんともども再び座敷に連行され……そこで憔悴《しょうすい》した篠峯夫人と向かい合うようにして話していた。

洞窟《どうくつ》で発見された竹葉ちゃんの遺体は、死因が分からないまま島人たちの手で山長家に運ばれることになり（神聖なる禊の場に穢《けが》れを置くわけにはいかない、という何とも千駒島らしい理由で）、篠峯夫妻もまた、娘の傍にいたいと山長家を訪れていたのだ。

　その後、遺体は蔵のすぐそばの座敷に移され、竹葉ちゃんのお父さんも同じ部屋に残ったものの。夫人だけが「見せたいものがある」と僕らの座敷を訪れていたのだった。

「あの……これは」

「竹葉が持っていたものです。肌身離さず……島の人には言えません。でも、島の理《ことわり》から離れた皆さんには知ってほしくて。あの子の願いを」

　言って、夫人は僕達に見えるように座敷に置いた受験票をじっと見る。

「もう一度……もう一度やり直せるなら……今度は絶対に……」

「失礼します。篠峯さん、こちらにいらっしゃいますか」

　その時、廊下から声がかかって、すっと襖《ふすま》が開いた。若水さんだ。

「あの、御主人がお呼びです」

「夫が？」

「はい、すぐに来て欲しいと」

篠峯さんは今、竹葉ちゃんの遺体のそばにいる。そこに呼び出すというのは今の篠峯夫人には酷じゃないんだろうかと思ったし、夫人も躊躇《ちゅうちょ》するように視線を伏せたけど、すぐに「分かりました」と言って顔を上げた。

「そのパンフレット、そちらで処分していただけますか」

「え？」

意外な言葉に、じっと受験票を見ていた先生が顔を上げる。

「処分して良いんですか」

「……はい。今の竹葉には、もう必要のないものですから。若水さん、夫は今も娘のそばにいるんですよね」

「そうです。ご案内します。このたびは……なんと言って良いのか……」

額を畳につけて言う若水さんに、篠峯夫人が無言で立ち上がる。そのまま、何も言わずに若水さんの横を通ると、部屋を出ていった。

「竹葉さんは、島を出たがっていたんですね」

しばしの沈黙の後。ようやく顔を上げた若水さんがぽつりと言って、畳の上に残された受験票を見る。

「よく、渚の勉強を見てもらいました。とても親切に教えてくれると渚も喜んでいて。どうして、こんなことに」

「……若水さん」

「失礼します」

　自分の発言を後悔するように、若水さんは最後まで僕らの顔を見なかった。すっと襖が閉まり、若水さんの姿も見えなくなると、後には、まるで座敷の中に閉じ込められたような閉塞感《へいそくかん》と重い空気、そして主《あるじ》を失った大学受験の資料の数々が残される。

　沢山の可能性と、沢山の努力と、沢山の未来。

　ふと、手前にある学校案内を取る。僕が通う大学よりランクが上の、受験生なら誰もが聞いたことのある大学名が記されていた。

「綾花ちゃんの言ってた通りでしたね。竹葉ちゃん、本土の大学に通うつもりで準備してたんだ……だけど、何で諦《あきら》めたんだろう」

　応援してたのに、と綾花ちゃんは言っていた。なのに、途中で諦めたみたいだった、と。

　その理由は、家族の反対か、祀りの重責か、あるいは他の理由があるのか？　分からないけど、現状を考えるとやっぱり彼女こそが世志月先生に手紙を出した人物だったような気がする。もはや真相は闇《やみ》の中だけど。

　結局竹葉ちゃんは島を出られず、この地で命を落とした。僕たちは、失敗したのだ。

　そして、山長さんの言葉を信じるのなら、死者はもう一人。

「瑚大朗。しつこく聞いて申し訳ないが、本当に飛露喜くんの遺体は回収されたのかな」

どうやら先生も同じことを考えていたらしい。確かめるように、屋敷に戻ってから無言で何か考え込んでいる瑚大朗さんに尋ねた。

すると瑚大朗さんは、意外にも首をかしげて「それが」と呟《つぶや》いて、

「さっきは島の人たちがいたので濁しましたが、正直、わからないんです」

「わからない？」

先生が怪訝《けげん》な顔でずれた眼鏡を押し上げ、僕らもドキリとして瑚大朗さんを見る。

滝壺《たきつぼ》で回収された……という飛露喜くんの遺体は、実はその状態を配慮し、棺桶《かんおけ》に入った状態で屋敷に運ばれ、竹葉ちゃんと同じ座敷に安置されていた。千駒島は日本国内でも数少ない土葬の風習がある島だから、火葬場がない。棺《ひつぎ》の蓋《ふた》には釘《くぎ》が打たれ、もちろん中の確認ができないようにされている。

「瑚大朗は、その場にいたわけじゃなかったのかな？」

「捜索隊は何人かずつに分かれて行動していたんです。俺は山長さんとは別のグループで……だけど途中、滝の方で何か騒ぎになっているのに気付いて駆けつけたら、山長さんたちが『遺体を回収した』とビニールに包まれた遺体を取り囲んでいて」

「……遺体を直接見たわけではない？」

「はい。滝壺に浮かんでいたものは確かになくなっていましたが……山長さんが息子であることを確認した後だったので、配慮を求められて直接の確認までは……」

とはいえ山長さんが嘘《うそ》をつく理由もない。瑚大朗さんはそう考え、黙って運ばれていく

遺体を見送り、竹葉ちゃんの捜索に戻ったのだという。

「何だか釈然としないな……」

何もかもが不自然だった。竹葉ちゃんの死も、飛露喜くんの失踪《しっそう》も、そして松尾ユリという少女の死も。

「当初は飛露喜くんの関与を疑ってはいたけど、事こうなるとね。そもそも呪術《じゅじゅつ》を執り行った先祖の業《ごう》を負い、命を落とすのは千駒《せんこま》一族のはず。ああ、死ぬべきは、なんて話をしてるんじゃないからね？　ただ、今年は特別だと言っていた祀《まつ》りの当日、なぜ千駒の直系ではなく縁戚《えんせき》の若者にばかり不幸が訪れるのか」

「……さっきの話の続きですか？　千駒島《ちこまじま》では領主が集落の人たちと共に暮らし、そのせいで周りにも影響が出てしまうっていう」

僕は溜息《ためいき》をつく。これはさっき飛露喜くんの部屋から追い出された時に話していたことだ。瑚大朗さんはあの場にいなかったから怪訝な顔をしていたけど、不在の間に起きたことをまとめて先生が説明すると、さすがの順応力。驚きつつも、すぐに「ああ」と頷《うなず》いていた。

「真白くんは赤江島でも事件に巻き込まれたはずだね？　あの地でも確かに、赤江家の血統以外の人間が命を落とし、多くの犠牲を経て赤江一族の血が途絶えた。つまり」

「もしかして、松尾ユリちゃんだけじゃなく、竹葉ちゃんと……そして飛露喜くんも、『千駒家の業』に関わったせいで死んだって言いたいんですか？　でも、さっき美寿々さまは言ってましたよね、松尾ユリは私達で殺したんだ、って。それが発端だとしたら、これは呪《のろ》いじゃなくて事件の可能性が高いと思います。そりゃ先生は学者として『呪殺島』に興味を持ってるのかもしれないけど」

「確かにそうだ。だけどね、真白くん。呪殺島と呼ばれるからには、この島には必ず呪術にまつわる因縁があるはずなんだよ。

山長さんは、千駒島が呪殺島ではないことを証明するために我々の調査許可を出したと言っていた。しかし、島の人間が領主の『罪』『業』となる能力について赤裸々に文献に記すとも思えない。何よりすべての発端となったあの手紙の内容がね……」

『ここでは一人の巫女《みこ》姫《ひめ》を崇《あが》め、恐ろしい秘儀が行われています』

『この島の呪いを打ち破って下さい。この、忌《い》まわしい因習を』

……確かに手紙に記されていた言葉は、島に伝わる秘儀の恐ろしさを訴えていたけど。

それとこれとは違うんじゃないだろうか。

「仮に、仮にですよ？　松尾ユリさんの死が千駒一族にもたらされた呪いによるものだったとしても、竹葉ちゃんと飛露喜くんは違うんじゃないかと思うんです。少なくとも竹葉ちゃんの遺体には……体に傷があったし。呪いそのもので死んでるわけじゃなく、誰かが彼女を傷つけたってことですよね、これは」

「だが真白、呪いはそれ自体が人を殺すのではなく、人が人を殺す所業そのものが呪いではないのかと……それを赤江島で一番実感したのはお前ではないのか？」

今度は先生じゃなく、隣にいる古陶里が冷静な声で反論する。

「篠峯竹葉の遺体には確かに矢に射られたような傷があった。それが致命傷とは限らないが、遺体に傷があったことは確かだし、凶器が弓矢の可能性がある中で山長飛露喜がそれを持って消えたのも事実だな。しかし、山長飛露喜は遺体となって発見された」

「そうだよ。だから飛露喜くんは犯人じゃない」

「だが、我々は山長飛露喜の遺体を確認していないのだよ。実は滝壺に浮かんでいた遺体は息子だったと告げた山長氏の言葉が嘘で、実際には彼が生きているのだとしたら……」

「飛露喜くんが復讐《ふくしゅう》のために行動してるって話がもう一度浮かび上がって来るね。もちろん、他に犯人がいる可能性だってゼロじゃないけど」

言いながら嫌になってきた。僕は今、島の人たちを手当たり次第に犯人扱いしようとしているのだ。

「……真相はわからないし、我々の言葉は全《すべ》て推論に過ぎない。これが千駒一族に伝わる呪いによるものなのか、或いは偶然起きた事故によって生まれた因縁のせいなのか……いずれにせよ松尾ユリの死が鍵《かぎ》であるなら、そして千駒美寿々が言ったように、彼女の死には幼馴染《おさななじ》み全員が関わっていたのなら……稲波綾花と能鷹冬樹にもっと詳しい話を聞いた方が良いのだろうな」

古陶里の言葉に僕らは沈黙する。

確かにその通りだ。綾花ちゃんは松尾ユリさんの死について語ってはくれたけど、まだ何か隠しているようだったし……冬樹くんにも、竹葉ちゃんと会っていた時の状況を聞きたいと思う。そこにはもしかしたら、今回の事件の真相を知るためのヒントがあるかもしれないんだから。

「だけど綾花ちゃんは竹葉ちゃんの代理で祀りに出るみたいだし、冬樹くんも琴師って役割があるんだよね。話を聞くのは難しそうだな……」

「それに屋敷の外の見張りも増えてたしね。若水さんが協力してくれたら良いんだろうけど、まぁ、無理だろうし」

先生のうんざりした声に頷く。そう。実際に監禁されてるわけじゃないんだから、ちょっと工夫すれば屋敷を出るのは難しくないはず。ただそうすると祀りを台無しにしたってことで山長さんの逆鱗《げきりん》に触れて、まあ、良い結果にはならないだろうから躊躇《ためら》っているだけで。ただでさえ島の人達は、次々に起こる事件の原因はよそ者の僕らにある、と考えてるみたいだし……。

「とりあえず若水さんに相談してみますか？　事情を話して何とか……」

そう、僕が身を乗り出して言った時、不意にがらりと勢いよく襖が開いて、座敷に大きな影が差した。

驚いて振り返った僕らは息を呑《の》む。

鬼のような恐ろしい顔をした篠峯さんが、そこにいた。

2

「し、篠峯さん？　どうしたんですか？」

襖から一番近い場所にいた僕が尋ねると、篠峯さんの血走った眼が、ぎらっとこちらに向く。額に青筋を立てて、尋常じゃない状況なのはすぐに理解できた。

「あの、奥さんなら、さっき貴方《あなた》に呼ばれたって言って出て行きましたが」

「……妻は娘のそばにおる。それより、あんたらに聞きたいことがある」

言って、篠峯さんは僕らを高みから見下ろすようにぐるりと視線を一周させた。

「娘を見つけた時、どんな状態だった。あんたらは娘の身体《からだ》を動かしたか」

「え？　いや、遺体には触れてません、僕らは……」

「じゃあ」

ごくり、と篠峯さんがつばを飲み込む音がした。

「娘の頭に傷があったが、あれはあんたらの仕業じゃないんだな。娘を動かそうとして落とした……どこかから運んで、その時に傷が出来た、というわけでは」

「頭に傷？　傷があったんですか？」

先生が怪訝な顔で腰を浮かす。古陶里と瑚大朗さんも一気に表情を険しくして、篠峯さんを見上げた。

「我々が気付いたのは、竹葉ちゃんの腰辺りにある傷だけです。それが……その、とても目についたので、他の部分については警察が来る前に遺体を動かすのはどうかと思って、詳しく調べていないんです。あおむけだったので頭に怪我をしていたとは気付きませんでした」

「あんたらじゃないのか」

僕らを見ながら、憑《つ》き物が落ちたような顔で篠峯さんが言った。だらんと両腕から力が抜けて、だけど、すぐにその顔には、恐怖と怒りの色が戻ってくる。

「あの時と同じ……頭の傷、おんなじ死に方をしとる……腰の傷も確かにあったが、あれは、まるで同じだ。同じ……」

「待ってください、あの時と同じ、というのは何ですか？　竹葉さんは最初から全身濡《ぬ》れた状態であの湖のそばに倒れていました。湖から引き揚げられた状態のようにも見えましたが、もし後頭部に傷がある理由に心当たりがあるなら」

先生の言葉に、僕らもごくりと唾を呑む。

頭を殴られて湖に落とされたのか。或《ある》いはそれが死因で遺体を湖に沈められたのか。犯人が殴打《おうだ》して殺した後、遺体を蔵の通路から斎宮《いわいのみや》のある場所に運んだ可能性もあるだろう。

だけど分からないのは篠峯さんの言葉だ。あの時と同じ死に方、って何なんだ。

「あんたらには関係ない。知らんのならそれでいいんだ、もう、祀りの邪魔にならんようにここにおってくれ」

だけど篠峯さんは僕らの問いかけに答えることなく、それだけ言って部屋を出て行った。叩《たた》きつけるように襖が閉められ、さすがに放っておける様子ではない、と我に返った僕らも慌《あわ》ててその後を追う。

「篠峯さん！　どこに行くんですか、竹葉ちゃんのいる座敷は向こうですよ！」

篠峯さんは、何故《なぜ》か屋敷の玄関に向かって行く。遺体を安置した座敷とは真逆だ。嫌な予感がして追いかけながら言ったものの、篠峯さんはそのまま玄関から続く飛び石を踏みしめながら門に向かっていく。

「様子がおかしいな……古陶里ちゃん、真白くん、こちらは私と瑚大朗で追いかける。二人は篠峯夫人の様子を見に行って」

「わ、わかりました」

門の前には島人達が立っているし、そこを突破できるかどうかは分からなかったけれど、夫が異様な状態で外に出て行こうとしているのに姿を見せない夫人も心配だ。僕らは慌ててきびすを返すと、もときた廊下を駆け戻った。

「……あっ……皆さん、どうしてこちらに」

途中、物音を聞きつけた若水さんが飛び出して来たけど、事情を説明すると、困惑したように玄関を振り返った。

「先生方は篠峯さんを追いかけて出てしまったんですか？　なんてこと……娘さんが亡《な》くなって動転してるんでしょう、様子がおかしいのは当たり前だわ。それより皆さんが美寿々さまの禊の邪魔をしたことの方がよほど」

「説教はもう良い、十分聞いた。今はとにかく夫人が心配だ」

グチグチ言う若水さんに、珍しく古陶里がすごい剣幕で言う。その勢いに圧倒されたのか、若水さんは玄関の方を気にしつつも、僕らを竹葉ちゃんと飛露喜くんの遺体が安置されている座敷に案内してくれた。

「勝手に屋敷の中を歩き回られるのは困るから案内したんです。どうかこれ以上問題を起こさないでください。それからご存じでしょうが、こちらにはご遺体がありますので、どうかお静かに」

「分かりました。……篠峯さん、こちらにいらっしゃいますよね？　今、旦那《だんな》さんが外に出て行ったんですが」

薄暗い廊下の先。蔵に近い、座敷が並ぶ一角で、僕らは中にいるはずの篠峯夫人に襖越しに声をかける。

少し待って……返答はなし。立ち去りかけた若水さんが心配そうに振り返る中、僕らはあまりの沈黙に不安になって襖を開けた。

「篠峯さん？」

死者を悼《いた》むためだろうか、座敷に灯りはない。昼間なのにまるで海の底に沈んだように暗いその中で、ひっそりと敷かれた布団《ふとん》と、そこに横たわる竹葉ちゃんの姿が見えた。

薄暗い座敷の中に浮かび上がる青白い横顔からは、ご両親が外したのだろうか、顔を隠す布がない。そのせいか、竹葉ちゃんはまるで眠っているように見える。

　そして、その奥には若木であつらえたような淡い色彩の大きな棺《ひつぎ》が安置されていた。飛露喜くんが眠っているというそれには、確かに釘が打たれている。

　遺体が並ぶその光景は、僕の中に嫌な記憶を甦《よみがえ》らせた。だけどそれを思い返すより早く、竹葉ちゃんの遺体のすぐそばにある人影に気付く。

「えっ、ちょっと」

　驚いて座敷に入ると、僕と古陶里は身体をくの字に折って倒れている姿……篠峯夫人に駆け寄った。まさか、という不吉な予感にかられながら呼吸の有無と脈とを確認する。

「良かった……生きてる」

「ど、どうされたんですか、篠峯さん!?」

　僕と古陶里がほっと吐息した途端、廊下から座敷を覗《のぞ》き込んでいた若水さんが、悲鳴のような声を上げてその場にへたり込んだ。これは完璧《かんぺき》に誤解してるな……慌てて「気を失ってるだけです」と伝えると、僕は今度は篠峯さんに声をかける。

「篠峯さん、どうされたんですか、篠峯さん！」

「……ああ、あ」

　幸いなことに、篠峯夫人はすぐに意識を取り戻した。ぼんやりと目を開き、さまよった視線がやがて焦点を結ぶと、僕を押しのけるようにして身を起こす。

「夫は？　夫はどこですか……」

「篠峯さんでしたら、さっき屋敷を出て行きました」

「どうしましょう……あの人、ひどく興奮していて、私」

「竹葉さんの頭に傷がある、と言っていましたが」

古陶里が早口で言う。その言葉に、篠峯夫人が何かに気付いたように眼を見開き、呆然《ぼうぜん》と僕らを見た。だけどその眼差《まなざ》しに映るのは僕らじゃない、何か、別のものを直視して愕然《がくぜん》としているような。

そして夫人は顔を歪《ゆが》めたまますぐに視線を伏せ、

「さ、さっき夫に呼ばれてここに来て、初めて知りました。竹葉を寝かせる時に何かおかしいと思ったようで、調べたら、頭に大きな傷があったと……誰かに頭を殴られて殺されたんだと、夫が……」

篠峯夫人の瞳《ひとみ》からとめどなく涙が流れる。娘の死の衝撃から立ち直っていないのに、生々しい傷を目《ま》の当たりにした絶望が、その姿にはあった。

「どうして竹葉が……あの子は……真面目《まじめ》で優しい、自慢の娘で」

「すみません、旦那さんが屋敷を飛び出して行った理由は分かりますか？　頭の傷のことを言った直後に出て行って、それも、尋常じゃない様子だったので」

「……たぶん、冬樹くんか綾花ちゃんのところでしょう。あの子たちは竹葉と仲が良かったし……あの、冬樹くんは娘と……特に親しくしていたので、何か知らないか話を聞きに行ったのかと」

その口ぶりで理解した。ああ、篠峯夫人は知っていたのだ。竹葉ちゃんと冬樹くんが交際していたことを。

「こんな言い方は失礼ですが、篠峯さんの様子は単なる『話を聞きに行った』だけのものじゃなさそうでした。もっと思いつめたというか、憤《いきどお》りを感じたというか……まさかとは思いますが、二人が竹葉ちゃんを殴打したと思い込んでいるわけじゃ」

「なんてこと言うんですか、やめてください！」

叫んだのは篠峯夫人じゃない、若水さんだ。

恐ろし気に座敷の襖の前で話を聞いていた若水さんは、我慢ならないといった様子で立ち上がると、僕らの方に近付いてきた。

「二人が竹葉さんを……そんなわけありません、どうしてそんなこと」

「大切なのは、篠峯氏がどう考えているのか、ということだろう。篠峯氏が能鷹冬樹と稲波綾花に会いに行ったのなら、そこで何か起きる可能性がある。二人が今どこにいるのかが知りたいのだが」

「ど、どこに……それでしたら綾花さんは、竹葉さんの代わりに千駒神社に入ったはずです。冬樹さんは分かりませんが、自宅で祀りの支度をしてるんじゃないでしょうか」

先生たちは戻ってこない。もし玄関で見張りの島人たちに捕まったのなら、今頃は引き返しているはずだから、あのまま篠峯さんを追いかけて行ったのだ。何かあれば知らせてくれるだろう。

「篠峯さん、少し休まれた方が良いです。隣の座敷に布団を敷きますから、横になってください」

「いえ……竹葉のそばにいます。横になるならこの部屋で」

篠峯さんと若水さんのやりとりを聞きながら、僕はぼんやりと竹葉ちゃんを見た。その身体はやっぱり青白く冷たそうで、じっと見ると、確かに頭部の形がおかしいような気がする。

咄嗟《とつさ》に目をそらし、そうしたら、今度は奥の棺が視界に入った。

(本当に……あの中にいるんだろうか)

飛露喜くんが。

しっかりと釘が打たれた棺は、まるで死人が外に出ないように閉じ込めているようだ。中に飛露喜くんがいるのなら……岩場のある滝壺で揺れていた遺体は確かに損傷が激しかったんだろうけど……だからって山長さん、何もあそこまで強固に封印しなくても、と思ってしまう。

「真白。一度部屋に戻ろう」

やがて、篠峯夫人は竹葉ちゃんのいるこの座敷の隣の部屋で横になる、ということに落ち着き、全員が一息ついたところで、僕はようやく棺から視線を外した。

3

先生たちが戻ってきたのは、午後四時頃だった。

辺りは一段と冷え込み、屋内でダウンを着ていても寒さが沁《し》みる気がする。そんな夕暮れの下、白い息を吐きながら島の人と一緒に戻ってきた先生と瑚大朗さんは、玄関で出迎えた僕らに「綾花ちゃんと冬樹くんには会えたよ」と言った。

「島の人たちと瑚大朗と一緒に篠峯さんを追いかけたんだけどね、途中で見失ってしまって……それで神社に先回りして、祀りの準備中の綾花ちゃんのところに行ってきたんだよ。だけど結局、篠峯さんは現れなかった」

「冬樹くんの家にも行って来たよ。捜索が終わってすぐ自宅に戻って琴の練習をしていたそうで、もう準備が必要だからってすぐに部屋に戻っちゃったけどね」

肩を竦《すく》めて言う先生にほっとする。どうやら二人は無事だったらしい。ちなみに瑚大朗さんは、竹葉ちゃん捜索の時に冬樹くんと行動を共にしていたらしく、彼に不審な点はなかったと言っていた。

囲炉裏に火が入ると、炎の明かりで辺りは柔らかに照らし出される。山長さんは戻って来ないし、島の人たちも見張りの数を減らして家に戻ったようで、この第二の呪殺島に、いよいよ「特別な祭祀《さいし》」の時間が近付いているのだと、否応《いやおう》なしに実感せざるを得ない状況だった。

今日は大晦日《おおみそか》、年の暮れ。祀りとは無関係ながらも、この日は僕らにとっても一年の締めくくりとなる特別な一日……いつもなら狭いアパートでインスタントの年越しそばの準備をしているか、ギリギリまでバイトを詰めているところなのに、今の僕らときたらまるで、年末の特番ドラマの世界に入り込んだみたいだ。閉ざされた島に伝わる秘儀、そこで起こる殺人事件と、次々と明らかになる島人達の過去の因縁……不謹慎だけど、そんな世界観にぴったりはまりこんだような気分になる。

天井の高い玄関を入ってすぐ、囲炉裏のある板張りの部屋に集まった僕らは、なかなか暖かくならない広い室内で囲炉裏を囲み、白い息を吐いていた。こんな時間まで昼食抜きで歩き回った僕らに、若水さんが早めの夕食を用意してくれるのだ。

今日は朝から色んなことがありすぎて興奮していたのか、僕は先生と瑚大朗さんが戻って来るまで自分が腹ペコだってことにも気付いてなかった。もちろん、豪華な朝食のお陰でこの時間までもった、とも言えるんだけど、一度空腹に気付いたら、身体の力が抜けてへたり込んでしまいそうなほどだった。

「それにしても、篠峯さんはどこに行ったんだろう。冬樹くんのところでも、綾花ちゃんのところでもないとしたら」

天井の高い部屋では、瑚大朗さんの低い声もよく響く。その反響に自分ではっと驚いた瑚大朗さんは、猫背で囲炉裏を覗き込んでいた姿勢からすっと背筋を伸ばし、咳払《せきばら》いした。

「篠峯夫人はまだ奥で横になってるんだよね？」

「はい。瑚大朗さん達が戻って来た時、若水さんが様子を見に行ってくれたみたいなんですが、眩暈《めまい》がひどくて起きられないって」

「……一人で娘さんのそばにいるのはつらいだろうな。篠峯さんに早く戻って来てほしい」

何事もなく、これ以上の事件が起こることなく。瑚大朗さんの言葉にそんな含みを感じて、僕も深々と頷かずにはいられなかった。

静かな囲炉裏の部屋は、しんしんと夜が更《ふ》けていく時間の音すら聞こえてきそうだ。そういえば東京にいたら年末定番のテレビ番組を見ている頃だな。今はとてもそんな気分じゃないし、こうして静かに迎える年越しも良いんじゃないかと思えるけど……それもこれも、現状がもう少し「普通」だったなら、だ。

やがて奥から廊下がきしむ音が聞こえて、大きな鍋《なべ》を持った若水さんが現れた。僕らの横に座って囲炉裏に鍋を掛けると、ちらちらと炎が揺れて、暖かな湯気がたちのぼる。

「牡蠣《かき》の土手鍋です。鍋の内側に味噌《みそ》がついてますから、溶かしながら食べてください」

ぐつぐつと煮込まれた鍋の中には、ぷりっとした大きな牡蠣と葱《ねぎ》や人参《にんじん》などの野菜、それから豆腐が入っている。ふわんと漂う味噌の香りに、相変わらず贅沢《ぜいたく》な食事だなぁと思いつつ、僕らはお椀《わん》を受け取った。

「土手鍋って初めて食べます。美味《おい》しそうですね、有難うございます」

「いえ……」

「あの、そういえば今夜の祀りは何時から始まるんですか？」

ついでを装《よそお》って僕が尋ねると、若水さんは少し用心するような眼差しになったものの、

「二十時です。その時間に美寿々さまが斎宮を出られ、案内役と一緒に能舞台に移ります。やがて巫女舞が始まりましたら、死者の魂が美寿々さまの身に宿り……祀りは夜明けまで続くので、明日いっぱいは外に出られませんよ」

　間近に迫った祀りの気配に高揚しているのか、祀りの内容にまで言及しながら説明してくれた。数々の魂が美寿々さまの身に宿る。その響きに、古陶里がふっと鼻を鳴らして、

「千駒美寿々の身に宿る魂の中には、祀り間際《まぎわ》に命を落とした者もいるのだろうか」

　はっと若水さんが息を呑む。僕は慌てて古陶里を振り返り、それから首をぶんぶん振って制止の合図を送ったんだけど、今度は先生が「年越しまで祀りが続くのなら、身に宿す死者の霊は一人や二人ではないでしょうね」なんて言葉を口にする。

「島の人たちが美寿々さまを敬う気持ちが分かります。千駒島の巫女は亡くなった大切な人達と生きた人間とをつなぐ存在、会いたくてたまらない人をもう一度この現世に呼び戻してくれるわけですから」

「……まだ用事が残っておりますので、失礼します。また後ほど戻って参ります」

　それだけ言うと、若水さんはきゅっと唇を引き結んで奥に戻って行った。ああもう、なんでこういう言い方しかできないんだ、この人達は。

「悪趣味ですよ。竹葉ちゃんと飛露喜くんが亡くなった……少なくともそう言われている中で、今みたいな言い方するなんて」

「んん？　私は別にごく普通の事しか言ってないよ？　まあ、美寿々さまの役割は単なる鎮魂帰神の儀礼……巫女の身体に霊を降ろすなんて単純な物ではないと思うけどね」

「……そういえば、この島に来た目的、まだ何一つ達成できてないですよね」

　先生が受け取った手紙に書かれていた「島の秘儀を打ち壊してください」という言葉。けれどそこに書かれていた内容の真偽を確認する間もなく島人が行方不明になり、死者が出て、その間に僕らにできた事と言えば、蔵の資料から島の神話を知り、松尾ユリという少女がかつて島で命を落としたという事実を聞いただけ。祀りの間は閉じ込められ、この分じゃ蔵の中を見せてもらうのも難しそうな現状からして、どうやら僕らは千駒島が「呪殺島」だという理由すら見つけられそうにない。

「まあとりあえず食べよう。せっかく若水さんが作ってくれたんだし」

「……あの、瑚大朗さんは外に捜索に出ていた時、冬樹くんと行動を共にしたと言ってましたよね。その他に何か気付いたことってありませんか？」

「そうだ。私もそれを聞いておきたいな、瑚大朗」

　先生も身を乗り出して言い、先生のお椀に鍋料理をよそっていた瑚大朗さんは、その手を止めずに「うーん」と眉間《みけん》に皺《しわ》を寄せた。ちなみに古陶里は空のお椀を置いたまま何事か考え込んでいる。

「そうだな、特におかしなことはなかったと思うよ。竹葉ちゃんとの関係性を思えば、塞《ふさ》ぎ込んでいたのも当然だし」

「山長飛露喜の遺体を滝壺から引き揚げた時、能鷹冬樹はどこにいた？　その様子を見ていたのだろうか」

ふと、古陶里が言った。それに瑚大朗さんは「いたよ」と頷き、

「俺は少し離れた場所に立っていたから明確には言えないけど、冬樹くんはすぐそばで遺体を引き揚げる様子を見ていたはず」

「二手に分かれていた時間はどのくらいだ」

「一時間もなかった。だから山長さんはすぐに滝壺の方に向かったんだろうなと思う」

「ふむ……」

とすると、と古陶里はようやくお椀に土手鍋の牡蠣を入れながらぽつりと言う。

「現状、篠峯竹葉と山長飛露喜を殺せたのは誰なのか……アリバイをまとめた方が良いな」

真白、と呼ばれて僕は慌ててダウンのポケットに入れていた手帳を取り出す。

「事件が起きたと思われる時間帯に焦点を当ててみよう」

十二月三十一日　五時頃　……竹葉が社から家に戻る途中、失踪《しっそう》。
山長飛露喜（前日の二十一時以降アリバイなし）

　千駒美寿々（斎宮に入っていたが証明者なし）
　稲波綾花（自宅にいた？）
　能鷹冬樹（自宅で祀りの準備中？）
九時頃……島人総出で竹葉の捜索中、滝壺に人影を発見。
　飛露喜を見かけた庭園で綾花と会う。
　山長飛露喜（？）
　千駒美寿々（斎宮に入っていたが証明者なし）
　稲波綾花（山長家の庭園にいた）
　能鷹冬樹（竹葉捜索に加わる）
十時頃……蔵に入り、通路を通って禊の場で竹葉発見。
　飛露喜の遺体回収済。
　千駒美寿々（斎宮に入っていたが証明者なし）
　稲波綾花（山長家から自宅に連れて行かれる）
　能鷹冬樹（竹葉捜索隊の中にいた）
十一時頃……竹葉の遺体を屋敷に運ぶ。

「こんなところかなぁ。ちゃんとしたアリバイ、誰にもないや」
溜息をついて、僕はメモを投げ出した。

「飛露喜くんはずっと姿を消していたわけだから、もし生きていたらすべての犯行が可能だった……でも竹葉ちゃんがいつ殺され、斎宮のそばに遺棄されたのかがはっきりしないと」

「他にもあるぞ、真白。犯行があの場所で行われた、或いは犯人が遺体を運び込んだにしろ、千駒美寿々がまったく気付かなかったのはおかしい。早い段階で遺体が遺棄されたのだとしても、だ」

「おかしくは……ないんじゃないの？　斎宮の中が防音かどうかは分かんないけど、ほら、完徹で祀り本番を迎えるわけないし、うとうとしてる時もあったんじゃないかな」

「だが、他にもあるぞ。篠峯竹葉の遺体が濡れていたのは何故か。亡くなった時に水に浸かったのか、或いは死後、水に浸けられたのか……」

「それを言うなら、そもそも竹葉ちゃんは何でこんな目に遭ったのかがまず謎《なぞ》なんだよね」

「ふむ……そうなると今度は松尾ユリのことが引っかかってくるわけだね。飛露喜くんの部屋にあった巫女の写真と、消えていた弓矢のこともあわせて」

　僕と古陶里の応答を、土手鍋を黙々と口に運びながら聞いていたはずの先生が、急に箸《はし》を止めて言う。

「飛露喜くんが松尾ユリさんの復讐の為《ため》に関係者を殺した、という説も、まだ濃厚ではあるしね」

うん、うん、と頷きながら、僕もようやく土手鍋をよそって口に運ぶ。大きな牡蠣は見た目通りぷりぷりしていて、味噌で煮込んだうまみをたっぷり吸いこんでいる。つまりめちゃくちゃ美味《うま》い。そして身体が温まる。

ひとしきり鍋を堪能《たんのう》し、身体がぽかぽかしてきた頃に若水さんが戻って来た。温かいお茶を貰《もら》って一息つくと「片付けは私がしますので、そのままで」と言った若水さんに、まるで連行されるようにもといた座敷に戻される。

「湯あみの準備が整いましたら、またお呼びします。それまでこちらにいらしてください」

言って、若水さんは再び座敷を出て行った。そういえば彼女は祀りに出ないんだろうか、なんて疑問が浮かんだけど、まだ時間が早いのかな。

「……篠峯夫人と渚ちゃん、大丈夫かな」

部屋に戻るなり、置いていた荷物をごそごそしていた瑚大朗さんが、顔を上げずにそう呟く。そういえば篠峯夫人のところには若水さんが様子を見に行ってくれたみたいだけど、渚ちゃんは今朝、滝に誰かが浮かんでいると知ってショックを受けて以降、ずっと部屋に閉じこもっている。

あれから竹葉ちゃんと飛露喜くんの遺体が揃って屋敷に運ばれたこと、知っているんだろうか。

「様子、見に行ったらマズイよね」

「飛露喜くんの部屋はともかく、渚ちゃんの部屋がどこにあるのかは知らないからねぇ。どのみち今回は若水さんに聞かないと」

「……今、屋敷にいるのは我々四人と若水氏とその娘の渚、そして篠峯夫人だけだ。とするとチャンスかもしれないな」

「チャンス？」

　身体が暖まったせいか、それどころじゃない筈《はず》なのに、何だかぼんやりして眠くなってきた。自分の身体の正直な反応に抗《あらが》っていた僕は、古陶里の剣呑《けんのん》な言葉に思わず振り返る。

「何の？」

「……今回は関係者のアリバイすべてが曖昧《あいまい》だが、動機と状況を考えると山長飛露喜犯行説を捨て切れない。何故、篠峯竹葉が最初だったのかという疑問は残るが……だとすれば、問題になるのはあの棺には本当に山長飛露喜の遺体が入っているのかどうか」

「……まさかとは思うけど古陶里、棺を開けて中を調べよう、なんて言わないよね？」

　恐る恐る聞くと、古陶里は眉間に皺を寄せて、

「だが、ここがはっきりしないと何の説の裏付けも取れない。もし他に犯人がいるのなら、手紙にもあったように、この先も誰かが殺される可能性がある……千駒美寿々、能鷹冬樹、稲波綾花、あるいは山長氏か、他の誰かか」

「篠峯さんが出て行ったきり戻らないのも気になるね。ここには奥さんと亡くなった娘さんがいるのに」

「そんなこと言い出したらもう全部堂々巡りだよ。そもそも飛露喜くんが庭で話していた相手も謎だし、分からない事だらけじゃないか」

「だからこそ、まずは棺の中を確認し、山長飛露喜の犯行説について答えを出すべきだ」

……反対することもできたのに、現状が現状だからだろうか。結局僕らは古陶里の言葉に頷き、座敷を出た。

廊下を見渡して若水さんの気配がないことを確認してから、忍び足で竹葉ちゃんの遺体と棺のある部屋に向かう。年末の凍えるような寒さが満ちた廊下の、その冷たさに分厚い靴下を通してすらひやっとしたのに、鍋の効果って凄《すご》い。まだ身体が暖かくて、何だか意識がぼんやりする。

隣で先生も欠伸《あくび》をしていて、ぬくもった身体とちょうど良い満腹感、加えて朝からの出来事にやっぱり疲労もあるんだろうか。僕らは全員、欠伸をかみ殺しながら、ふわふわした足取りで歩いていた。

だけど、廊下の先に座敷が見えた時、僕らがたどり着くより早くスッと中から襖が開いて。

「へっ？」

思いがけないその展開に、僕は思わず間抜けな声を出してしまった。座敷から出て来た方も動揺したように動きを止め、けれどすぐに後ろ手に襖を閉めると、僕らに向き直る。

「こんにちは」

「いや……こんにちは、って、え？　君、何でこんなところにいるの？」

「そうだよ、あと数時間で祀りが始まるのに、琴師がこんなところにいたんじゃ」

思わず突っ込む僕と瑚大朗さんに、彼は……冬樹くんは、ひどく寒々しい笑みを浮かべた。

4

竹葉ちゃんと棺とが安置された座敷。明かりの消えたその座敷から現れた冬樹くんは、相変わらずのチャライケメンだった。

祀りの準備をしてるって聞いてたのに、唇の縁のピアスはついたままだし、服装もラフに着崩した制服姿。だけどこれまでずっとまとめていた茶髪をほどいたその姿は、どこかの神官みたいに見えなくもない。

何より改めて見るその表情は、別人のようだった。直近で彼を見たのは竹葉ちゃんの遺体を発見した直後だったけど、あの時は離れた場所に立っていてよく見えなかった目の下の隈《くま》が、今は彼の表情をげっそりとしたものに見せている。髭《ひげ》も少しだけ伸びているし、憔悴の中にどこか投げやりな雰囲気も漂っていて、自暴自棄、という言葉がぴったりな風《ふう》貌《ぼう》に見えた。

「冬樹くん、君、いいの？　こんなところにいて」

「竹葉に会いに来たんだ。最後に」

短く、冬樹くんは言った。口調からチャラさはなくなり、そこにいるのはひどく疲れ切った、一人の男子高校生だった。

「祀りが始まったら抜けられないし、終わったらすぐに葬儀だろ。ちゃんとお別れできるかも分かんねぇし」

「あ……そっか。そうだよね」

僕は頷く。竹葉ちゃんと付き合っていたのなら、確かに別れを惜しむ時間も欲しいだろう。

「なんというかその……お悔やみを申し上げます」

「なんで？　あんたらにしちゃ、昨日会ったばっかかの他人だろ？」

突き放すように冬樹くんが言う。それに先生が「いや、でもね」と眼鏡を押し上げて、

「飛露喜くんも竹葉ちゃんも、一度は言葉を交わした人間だ。そりゃ私たちだってお悔やみくらい」

「飛露喜？」

途端に。冬樹くんの表情が一変した。

「あいつにお悔やみ？　そんな必要ねぇよ、全部あいつのせいなのに……あいつが、あいつさえ、あんなこと」

「冬樹くん？」

様子がおかしい。そう気付いて一歩踏み出そうとした時、急に目の前がぐにゃりと歪んだ気がして、僕は咄嗟に柱に手を突いた。

急な眩暈、だろうか。さっきから眠くはあったけど、その比じゃないくらい意識を保っていられない。ぐらぐらと弧を描くように視界がぶれ、真《ま》っ直《す》ぐ立っていることすら難しくなってくる。何だ、これ？

「竹葉は諦めたのに、あいつらが余計な事さえ考えなきゃ……お陰で全部滅茶苦茶だ。竹葉が死んだのだってあいつらのせいだ……あいつらの」

「待っ……て、え、と」

駄目だ。立っていられない。

異変を伝えようと僕は隣に立つ古陶里を見た。だけど古陶里も目を細めて着物の胸元の合わせを押さえ、今にもへたり込みそうになっている。先生も瑚大朗さんも、身体を折り曲げ、何とか倒れまいと頑張っているようだ。

おかしい、と思うのに意識がまとまらない。目の前の冬樹くんの姿が歪み、目が痛いような重いような感覚があって。とてもじゃないけど開けていられなくなる。

何だよこれ。どこかに吸い込まれていくみたいな感覚、これはレポートを仕上げるために完徹した後に似た……睡魔、か？

（まさか、さっきの……に、薬……を）

混濁する意識の中に若水さんの姿が浮かんだ。嘘だろ？　そんなことまで、あの人はするのか？　祀りの邪魔をさせないために？

「逃げられるわけがない……俺も、竹葉も、あいつらも。この島から、美寿々さまの呪縛から、解放されるわけがないのに……罰が当たったんだ。全部、あの時から……馬鹿《ばか》だ、あいつら、自業自得《じごうじとく》なんだよ……」

まるで自分に言い聞かせるような冬樹くんの独白を聞きながら。

僕の意識は、糸が切れたようにぷつりと途絶えた。


*****

遠くで太鼓の音が聞こえる。

まるで祭りの囃子《はやし》太鼓だ。夏の縁日のお祭り、境内に並ぶリンゴ飴《あめ》や焼きそばやカステラ焼き、いつもなら真っ暗な神社に広がる色とりどりの光に交じって、美味しそうな匂《にお》いが漂ってくる。

そういえば昔、よく行ったな。養護施設の皆と。

結局は僕と古陶里と真白とで抜け出して、三人一緒に境内を駆け回ったり隠れ鬼をして、先生によく叱《しか》られたんだけど。

普段、子供にとって神社は異界だ。よそとは違う、言葉で表現しがたい特別な空気が漂う場所。けれど祭りの夜だけは結界が解け、特別に外の人間を受け入れてくれる。

……とはいえ人だかりを抜けて薄暗い場所に入り込むと、そこにはまだ異界の空気が充満している。人ではないなにかがひょいと子供をつまみ上げて連れ去るような、そんな常識の通じない恐怖、のようなものがあって。

その時、甲高い子供の声が聞こえた。鳥のように高らかに響く、明らかに恐怖に歪んだ……断末魔のような叫び声。

それを追って茂みをかきわけると、前方に大きな社が現れた。響いていた囃子太鼓の音、祭りに集まる人々のざわめきはいつの間にか消え、辺りにはぞっとするような静けさが満ちている。

視界は薄暗く、足取りは重い。時折躓《つまず》きそうになりながらも社に近付き、恐る恐る階段をのぼると、社の本殿につづく扉が薄く開いていた。きぃ……と風に揺れて動くその向こう、漆黒の闇がわだかまる奥に、ぼんやりと白く浮かび上がるものがある。

『私は……いえ、私たちは、松尾ユリを殺した。私たち全員で、彼女を殺したの』

聞き覚えのある声が響いた。振り返った白い人影は巫女装束をまとった子供だ。けれどその口から吐き出されるのは、大人びた、人を支配することに慣れた声。

『何か……怖いよ……なんで今年なの……？　これじゃ、美寿々さまの呪いみたいじゃん』

『頭の傷、おんなじ死に方をしとる……腰の傷も確かにあったが、あれは、まるで同じだ』

『だから綾花、言ったのに。あんなの無理だって。あんなことしたから神様を怒らせちゃったんだ』

稲妻が轟《とどろ》いた。空と地を繋ぐ光が辺りを明るく染め、その輝きに本殿の奥が照らされる。

僕は息を呑んだ。

開かれた本殿の扉の奥で、白い子供の巫女は唇を三日月のようにゆがめて笑っていた。足元には血だまり。巫女装束の子供と同じくらいの女の子が、頭から血を流して倒れている。

本殿の奥には大きな岩があった。勾玉《まがたま》のような、いや、その割にごつごつした形の……これは、赤子だ。母親の胎内にいる赤ん坊が体を丸めて眠る姿に似た形の岩、そこには注連縄《しめなわ》と紙垂《しで》がかけられている。

そして……そして、岩にはべったりとした血の跡があった。向こう側を向いた少女の顔は見えないけれど、その代わり、黒髪が濡れて固まった後頭部にぱっくりと傷口が開いているのが見える。

『おんなじ死に方をしとる』

あの時の篠峯さんの言葉。これは、この遺体は、松尾ユリなのか？

だけど、ここからじゃ顔が見えない。一度だけ写真で見た顔……自信なさげに飛露喜くんの後ろに隠れるように立っていた少女の顔が……。

『逃げられるわけがない……俺も、竹葉も、あいつらも。この島から、美寿々さまの呪縛から、解放されるわけがないのに……罰が当たったんだ。全部、あの時から……あいつら、自業自得なんだよ……』

冬樹くんの声が聞こえた瞬間、再び稲光が走った。その轟音《ごうおん》に思わず身をすくませた僕は、固まったように動かない巫女の向こう、倒れた少女の顔がゆっくりと動くのを見た。瞬《まばた》きもせずに見つめることしかできない僕の視界に映り込む……やがて、露《あら》わになったその顔は笑っていて。

『ひとごろし』

耳元で聞こえた囁《ささや》き声に、僕は後退《あとずさ》り、途端に階段から転がり落ちた。

*****

「……さん、秋津さん」

足を踏み外した感覚にガクンと身体が揺れ、僕は目を覚ました。

ひどく頭がぼんやりしている。誰かが僕を呼んでいるみたいだけど、その声も遠い。

「起きてください……秋津さん、お願いします、おねがい……」

がしがしと体を揺する温かな手。懇願する声は震えていて、その心もとない声に、ああ、答えてあげないと、と感じて、僕は強引に目を開けた。

「……良かった！　気が付いたんですね、秋津さん！」

　髪をおさげにした、ジャージみたいな部屋着姿の女の子が、泣きそうな顔で僕を見ている。この子は誰だ？　いや、そもそも秋津って誰だよ。……あきつ？　ああ、真白のことか。だけどこの子は何だって真白の名前で僕を呼んでるんだろう……。

　そこまで考えて、ようやく意識が鮮明になる。

「渚、ちゃん？」

「そうです！　どうして皆さんこんなところで倒れてるんですか？　それに、あの部屋の中……皆さんがあんなことを？」

　頭がぐわんぐわんする。渚ちゃんが何を言っているのか全く理解できず、だからぼんやりしたまま一応は身を起こしたものの……あれ？　何で僕、廊下で寝てたんだ？

　というか、僕だけじゃない。古陶里も、先生も、瑚大朗さんまで、廊下に倒れ込むようにして眠っている。これは一体……。

「あ……そ、っか」

　理解した途端、冷え切った身体が悲鳴を上げる。痛いほどの寒さに息を呑み、それで僕は、今度こそ本当に自分の身に起きたことを思い出した。

「さっき、部屋を出た後に急に気を失って……そうだ、冬樹くんは？　さっきまでここにいたはずなんだけど」

「冬樹さん？　何言ってるんですか、ここにいる訳ないですよ。だってもう祀《まつ》りが始まってるのに」

「え？」

渚ちゃんの言葉に愕然とする。どういうことだ？　確か若水さんは「祀りは二十時から始まる」って言ってなかったか？

慌てて辺りを見渡す。意識を失う前、時刻は確か十八時頃だった。だけど真冬の日暮れは早く、その頃には既に外は真っ暗だったから、空の明るさから時間の経過ははかれない。

「今、何時？　若水さんはどこにいるの？」

「母なら祀りに行きました。私は体調があんまり良くないから、留守番して皆さんを見ているように言われて」

戸惑いながら答え、渚ちゃんは赤いバンドの可《か》愛《わい》い腕時計に視線を落とす。

「それから、今は二十時をまわったところです」

「嘘《うそ》だろ……」

二時間も経っている。

こんな寒い廊下で、僕と古陶里、先生や瑚大朗さんが一斉に気を失ったまま二時間？　普通に考えて有り得ない、と考えて気付く。そう言えば気を失う前、土手鍋に何か薬が入ってたんじゃないか、と思ったのだ。と同時に様子がおかしかった冬樹くんの姿も思い出す。憔悴した様子で、うわ言のように何かを言っていた冬樹くん。あれから彼は屋敷を出て、そのまま祀りに向かったのだろうか。だけど、何かが引っかかる。

「……篠峯さんは？　篠峯さんはどこに？」

そうだ。篠峯夫人は竹葉ちゃんと棺《ひつぎ》が安置されている座敷の隣で休んでいた筈。なのに冬樹くんが遺体のある座敷に出入りし、更に廊下で僕達と話しているのを聞きながら、なぜ出てこなかったんだろう。夫が家を飛び出して戻らない理由が「冬樹くんか綾花ちゃんに会いに行ったから」だと思っていたのなら、廊下に出てきて冬樹くんに声をかけるはずなのに。

僕はふらつく身体を堪《こら》えながら廊下の柱に手を突き、その場に立ち上がる。えっ、と驚く渚ちゃんを無視して、竹葉ちゃんのいる座敷の隣の襖《ふすま》をがらりと開けると、

……そこには布団に横になった篠峯夫人がいた。枕元《まくらもと》には水差しと薬のようなもの、それから食事だろうか、空の皿が盆に載ったまま置かれている。

「篠峯夫人、夫人？」

まさか、と冷や汗をかきながら室内に入り、彼女のそばに膝をつく。ゆっくりとその鼻先に手をかざし、微《かす》かな息が触れた途端にほっとした。

「良かった……生きてる」

「秋津さん、一体なんなんですか？　いきなり眠っている人の部屋に入って……そもそもどうして皆さんはここで倒れてたんですか？　それに、あれ……」

「うん……うるさいなぁ……」

「……うう……」

「いっ……たたた、あれ、なんだ？」

その時、渚ちゃんの大きな声に意識を取り戻したのか、大きく開いた襖越しに、まだ廊下で倒れていた古陶里や先生たちがだるそうに身を起こすのが見えた。皆、僕と同じようにぼんやりしていて、まだ状況を飲み込めずにいるようだ。

「渚ちゃん、お母さんが出掛けたのは何時くらいだった？」

咄嗟に振り返り、座敷の入り口で頬を膨らませて怒る渚ちゃんに尋ねると、

「……ほんの十分ほど前です。夕食を作ってくれて、それを食べたら皆さんの様子を見に行って欲しいって……絶対に祀りの邪魔をしないように」

確信はない。

だけど、不自然なまでの睡魔と意識が途切れるような感覚、やっぱりあれは睡眠導入剤のようなものを料理かお茶に入れられたせいじゃないだろうか、と僕は思った。目的は恐らく、祀りの邪魔をさせないため。何度注意してもあちこち出歩き、最後には美寿々さまの斎宮にまで踏み入った失礼な部外者たちを強引に屋敷にとどめるために……山長さんがそう命じたのかもしれない。

そして、篠峯夫人がいつまでも目覚めない理由も……。

「一体なんなんですか？　それにあれ、秋津さんたちがやったんですよね？　いくら調査したいからってあんな、死者を侮辱するようなこと……皆さんを見損ないました！」

「……なんの話？」

「棺ですよ、棺！　あれ、秋津さんたちがやったことじゃないんですか？」

渚ちゃんの戸惑うような声に、僕は竹葉ちゃんと棺が置かれた座敷を見る。

篠峯夫人のいる座敷とは違い、その部屋の襖は既に薄く開かれていた。もしかしたら渚ちゃんが開けたままにしていたのかもしれない。明かりのない座敷のその奥は暗く、まるで得体のしれない何かが潜んでいるような不気味さを感じさせる……込み上げてくる背筋が凍るような感覚に、僕は襖に手を当て、そっと横に滑らせた。

……こちらの座敷は、一見、何の異常もないようだった。横たわる竹葉ちゃんと、その奥に棺。最後にこの部屋を訪れた時から、何の変化もない。

だけど渚ちゃんの言葉を信じるのであれば……と、僕は棺の前に立つ。

途端に、それに気付いた。しっかりと封じられていた棺の釘《くぎ》、それが強引に引き抜かれていたのだ。釘穴の周りにはそれぞれ傷がつき、いかにも釘抜きで乱暴に引き抜いた跡のように見える。

棺が開けられた？　しかも強引に、無理やり。

「まさか、冬樹くんが……」

さっき不穏な様子で部屋から出て来た冬樹くんを思い出し、ごくりと生唾《なまつば》を呑《の》んだ途端に隣に気配が立った。古陶里だ。

ガラス玉のように澄んだ黒い瞳がじっと僕を見つめ、頷《うなず》く。背後から先生と瑚大朗さん、そして渚ちゃんが話している声が聞こえて来たけど、それを待たずに僕と古陶里とで棺の蓋《ふた》に手を当て、重いその木の板をぐっと押し上げた。

……廊下から入る一筋の月明かりだけを頼りに目を凝らすと、そこには確かに人の姿があった。最初に見えたのは白い長そでシャツ、それから制服のズボンと……僕はぐっと中を覗き込む。そして。

「真白くん、古陶里ちゃん？　棺を開けたのか」

「中は……」

背後から、ようやく座敷に入って来た先生と瑚大朗さんの声が聞こえる。だけど僕と古陶里は何も答えず、否《いや》、答えられずに、そこに静かに眠る姿を見つめていた。

弛緩《しかん》し、口元をゆるませたまま息絶えている山長飛露喜くんの姿を。

5

「何なさってるんですか!?　やめてください！」

渚ちゃんが悲鳴のような声を上げ、その声をものともせずに先生と瑚大朗さんも中を覗き込む。僕は棺桶《かんおけ》の板を持ち上げた手を震わせ、ただ、呆然《ぼうぜん》と飛露喜くんの遺体を見つめていた。

まじまじと見たけれど、それは間違いなく飛露喜くんだった。見覚えのある高校の制服は少し乱れ、湿って彼の肌にぴったり張り付いている。そして、のけぞるように露わになった首には、はっきりとした跡……特に喉《のど》ぼとけの横に、丸く、指で押したような痕跡《こんせき》があった。

絞殺《こうさつ》か、と思った。それも紐《ひも》や縄を使ったのではなく、手による犯行……残されているこの圧迫痕は、いわゆる扼痕《やくこん》というやつだ。

いや、そんなことより、やっぱり飛露喜くんは亡《な》くなっていた……滝壺《たきつぼ》から遺体を引き揚げた、と話していた山長さんたちの言葉は嘘ではなく、僕らが滝壺を覗き込んで見つけたものは、飛露喜くん本人だったのだ。

だけど本当に？　本当に、そうなのだろうか？

じわりと滲《にじ》むような違和感の原因を、僕は見つけ出すことも出来ずに立ち尽くすしかない。自分達の推理とはまったく違う結末を意味する姿……棺に納められた飛露喜くんの姿を、先生と瑚大朗さんも息を呑んで凝視していた。

「復讐じゃなかった……飛露喜くんはやはり、亡くなっていたのか」

「だけど、これは……滝に落ちて死んだんじゃない。首を絞められて絶命したように見えるな」

魂が抜けたような声で、先生と瑚大朗さんが言う。

「こんなにハッキリとした跡が首にあるのに、なんで山長さんは何も言わなかったんだ？　息子が絞殺されたのに、まさか気付かなかったなんてこと」

「もうやだ……やめて、そこから離れて！　なんでそんな事するの、なんで……なんでそっとしておいてくれないんですか⁉」

次々と起こる死に、まだ完全に立ち直っていなかったのか、渚ちゃんが再びパニックを起こして、座敷の入り口で叫ぶ。その声にはっと我に返った僕らが棺から離れようとした時、

「数時間水に浮かんでいた遺体とは思えない」

不意に古陶里が、切りつけるような鋭さで言った。

「つまりこれは、滝壺にあった遺体ではない」

「なるほど……いくら棺に納めて時間が経《た》ったとしても、遺体の状態がこんなに良いのは不自然だもんね。このご遺体は、まるでついさっきまで生きていたみたいに見える」

「どういうことですか？」

先生と古陶里の言葉に困惑しながら尋ねると、

「言葉通りの意味だ。この遺体は滝壺から回収されたわけではない。確かに山長飛露喜は亡くなっていたが、これは滝に落ちた遺体ではないのだよ」

古陶里が答え、僕は言葉を失った。

確かに最初は滝壺の遺体が飛露喜くんであることに不審を抱いたし、遺体を引き揚げた、と言われても信じてなかった。だって僕らは直接、それを見ていないのだ。

だけど説明された通り棺の中には飛露喜くんが眠っていて……ああ、確かに、僕がさっき覚えた違和感は遺体の状態にあった。首周りについた指の跡もおかしいけど、それよりも……飛露喜くんの遺体は古陶里の言う通り、あまりにも綺麗《きれい》すぎたのだ。確かに着衣の

乱れはあるものの、崖《がけ》から落ち、十五メートル下の滝壺で数時間水の勢いに翻弄《ほんろう》されていた遺体とは思えないほどに。

「誰かが後から遺体をここに入れたのかもしれないね。その犯人はひどく慌《あわ》てていて、乱暴に棺の釘を引き抜いたから、棺の蓋がこんなにひどい状態になってしまった」

先生が言う。誰か、と言ってはいるけれど、その言葉は明らかにただ一人の人間を指し示している。

そして、僕もそれには同意せざるを得なかった。棺が運び込まれて以降、この座敷にはずっと篠峯夫妻がいた。最初は旦那《だんな》さん、次は夫人。そして、座敷が遺体を残して無人になったのは篠峯夫人が倒れ、隣の座敷で休むことになった後なのだ。

「誰かが忍び込むことは不可能じゃないけど、遺体を運び込めば物音もたつし、目立たないはずがない。つまり、僕らが意識を失う前、この座敷から出てきた冬樹くんが一番怪しい……ってことだよね？」

「ああ、真白の言う通り。我々に気付かれないように島の人間が入り込んだ可能性もゼロではないが、明確に棺のある座敷に出入りしていたことが分かっているのは能鷹冬樹のみ。彼は我々が居間で食事をしていた時間帯にここにいたようだからな」

「その時、若水さんは……僕らの食事の支度をしていて……渚ちゃんは？」

「え？　あ、あの……わ、私はずっと自分の部屋で寝てました。でも、ここからちょっと離れてるし、よっぽどの物音がしない限りは気付かなかったんじゃないかな……」

「うん。篠峯夫人も気付かなかったはずだよね。僕らがこんなに騒いでるのに今もまだ眠ってる、起きる気配がないんだ」

「睡眠導入剤を飲んだ可能性がある。我々と同じだな」

「……何のことですか？　睡眠導入剤って……」

古陶里の言葉に、渚ちゃんが怪訝《けげん》な顔になる。それに先生が、眼鏡を押し上げながら「ちょっと聞きたいんだけどね」とにっこり微笑《ほほえ》んだ。

「若水さんは睡眠薬を持っていたり、使っていたりした時期はあったかな」

「母ですか？　それは……父が亡くなった後、しばらくは不眠症になって薬を処方してもらってたけど……島に来てからはそんなこともなくなったし、今は全然」

まさか、と渚ちゃんが顔をくしゃくしゃに歪《ゆが》めて僕らを見る。

「皆さんがここで倒れていたのは……母が睡眠薬を飲ませたせいだって思ってますか？」

「ああ、いや、ごめん、別にそんなつもりじゃ」

震える渚ちゃんに慰めの言葉をかけようとして、僕は口ごもった。そんなつもりじゃない、とはとても言えない状況だ。だけど、その言い訳以上の言葉が出てこずに困惑した時、瑚大朗さんが「あっ」と小さく声を上げた。

「真白くん、ちょっとそこ、どいて」

ぐいっと肩を引っ張られた僕が後ろにのけぞると、月明かりが差し込み、その光が飛露喜くんの腰部分を照らし出した。

それまで陰になっていて見えなかった部分が皆の目に映る。僕は思わず息を呑み、古陶里と先生もそれを凝視した。

飛露喜くんの制服の腰元に、穴が開いていたのだ。まるで矢が刺さったような小さな穴、そしてその破れた箇所の周りに淡い橙色《だいだいいろ》のような滲みがある。

「これ……竹葉ちゃんの傷と同じ場所……？」

どういうことだ？　なんで二人の遺体の同じ所に傷があるんだよ。だけど僕の疑念を、棺の中を覗《のぞ》き込み、そっと制服をめくって確認した古陶里がすぐに否定する。

「制服が破れているだけだ。身体《からだ》に傷はない」

「それって……」

「渚ちゃん。若水さんは我々をここから出さないようにって言ってたんだね？」

立ち尽くす僕らに、不意に先生が座敷の入り口に立つ渚ちゃんを振り返る。僕らの様子を注視していた彼女は、警戒しながらも「はい」と頷き、

「母は皆さんが、祀りの間うろうろしないようにって、蔵の鍵《かぎ》も全部持って行っちゃいました。すごく怒ってて」

成程。若水さんは僕らが蔵の中の資料を調べられないように……ではなく、蔵の抜け道を通って斎宮《いわいのみや》に行く手段を先んじて封じたのだ。

先生も、もしかしたら蔵からの移動を考えたのかもしれない。少しだけ黙り、それから意を決した様子で渚ちゃんに向き直った。

「渚ちゃん。確かにこの島の祀りは島人たちにとって特別なもので、死者との邂逅《かいこう》を果たすための大切な時間なのかもしれない。だけど、今年はいつもと明らかに違う……あまりにも、人が死にすぎているとは思わないかい？」

容赦のない先生の言葉に、はっと渚ちゃんが息を呑む。

「何かが起きてるんだよ。いつもとは違う、それも良くないことがね。このまま祀りを続けると、もしかしたらまた死人が出るかもしれない。少なくとも飛露喜くんと竹葉ちゃんが亡くなった理由も、犯人も謎のまま……そんな状態で祀りを続けるのはどうなんだろう？　我々は確かに島人にとってよそ者だし、神聖な祀りの邪魔をするのは禁忌だと言い聞かされもした。それでもこのまま看過できない何かが、この島にはあるよ」

「……皆さんは、飛露喜さんと竹葉さんが殺されたと思ってるんですか？」

「確証はない。だけど、二人の遺体には明らかに他殺と思《おぼ》しき形跡がある。竹葉ちゃんは後頭部の傷、飛露喜くんは扼痕、というようにね。そして殺された可能性があるのなら、事故を疑うより、きちんと調べて犯人をハッキリさせた方が良いはずだ」

「……でも……そんなことしたらまた、悪いことが……」

混乱したままの渚ちゃんが涙目になって俯く。けれどそれを許さないように、先生は彼女の両肩をがしっと摑《つか》むと、まだ幼さを残すその顔を覗き込んだ。

「この屋敷の外に出ることはそう難しくないはずだよ。いくら戸締りをしてたって、牢獄《ろうごく》でも密室でもないんだからね。だけど我々は祀りの場所を知らないし、無理に飛び出して行ったら、それこそ最悪な形で祀りをダメにする可能性がある。

　でも道案内してくれる人がいれば、そんな心配もなくなるんだよ。こっそり祀りを見られるし、新たな事件の被害者が出ないよう動くこともできるわけだ。分かるかな？　つまり、渚ちゃんに案内してもらいたい……この屋敷を出て、一緒に祀りに行って欲しいんだよ」

6

　山長家の屋敷の玄関は内にも外にも鍵があり、一度外側を施錠されたら屋外に出られないようになっている。とはいえ抜け道もあって、渚ちゃんが案内してくれたのは、庭を回って生垣側から外に出るルートだった。

　無事にそこから屋敷の外に出た僕らは、けれどすぐに飛び石のある玄関先の大きな門……ぐるりと屋敷を取り囲む塀から繋がる大屋門の鍵がしっかり掛けられていることに気付いた。渚ちゃんの話によると、恐らくは外から閂《かんぬき》が通されているだろう、とのことだった。

　そこで僕らは、二メートル超えの塀を、渚ちゃんが納屋《なや》から持ってきてくれた梯子《はしご》を使って乗り越えた。これで何とか屋外に出られたわけだ。

　それにしても、このしっかりとした戸締りに睡眠導入剤のセットからして、僕らを屋敷に閉じ込め、絶対に祀りには参加させないぞ、という若水さんの強い意志を感じる。まさか他ならぬ自分の娘が僕らの脱出に協力するなんて予想もしてなかっただろうな。

屋敷の外に出るに当たり、唯一《ゆいいつ》の気がかりは篠峯夫人だった。彼女を一人で残してきて良いのだろうか？　とはいえ屋敷はしっかり施錠《せじょう》されているし、睡眠導入剤の量が分からない以上は強引に起こさない方が良い、と判断して出てきたんだけど。

実際、同じように薬を盛られた可能性のある僕らには今もくらくらする感覚が残っているし、いつもより動きが鈍い自覚もある。それでも何とか意識を保って行動できているのは、差し迫った状況にアドレナリンが出ているからなのか、それとも睡眠薬の量がさほど多くはなかったのか。

……屋敷の外に人工の明かりはない。空にかかった三日月がうっすらと辺りの景色の輪郭を浮かび上がらせていたけれど、それがなければきっと方角すら確認できなくなるくらい辺りは真っ暗だ。都心に住んでいるとなかなか味わえない深淵《しんえん》の闇《やみ》のような色……凍りそうなほど寒い外気に吐く息の白さが見え、少しずつ目が慣れてくると、ようやく山長家の前にある足場の悪い緩やかな坂道が夜闇に浮かび上がる。

だけど渚ちゃんは坂道を下らず、門の左手側に回り込んだ。その目的地は屋敷の外に設置されたガレージハウスだ。山長家の内部に駐車スペースはなく、車はすべてここに収められているらしい。そして、そのガレージと車のキーを、渚ちゃんが持ってきてくれたのだ。

本当は、睡眠導入剤が抜け切っていない状況で車は危ないんだけど、

「鳥居の入口から神社までは斜面になってて車は使えないんだけどね、そこまでは車で移動すべきだと思うんだよ。時間もかかるし、万が一のことを考えて」

万が一、というのは逃走のためだろうか。何となくそう察せられる状況ではある。

「ちなみに先生、僕と古陶里は免許持ってないです」

「大丈夫、私と瑚大朗がいる」

「まぁ先生はペーパードライバーだから、俺が運転するよ。二人とも安心してね」

瑚大朗さんの言葉に思わず頷いた。うん、是非そうしてください。

ガレージハウスは車が三台ほど収納できる大きさで、庭と行き来できるようにしたのか、屋敷の塀に接続するような形で作られていた。渚ちゃんが持ってきたリモコンでシャッターを開けると、中には、山長さんが僕らを港からここまで乗せてきてくれた車と、もう一台、黒い乗用車が並んでいる。

足を踏み入れると屋内の明かりがつき、先生と瑚大朗さんが迷いなく乗用車に近づく。すぐに瑚大朗さんが渚ちゃんから預かった車のキーで中に乗り込み、続いて先生が、こっち、と僕らを手招きした。

「急ごう。祀りはもう始まってる」

……運転席に瑚大朗さん、助手席に案内役の渚ちゃん、そして後部座席に僕と古陶里と先生とを乗せ、車はガレージを出発した。舗装されていない地面のせいでがたがたと激し

く揺れる車内で、僕は白い息を吐きながら、窓の外の暗がりを眺める。

　そういえば、さっき変な夢を見たんだった。睡眠薬のせいか、あるいは島に来てから見聞きしたことが頭の中で無意識に整理されたせいか、虚実が入り混じる、ひどく生々しい夢だった……ような気がするんだけど、記憶が曖昧だな……。

「真白、どうした」

「え？　あ、なんかまだぼーっとするなと思って……」

「それだけじゃないだろう。何か考え事をしていた」

　先生と僕に挟まれて座る古陶里が、日本人形のような長い黒髪を揺らしながら僕を見る。途端に気付いた。ああ、そうか。古陶里には何でもお見通しなんだ。

「……さっき気を失ってる間に見た夢のこと、考えてたんだよ」

「夢？　さっきというのは廊下で倒れていた時か。どんな内容だ」

「それが……僕、誰かと一緒にお祭りに行ってて、屋台を見てはしゃいでるんだよね。多分夜なんだと思う、辺りは真っ暗で……」

　神社の鳥居の入り口がある場所まで、車ならさほど時間はかからない。揺れる後部座席で舌を噛《か》まないように注意しつつ、僕が覚えている限りの夢の内容を説明すると、黙って聞いていた古陶里と先生が「ふむ」と同じような顔で頷いた。

「なるほどな。真白、それはもしかしたら、ただの夢ではないかもしれないぞ」

「へ？」

「そうだね、確かに気になる部分がいくつかあるもんねぇ」

「着きましたよ」

だけど古陶里と先生が話し終えるより先に、車ががくんと大きく揺れて止まり、運転席の瑚大朗さんがこちらを振り返った。

「ここからは登りだけど、鳥居の坂道を使うと島の人に気付かれる危険があるので、渚ちゃんが別ルートの道を教えてくれるそうです」

「皆さん、絶対に静かにしててくださいね。祀りの日に神社に近付いたことがバレたら……私もこんなこと初めてだし、どうなるか分かりません。絶対ですよ？」

念押しする渚ちゃんの表情は硬く、僕らは素直に頷いた。

……車を降りると、懐中電灯を手にした渚ちゃんが先頭に立って斜面を登り始める。鳥居の道を進むのは見つかる可能性があったけど、だからって真っ暗な獣道を進むのはさすがに危険で、鳥居の坂道が木々の隙間《すきま》から見える、少し外れた斜面を登ることになった。

一応は僕らも自前のスマホで辺りを照らしてはいるものの、渚ちゃんの持つ微かな明かりを先頭に進む暗がりは墨で塗りつぶしたように黒く見える。せめてもの救いは、鳥居の道にところどころ掛かって辺りを照らす提灯《ちょうちん》だ。恐らくは祀りのために用意されたものだろう。

「鳥居の登り道を行き来していると大人に叱《しか》られることがあるから、子供たちはこっちの山道を通って神社に行ったり、山で遊んだりするんです。この辺り、少しだけ拓《ひら》けてて歩きやすいから」

夜闇の中、幹に手を突いて斜面を登っていた渚ちゃんが、白い息を吐きつつ説明してくれる。その言葉にふと、昨日この辺りで見かけた竹葉ちゃんと冬樹くんも、今僕らが進んでいる山道を通って来たんだろうな、と気付いた。狭い島の中ではどこで誰が聞き耳をたてているか分からない。交際中で、ましてや東京の大学に通いたいと考えていた竹葉ちゃんと冬樹くんが話をしていたのなら、ここは人目を避けるのにちょうど良い場所だったはずだから。

「祀りは毎年千駒神社で行われるんだね。美寿々さまは崖の下の斎宮で禊《みそぎ》をするみたいだし、そこからわざわざ神社まで移動するってことなのかな」

「みたいです。私はまだ祀りに参加したことがなくて、母に聞いた話なんですが……この鳥居の坂道を、篠峯家の方が美寿々さまを先導しながら移動して、本殿に移るって」

「……その割に、静かだね」

ふと、先生が荒い息の下で言う。通り道になっているとはいえ足場の悪い山の斜面を登り、足がぱんぱんになりつつあった僕は、その言葉にはっとして木々の隙間から見える鳥居の道を見下ろした。

ぼんやりと明かりの灯《とも》った鳥居の坂道は暗がりに赤く輝き、まるで黄泉《よみ》の国に続いているように見える。あまりにも静かで、誰の気配もない。祀りが始まってしばらく経つし、島人達は神社に集まっているだろう……と思ってたのに、相変わらず辺りは閑散としたままだ。

「いくら神聖な祀りを前に沈黙しているとは言え、島の人達が集まっているのなら相当な人数になる筈だし、気配を全く感じないのもおかしいよねぇ」

「……でも、母は確かにこの上だって」

「あ、疑ってるわけじゃないんだよ、ただ」

その時だった。

うわっ、と小さな声が聞こえて、誰かが体勢を崩すのが視界に入った。瑚大朗さんだ。そのまま何とかバランスを取って大木にしがみついたその姿に、先生が「瑚大朗？」と怪訝そうに立ち止まり、振り返る。

「どうした」

「何かが下に……え？」

瑚大朗さんが息を呑む。それから、手にしていたスマホのライトで辺りを照らして、ようやくそれが夜闇の中に照らし出された。

……一瞬、理解が出来なかった。スマホのライトは強烈で、一部分を照らすと必要以上に白く反射する。だからだろうか、それがまるで作り物のように見えて。

そこにあったのは大木に背を預け、両足を投げ出すようにして座っている人の身体だった。恐らく、瑚大朗さんはこの足に引っ掛かって転びそうになったんだろう……首に縄のようなものを絡《から》ませたそれは、今にも飛び出しそうなほどかっと目を見開いている。あさっての方を向いた両目は血走り、開いた口からはだらりと舌が垂れていて、その口周りが濡《ぬ》れているのは、鼻水と唾液《だえき》で汚れているせいだろう。

それは僕がいつか見た悪夢のような光景に良く似ていた……赤江島で見た警官の遺体だ。糸を切られたマリオネットみたいに木々によりかかる様子はまさにそれで、唯一の違いは、今目の前にあるそれが、黒ずんだ染《し》みをつけた石を抱えていた事だった。どんな理由があったものか、両手で包み込むようにして腹部の上に載せている。

だけど、この顔は……愕然《がくぜん》とする僕らにようやく気付き、斜面のだいぶん先まで進んでいた渚ちゃんがこちらに戻って来て、何か言おうとした。けれど、

「……ひっ……」

息を呑み、それから懐中電灯を手から落とす。ごとん、と重い音が響いた。

「ふ、冬樹さん……!?」

「冬樹？　能鷹冬樹？」

古陶里の声に、渚ちゃんはがくがくと大げさなくらい首を縦に振って頷き、僕らは再びそこで息絶えた姿を凝視して……確かに理解する。苦悶《くもん》の形相のせいで判別しにくかったけれど、それは間違いなく、数時間前に言葉を交わしたばかりの能鷹冬樹くんだったのだ。

でも、何で？　一体、この数時間の間に冬樹くんの身に何があった？　そして何より、どうしてこんな場所で死んでいる？

「絞殺、か」

古陶里が呟《つぶや》き、渚ちゃんが地面に落ちた懐中電灯を拾い上げる。幸いなことに落下によるダメージは少ないようで、途端に闇に沈む森の中を、不自然なほどの速さで斜めに光が横切っていった。

……冬樹くんは、僕らの中で「山長飛露喜殺害の容疑者」だった。だけど彼が死んだことで、本当に飛露喜くんの死に関与していたのか、問い質《ただ》すことが出来なくなってしまった。

おまけに、仮に冬樹くんが飛露喜くんを殺したのだとして、その動機も不明なまま。冬樹くんを殺した犯人が別に存在することまで分かってしまったのだ。

暗がりに浮かび上がる冬樹くんの遺体を見ながら、僕は頭の中が妙に冴《さ》えていくのを感じる。まるでガラス一枚隔てた場所で起きたフィクションの世界を覗き見ているような……だからだろうか、感情を動かすことなく、仮説を立てる事ができた。

さっき見た棺の中の遺体の状況からして、飛露喜くんが滝壺で亡くなったとは考えにくい。岩場のある滝壺に落ちたのなら、いずれにせよ遺体の損傷が激しいはずだからだ。おまけに彼の首には生々しい扼痕まであった。飛露喜くんは滝に転落して亡くなったのではなく、何者かに首を絞められたのだ。

とすると、竹葉ちゃんと飛露喜くんの死の順番も曖昧になる。例えば……竹葉ちゃん↓飛露喜くん↓冬樹くんの順で亡くなったのだとして、仮に飛露喜くんが竹葉ちゃんを殺し、それを知った冬樹くんが飛露喜くんを殺したのだとしたら？　いや、そうなると今度は冬樹くんを殺した犯人は誰なのかって話になる。いまだ見つからない篠峯さんが、娘を殺したのが交際相手だった冬樹くんだと信じて殺した……強引ではあるものの、これなら辻褄《つじつま》は合う。

　だけど、数時間前に屋敷で会った時、冬樹くんが口にした言葉が気にかかる。

『全部あいつのせいなのに……あいつが、あいつさえ、あんなこと』

『竹葉は諦《あきら》めたのに、あいつらが余計な事さえ考えなきゃ……おかげで全部滅茶苦茶だ。竹葉が死んだのだってあいつらのせいだ……あいつらの』

　どういう意味だろう。飛露喜くんが竹葉ちゃんを殺したから、すべてがおかしくなった、という意味なのか？　だけど、その割に冬樹くんの言葉は間接的だ。

　それに「あいつら」というのも気になる。竹葉ちゃん、冬樹くん、飛露喜くん以外の誰かを匂わせる言葉。そもそも彼らの間にはまだ「松尾ユリ」の事故死という大きな謎《なぞ》、暗い影のようなものが横たわっているはずで、先生のもとに届いた匿名《とくめい》の手紙にあったように、やはりそこにすべての謎を解くカギがあるんだろうか？

「だ、誰か呼んで来なくちゃ……どうしよう、冬樹さんまで」

　その時、呆然《ぼうぜん》としていた渚ちゃんが、震える声で呟いた。うわ言にも似たその呟きは、どこか境界を越えそうな危うさ、不安定さを滲ませている。

「なんで……竹葉さんも、飛露喜さんも、冬樹さんも、なんで、なんで、なんで」

「渚ちゃん、落ち着いて。人を呼んでも状況は変わらないよ、冬樹くんは亡くなっているみたいだからね。それよりも何故《なぜ》ここに冬樹くんがいるのかわかるかな？」

先生が言って、渚ちゃんに近付こうとする。けれどその気配にビクッと震えた渚ちゃんは「やだっ」と甲高い声を上げ、そのまま背を向けて走り出してしまった。

「待って、渚ちゃん！」

僕らは慌てて後を追う。だけど島に移り住み、山道に慣れている彼女の足には瑚大朗さんですら到底追いつけず、抜け道から鳥居の坂道にぴょんと飛び移った渚ちゃんは、見る間に山の斜面を登り、社の入り口となる鳥居に駆け込んで行く。

「誰か、誰か来て、冬樹さんが！」

辺りに響く助けを求める声に、僕らも焦《あせ》って参道にたどり着いた。

境内は、驚くほど静かだった。祀りのために集まった島人たちの気配も、明かりすらない。手水舎《ちょうずや》を通り過ぎ、社務所に向かって渚ちゃんが走っていくのを追いかけながら、僕は胸にくすぶっていた違和感がどす黒く形を取り始めていることに気付いた。

さっき先生が口にした疑念……いくら神聖な祀りを前に沈黙しているとは言え、ここまで気配を感じないのはおかしい、という言葉。確かにそうだ。人が大勢集まっていて、ここまで人の気配がない、なんてことが有り得るんだろうか？

騒々しさと人が集まって放たれる気配はまるで違う。無言で寄り添っていても、そこには明確な気配が存在するはずだ。とすると、やっぱりここには……。

「誰もいないんじゃないのかな、神社には」

後ろから追いついた先生が、荒い息の下で言った。

「祀りの場所がこの社だっていうのは間違いでは……」

「松尾さん！　誰か、いらっしゃいませんか！」

その時、前方を走っていた渚ちゃんが社務所に駆け寄り、ドアを開くのが見えた。そのまま中に飛び込む姿に、僕らも続いて社務所に駆け寄る。

「渚ちゃん！　ちょっと……」

「失礼」

社務所の中は真っ暗だ。開いたままの入り口を覗き込んで声をかけたら、その僕の横を当然のように先生が、続いて瑚大朗さんが通り過ぎていき、最後に古陶里が後に続いた。

いや、ちょっと待って。松尾さん留守だよね？　なのに勝手に入って大丈夫!?　と思ったけど、不法侵入ならもう数え切れないほどしているし、今更ではある。そこで僕も三人を追うように屋内に踏み込んだ。

……入ってすぐ見えたのは、お守りやおみくじなんかが並ぶ受付みたいな場所だった。座面が畳敷きの質素な長椅《ながい》子《す》が設置されていて、参観者、あるいはお守りを買ったり御朱印をもらう人なんかが休憩できるようになっている。

更に奥にも扉があり、どうやらそこから先がプライベートゾーンとなる松尾家の住居部分になっているらしかった。渚ちゃんを筆頭に、皆もうとっくにそこから中に入ってしまったのか、やはりこの扉も開いたままになっている。

「お、お邪魔します」

　スマホのライトで照らしながら、僕は恐る恐る明かりの落ちた薄暗い屋内を横切り、住居の入り口をくぐった。するとそこには普通の民家の玄関があって、古陶里たちの物らしき履物がいくつか乱雑に転がっている。どうやら本当に、先に入ってしまったらしい。

　仕方ない、僕も靴を脱いでお邪魔しよう……と踏み出した途端。何かをぐしゃっと踏みつけ、その場でたたらを踏んだ。

「えっ、何!?」

　見るとそれは、子供たちの間で人気の某特撮番組の変身グッズだった。腕時計みたいになっていて、スリーブにカードを入れるタイプの玩具《おもちゃ》だ。けど、何でこんなところに？

「そういえば、社務所から子供の声……」

　随分と遠い昔の事のように思えるけど、つい昨日の出来事だ。初めて千駒神社を紹介してもらった時に、この中から、子供の甲高い声みたいなものが聞こえたんだった。古陶里が気にしていたけど、松尾さんと山長さんは「野良猫《のらねこ》の鳴き声だ」と言っていた。

　……もしかして、社務所には本当に子供がいた？　松尾夫妻の子供であるユリさんは幼少時に事故死したらしいけど、彼女が一人っ子だったとは限らない。ごく最近、松尾家には新しく家族が増えたのかも。

　だけど、それなら何であの時、松尾さんたちはそれをごまかしたんだ？

「って、そんなこと言ってる場合じゃない。渚ちゃん？　古陶里、先生、瑚大朗さん！」

完全に皆の姿を見失った。僕は玩具を丁寧にもとあった玄関先に戻すと、靴を脱ぎ、松尾さんの家の廊下へと歩を進める。

すると奥から、何かガタゴトと物騒な物音が聞こえてきた。

「……ちょっと古陶里!?　何してんの、そんなとこで!」

見れば襖の開いた真っ暗な座敷の中で、古陶里が家の引き出しを探っている。嘘だろ、えええ、もうここまでくると何の言い訳もできない犯罪だぞ!?

「ダメだって、　何でこんなところに」

「見つけた」

言って、スマホのライトで手元を照らしていた古陶里が、簞笥《たんす》の引き出しの中にあった袱紗《ふくさ》の包みから何かをすっと取り出す。

「真白、これを見ろ。今から九年ほど前の新聞記事だ。子供が不慮の事故で亡くなった、とある」

何言ってるんだ古陶里は。と、僕はきょとんとした。

ノートに丁寧に貼《は》られた死亡事故の切り抜き記事。そりゃ、確かに子供が亡くなったのは可哀想《かわいそう》だけど、それを今この場で確認する意味ってなんだ?

そもそも今はこんなものを読んでる場合じゃない。祀りが始まってるはずの千駒神社の周りには人の気配がないし、飛露喜くんが明らかに水死ではない状態で棺の中におさめられていたこと、その犯人と思しき冬樹くんが殺されていたことなんかも重なって、今は島で起きた事件だけで手いっぱいのはずだ。

「そんな記事より、渚ちゃんはどこにいるの？　先生と瑚大朗さんも見当たらないし」

「いいから。これを見ろ、と言っている」

頑固なまでの強い声で、古陶里が再度繰り返す。有無を言わさぬ態度でノートを差し出してくる彼女に、僕も仕方なくそれを受け取り、開かれたページの新聞記事をスマホのライトで照らしながらじっくり見た。

古びてヨレヨレになったそれは、京都の某所で起こった居眠り運転による子供の死亡記事だった。まだ十歳だったその少女は、小学校の集団下校の途中、交差点で事故に巻き込まれて亡くなった……そこまで読んで、思わず目を疑う。

まだ幼い被害者の名前。それが見覚えのあるものだったからだ。

「……若水、渚？」

嘘だろ。この被害者の小学生、渚ちゃんと同姓同名じゃないか。今から九年前の記事……ってことは、渚ちゃんがまだ五歳くらいの頃か。その時期にたまたま同じ名前の子が亡くなってたなんて、何だか気味が悪いほどの偶然だ。

だけど、なんでこの新聞記事が松尾さんの家の引き出しに保管されてるんだ？　それもわざわざ切り抜きを集めた状態で。

「次はこれだ。見ろ」

呆然とする僕に、古陶里は続けて袱紗に包まれていた別の帳面のようなものを差し出し

た。いかにも古びたそれは二つ折りにした和紙を紐で綴《と》じたもので、僕は条件反射のようにそれを受け取り、

「なんだよ、これ」

今度こそ、息を呑んだ。

達筆な筆文字で書かれたもの。それは年号と日付、それから複数の名前だった。いずれの日付も必ず大晦日《おおみそか》の十二月三十一日と記されていたけど、年ごとに並ぶ名前はバラバラだ。

「ここにも若水渚の名前がある。一番新しいのがちょうど八年前の十二月三十一日、若水渚の事故死の翌年か。他にも、五十嵐《いがらし》、清水、糸井と……計四人、恐らくは島の人間だろうな」

「どういうこと？」

「……この社務所には子供がいた形跡がある」

不意に、古陶里が話題を変えた。不自然な話の逸《そ》らし方に、僕は怪訝に思いながらも「確かに」と頷く。

「玄関に玩具が落ちてたね。特撮番組の変身グッズみたいなやつ」

「初めて千駒神社に来た時、社務所から子供の声が聞こえた理由はこれでハッキリした。あの時確かにここには子供がいたんだ。しかし、そうなると何故あの時、山長氏や松尾夫人は『野良猫の鳴き声だ』とごまかしたのだろう」

古陶里の言葉に、僕はやんわりと首を振った。

「何か事情があったんじゃないの？　そんなことより……」

「しかし、あまりにも不自然な態度だったとは思わないか？　そこにこの帳面をあわせて見ると、もしかしたら、という仮説が成り立つ」

仮説？　ますます話が見えなくて、でも古陶里はまったく引こうとしないから、僕は仕方なく手渡された新聞記事と帳面を見比べる。だけどさっぱり意味が分からない。

そうしたら、古陶里が出来の悪い生徒に教えるように静かに言った。

「千駒の巫女《みこ》の能力は何だ？　かつて島に流れついたという初代の巫女の能力は」

「……亡くなった人の魂を自分の体に呼び込んで、その言葉を人々に伝えた、とかでしょ？　魂《たま》よばいってやつ……それが何」

「だが、その程度では島流しに遭うほどの呪術にはならない、というのが我々の見解だったな。千駒の巫女は確かに死者の魂に関わる秘儀を行うが、それは死者の声を届ける程度のものではなかったはずだと。では、業を重ねるほどの呪術とはいったいどんなものなのか」

古陶里の言葉に、僕は眉間《みけん》に皺《しわ》を寄せて考え始めた。とりあえずここで何かを答えなきゃ、古陶里は動こうとしないだろう。

九年前の、若水渚ちゃんと同姓同名の子供の死亡記事。そして八年前の大晦日の日付で、渚ちゃんや島民らしき名前が記された帳面。古びたそれには、他にも沢山の名前が記されていたが、その日付は必ず十二月三十一日だった。

それは島で神聖な祀りが行われる日。巫女が死者をその身に宿らせる秘儀の行われる特別な……若水さんは九年前にこの島に越してきて、その時、渚ちゃんは恐らく五歳だった。

『知らないのね、貴方《あなた》は何も。千駒島では、巫女が十八になる年に行われる祀りは特別なのよ。そして今年が、その特別な年』

『この島では、十八になった年に成人として認められる。巫女も同じ、その時に初めて本来持つべき神通力を得るのよ……今年が特別なのは、誰もが待ち焦《こ》がれていた、本来の役目を果たすための祀りの年だから』

……待てよ。

千駒神社の先代の巫女が亡くなって代替わりしたのは、今の美寿々さまが十歳の時だった、と竹葉ちゃんが言っていた。今年、美寿々さまは十八歳になるそうだから、つまり先代が亡くなったのは八年前。この古びた帳面にある最後の記述のあった年だ。

若水渚ちゃんと同姓同名の少女は九年前に事故死し、その翌年に行われた「先代の巫女がいた」最後の祀りの日に、渚ちゃんの名前がその他数名の名前と共に帳面に記された。

「……嘘だろ？」

冷や汗が額を伝い、僕は恐る恐る古陶里を見た。荒唐無《こうとうむ》稽《けい》でとても口にできないようなことを、僕は今、考えている。祀りの本当の意味が何なのか……先代の巫女が亡くなった後、十八の歳《とし》になるまで本来の役目を果たすことが出来なかった今の美寿々さまの「本来の役目」とは一体何なのか。

先代の巫女が行った最後の「祀り」で、渚ちゃんの名前がここに記されている意味は？

「か……考えすぎだよ、それはさすがに。だって渚ちゃんは普通に生きてる……この新聞記事はたまたま同姓同名の子のもので」

「そうだな、その可能性もある。たまたま同姓同名の子が事故死した年、若水氏が島に移住し、翌年の祀りの日に娘の名前を帳面に記してもらった。それが事故の記事とともに保管されている……だが、よく考えてみろ。たまたま？　果たしてそんな偶然の一致があるなんて、あまりにも出来過ぎではないか？」

千駒の巫女は死者の魂を呼び戻し、自分の身に降ろして死者の意思を伝える。

仮にそれが行われたのだとして。だったら、今ここにいる渚ちゃんは誰なんだ？　妹？　同じ名前の？　あるいは……。

「子供を引き取って、その子に同じ名前をつけたってだけかもしれない。先代の美寿々さまが、亡くなった渚ちゃんの魂を呼んでくれたお陰で会話ができて……それで、若水さんは新しい一歩を踏み出すことができた、とか」

「それで五歳の養子をもらい、その子に同じ名前をつけたと？　しかし、それが祀りの本当の姿だと言うのなら、隠匿する必要がない」

ぴしゃりと古陶里が言い放つ。

「むしろ、こうは考えられないか？　千駒島は子供を育てやすい島として、島民の養子縁組に協力的だ。若い世代の家族を誘致もしているが、その理由は本当に過疎化《かそか》対策なのか？　子供が必要であることは確かだろうが……」

「必要って」

「若水氏もそうだろうが、移住した人々の目的は別にあるのではないか、ということだ。それがもし仮に、失ってしまった大切な人を取り戻すことだとしたら？」

　ごくり、と僕は唾《つば》をのむ。

「つまり、この島の秘儀とは、生きた人間を犠牲にして死者を蘇《よみがえ》らせる禁呪。死者と生者の魂の取り替えの呪術と考えると、すべての辻褄が合う」

第四章　千駒美寿々

1

しん、と静まり返る明かりの落ちた松尾さん家の居間で、僕は膝立《ひざだ》ちのまま、呆然《ぼうぜん》と古陶里を見つめていた。

緊張のせいか、無意識のうちにぎゅっと力が入っていた両手には、相変わらず新聞記事と古びた帳面の感触がある。祀《まつ》りが行われているはずの境内からは何の音も聞こえず、あんまり静かすぎるから、まるで僕と古陶里だけが、この世界から切り離されて存在しているような気さえした。

「古陶里、それ……本気で言ってる？」

「ああ、もちろんだ。そう考えれば松尾氏たちが社務所から聞こえた子供の声を隠そうとした理由もわかる。あれは次の憑代《よりしろ》となる子供の声だったから……秘儀の内容を知る手がかりを、我々に与えるわけにはいかずにごまかしたのではなかったか」

『ここでは一人の巫女姫《みこひめ》を崇《あが》め、恐ろしい秘儀が行われています』

『沢山の人が死に、生まれました』

　不意に脳裏に蘇《よみがえ》る、先生のもとに届いた手紙に記された言葉。ぞっとして、僕は激しく首を振る。

「いや、ちょっと待ってよ。それはさすがに」

「この島には謎《なぞ》が多い。だが振り返れば、そのいずれもが島の秘儀に関わるものばかりだ。そして、この推測が当たっているのなら……我々が見た最初の手紙の意味もこれで通じる。

　しかしこうなると分からないのが山長氏だな……手紙の差出人の意図はともかくとして、彼はこの島が呪殺島である、という認識を変えさせるために我々を島に入れた。島に伝わる、命を使った死者再生の秘儀を隠匿《いんとく》しようとしたのだ。これは随分と危険な賭《か》けだし、何故《なぜ》このタイミングでそんなことをしたのかが分からない」

「確かに……今年って美寿々さまが十八歳になる特別な年で、いつも以上に祀りが重要視されてるのに」

「手紙の存在を、山長氏は知っていたということか。或《ある》いは手紙そのものが我々を島に導くための餌《えさ》だったのか……うむ。そこだけが理解できないし辻褄《つじつま》も合わない」

　言って、古陶里は今更ながらに声を潜める。

「島の人々の口ぶりからして、恐らく、代々の千駒美寿々は『成人する』十八の歳《とし》に初めて本来の巫女の力……死者の魂を生者の身体に移す力を得るのだと思われる。しかし、先代の巫女は呪殺島の領主の血統としての宿命か、兄弟の子が新たな巫女となる前に亡《な》くなった。以降、本当の意味での祀り、死者蘇生《そせい》の術は、巫女が十八になるその日までやむを得ず封印されていたのではないだろうか。

　とすると、今年こそがようやく本来の祀りが執り行われ、死者を生者の身に宿らせる呪術が復活する年。島人たちが待ち望んだ、特別な祀りが行われる年のはず」

　恐ろしいことに、古陶里の言葉には妙な説得力があった。千駒島の人々の美寿々さま信仰は、部外者の僕らの目から見ると驚くべきもので……単なる信仰じゃない、何か他に島の人たちを必死にさせるものがあるようにすら思えたから。

「これは穿《うが》った見方かも知れないが。人間は自分の利になるものでなければ、それに心血を注ごうとは思わない。信仰も同じこと、信じ敬うことで自分にプラスがある……それが救われたいという曖昧《あいまい》な感情であっても、より良いものを求めて常に手を伸ばし、足掻《あが》こうとするものだ。とすれば、失われた自分の大切な存在を取り戻すことができるというのは、この上ない信仰の理由となるのではないか」

「それが社務所に子供がいた理由……？」

黄泉返《よみがえ》りのために必要な身体《からだ》、器さえあれば、大切な人が戻って来る。

　それはある種、悪夢のような信仰。

「島に人が集まるのは、もしかしたら過疎化《かそか》対策の成果ではなく、いずれもこの祀りを目当てとした人々の移住の結果なのかもしれないな。亡くなった人間のことを忘れられず、どんな姿でも良いからもう一度会いたい、共に暮らしたいと願う人々を山長氏が選出し、秘密を守ることを条件に仲間に引き入れた。時には養子を使い、時には身内を犠牲にして死者を蘇らせる……若水氏もまた、その一人だったのではないか？　そう考えると例の密告者が、耐え切れず世志月准《じゅん》教授に手紙を書いた気持ちもわかるな」

　話がどんどん不吉な方に流れていく。ここ千駒島は第二の呪殺島で、千駒の血筋は呪詛《じゅそ》によって穢《けが》れた一族である……という前提のもとに。だけどそれは、つまり若水さんが養子を取り、その子を犠牲にして実の娘の渚ちゃんの魂を黄泉返らせたという意味で……。

「待ってよ。まだここに書かれた名前が儀式に関わるものだと決まったわけじゃない。たまたま島に移住してきた最初の年、初めて島人として祀りに参加した人達って意味で記されたんじゃないの？」

「それなら若水氏の名前も共に記されるはずだ。なぜ、娘の名前しかない？」

「それは……だ、大体そんな大切な物、なんでこんな分かりやすいところにあるんだよ」

「分かりやすくはなかったぞ、結構探したからな。そもそも社務所はともかくとして、この家の中は誰もが出入りできる訳ではないだろう。今日は年に一度の祀りの日で、全員が留守にしていたからこそ叶《かな》ったことだ」

　そして、と古陶里は妙に深刻な顔で言葉を続ける。

「もし、この推理が事実なのだとしたら……千駒島の巫女の血統にはもうひとつ、重大な秘密が隠されていることになる」

「重大な秘密？」

「分からないか？　蔵で見た千駒家の家系図を思い出せ。あれは……」

「なんだ、こんなところにいたのかね君たち!?　探しちゃったよ！」

　古陶里の言葉を遮るように、突如、高らかな声が上がった。見れば世志月先生と瑚大朗さんが、廊下からこちらを覗《のぞ》いている。

「先生、瑚大朗さん、え、どこにいたんですか!?」

「それはこっちのセリフだよ。外を見てきたんだけどね、やはり千駒神社は祀りの会場ではないらしい。人っ子一人いなかったよ」

「それで戻ろうと思ったんだけど、真白くん達の声が聞こえたから戻ってきたんだ。冬樹くんを殺した犯人がまだこの辺りにいるかもしれないし、別行動は良くないから」

「あ……そうだったんですね」

　驚くことじゃない。そうだろうな、とは薄々気付いていたから。だけどそれより先生たちがとっくの昔に社務所から出ていたことに驚いた。だって、それなら古陶里がこの部屋で見つけたもの……島の祀りの真相に繋《つな》がるようなものは、何一つ見ていないってことだから。

　だとすると、この情報を共有すべきだ。古陶里のこれは単なる仮説にすぎないけど、民俗学者である先生なら今後どうすれば良いのかを正しく見極められるんじゃ……。

「ん？　どうかしたのかい？」

「それが、実は」

僕らが口を開きかけたその時、先生に押し出されるように、扉の陰に隠れていた姿がそっと現れた。僕は思わず、摑《つか》んでいたスクラップノートと帳面とを閉じ、背中側に隠す。

「渚ちゃん……いつからそこに」

「我々が来る前からここにいたよ。そうだね、渚ちゃん」

渚ちゃんは能面のような無表情で頷《うなず》く。その表情にひやりとした。まさか、さっきの話、聞いちゃったのか？　自分が一度死んで、呼び戻されただなんて話を？

だけど僕が再び声をかけるより先に、渚ちゃんが「すみません」と静かに頭を下げて、

「間違ったところに案内しちゃいました。でも、去年までは確かにここで祀りをしてたんです。大晦日《おおみそか》に鳥居の坂道を上る人たちを何度も見たし」

「今年だけ、違うのかもしれない。美寿々さまが十八になる特別な年だから」

つ、と渚ちゃんが乾いた視線を古陶里に向ける。それから少しためらい、じゃあ、と再び口を開く。

「今度は斎宮《いわいのみや》の方に案内します。でも、その前に千駒神社の社を確認しても良いですか？　本当に祀りの形跡がないのかどうか見ておきたいし、それに祀りの場では絶やさず守り続けた巫女の炎が焚《た》かれていて、崖《がけ》の上からなら分かりやすいんです」

「なるほど、高所から炎の明かりを探すのか……うん、闇雲《やみくも》に探すより良いかもしれないね」

先生が納得したように頷く。気がかりなことがまだ沢山あるものの、ひとまず僕らは素直にその提案に乗ることにした。

社務所の外に出ると、辺りは相変わらず星明りだけが頼りの夜闇に包まれていて、僕らは慌《あわ》ててスマホのライトで辺りを照らす。改めて、屋内では感じなかった冷たい風が肌を刺し、寒いと思っていた室内が実は暖かかったことに気付く。いや、この寒さは千駒の巫女にまつわるおぞましい推理について聞いた後だからか……ぶるっと身震いしつつ、走り出した渚ちゃんを先頭に僕らは社に向かって参道を急いだ。

スマホの明かりは頼りなく、閑散とした神社の敷地内はぞっとするほどよそよそしい。石の参道を走る音がかつかつと響き、やがて本殿に近付くと、僕の足は自然と止まった。

他の皆は渚ちゃんの後に続いて滝と境内との境界である赤い柵《さく》へと向かうのに、何故か、僕の身体は本殿の前で動かなくなる。

……なんだ？

その違和感は、突き刺すように僕の脳を刺激する鋭い棘《とげ》のようで。僕の意識を、視線を、本殿に引き留める。

僕はここを知っている。そう、確かに、この場所に覚えがある。

そしてその記憶は決して快いものではなく、恐れと不快感すら伴うもので……なのに、どうしてか僕の足は、引き寄せられるように本殿へと続く小さな階段へと向かう。

きしむ古びた木の階段を、一歩ずつ、数えるように上って行くと、やがて何かに遮断されたように周囲の音がさっと消えた。まるで時間が止まったように、滝の音も、巻き上がる水しぶき混じりの風ですら結界に阻《はば》まれたように気配を失う。

　込み上げる予感に震えながらも、僕はスマホの明かりをかざしながら進み、やがて、本殿の扉の前に立った。厳かで、侵しがたい空気を感じる神聖なその場所の前に。

　やめろ、と脳裏で誰かが叫んだ気がした。その扉を開けてはならない。そこにあるのは、この島人達が隠し通そうとした忌《い》まわしい……、
けれど僕の身体は勝手に動き、そっと、その扉を押し開いていた。ぎいぃぃ、と山長家の蔵の扉を開けた時のようなひび割れた音が耳障《みみざわ》りに響き、ゆっくりと闇に沈んだその本殿の奥に、僕の持つスマホの明かりが広がっていく。

　わだかまるように中に広がる闇は、それでもなお暗く、ぷんと古い木造建築の匂《にお》いが鼻をついた。どこかすえたような、せき込んでしまいそうな臭《にお》いも同時に漂う。

　……そこは何の飾り気もない、古びた木造の本殿だった。奥に大きな岩のようなものが設置された……恐らくはあれが「神の憑代《よりしろ》」、神道でいうところの神の降臨する「磐座《いわくら》」、ご神体というものなのだろう。千駒神社の中で最も聖なる場所だ。

　とはいえ内陣の扉がある訳でもなく、ご神体が剝《む》き出しにされた屋内は異様だった。あまりにも無防備なのだ。僕は今こうして扉を開けてしまったけれど、ここは宮司である松尾さんだけに許された場所であり、本来であればご神体に近付くことも、直視することも許されない筈《はず》なのに。

だけど僕の身体は操られるように奥へと進み……木製の台座の上に鎮座する、注連縄《しめなわ》と紙垂《しで》をつけた大きな岩の前に立つ。

それは奇妙な形をしていた。母胎で体を丸めて眠る赤子のような、勾玉《まがたま》にも似た造形をした岩。これが島に流れ着いた赤子を象《かたど》ったというご神体か。

けれど、ああ。

僕は息を呑《の》む。岩の上には黒々とした染《し》みが広がっていた。その、眩《まぶ》しいほどのスマホのライトに映し出されたものに、僕の脳裏にあった不気味な夢の残滓《ざんし》が重なっていく。
……頭から血を流して倒れる小さな体。その前に立つ、唇をゆがめて笑う不気味な子供の姿と、ぷんと鼻を突く鉄さびの臭い。
『声は、千駒神社の本殿から聞こえてきた』
『事故だったんだよ？　わざとじゃなかった』
『おんなじ死に方をしとる』

ああ、なんてことだ。

ようやく僕は悟った。何の根拠もない、ただの妄想にも似た夢にすぎないのに、さっき山長家で昏倒《こんとう》していた間に見た夢の内容がここにあるすべてのものに合致する。

頭をぶつけて死んだ子供。そして頭部に殴打《おうだ》した跡のあった竹葉ちゃん。

篠峯さんの言ったとおりだ。同じ死に方をしている。それはまるで『亡くなった少女の呪《のろ》い』のように……篠峯さんのあの呟《つぶや》きには、そうした意味が込められていたのか。

「真白！」

愕然《がくぜん》とする僕の背後から古陶里の声が聞こえた。それはがらんどうの神殿の内部にこだまのように響き、けれど僕は、それに動揺も怯《おび》えもせず彼女を振り返った。

「綾花ちゃんが言ってたよね……隠れ鬼をしていた時、悲鳴が聞こえて社に駆けつけたら、松尾ユリちゃんが亡くなってたって」

「……ああ。ここがその現場だな」

近付き、ご神体についた血痕《けっこん》らしきものを見た古陶里は、それだけですべてを悟ったようだった。

「御神体に頭をぶつけて亡くなったのか。突き飛ばされたのか、転んだのか……」

「古陶里。これだったんだ、手紙に書かれていたのは。幼馴染《おさななじ》みの少女が死に、美寿々さまを守るために島の人たちがその事実を隠匿した……それがすべての始まりだった。だけど、もしかしたらこれは」

言いかけた時、古陶里の後ろにふっと人影が現れた。はっと気付いて僕がスマホのライトをかざすと、人影が、わっと眩しそうに腕で視界をふさぐ。途端に背後から「先生!?」という瑚大朗さんの声。

「あ、世志月先生」

「びっくりしたなぁもう。駄目だよ君たち、勝手に本殿の中に入っちゃ」

なんて言いながら、先生は古陶里を押しのけてずかずかと中に入ってくる。瑚大朗さんが「先生、ダメですよ！」と注意してるけど、そんな言葉に従う先生じゃない。むしろ遠慮して中に入ってこない瑚大朗さんを良いことに、あっという間に赤子の形に似た磐座の前まで来てしまった。

それから僕の目の前、磐座の目と鼻の先でしゃがみ込むと、眼鏡越しの視線をご神体に向け……。やがてうんうん頷くと、

「なんとまぁ、磐座にぶつかって、とは……これだけ穢れてしまったら、もうご神体としての役割が果たせるかどうか」

「先生、あの」

「実はさっき社務所で見つけたものがあってね、それを使おうかと思って来たんだけど」

言って、先生が僕と古陶里を交互に見る。

「その前に、聞かせてもらっても良いかな？　君たちも社務所で何かを見つけたようだね……この島の祭祀《さいし》に関わるもの、私が知りたかった島の秘密にまつわるものを」

2

今日は風が強い。

遠く瀑布《ばくふ》音《おん》の響く、その裏側にある斎宮の中で。小窓から見える松明《たいまつ》の炎がなぶられるように揺れ、火の粉を撒《ま》き散らすのを見ながら、美寿々はじっと周囲の気配を探っていた。

ただでさえ洞窟《どうくつ》の中は凍えるような寒さなのに、それを増長させるような荒々しい風が、滝に遮断されたこんなところにまで入り込んでくる。ここにいると見えないけれど、恐らく夜闇の空に浮かぶ雲は厚くとぐろを巻き、これから起こる秘儀の舞台をあつらえるようにその身に雷雨を溜《た》めこんでいるのではないか、と思われた。

千駒島では「秘儀」の夜、雨が降ることはないと言われている。どれだけ天候が荒れていても、大きな台風が近付いていても。

けれどそれはあくまで本当の祭祀が行われる夜のことで、ここ数年、先代の美寿々が亡くなってから今夜までに限って言うと、それには当てはまらなかった。何故なら自分が美寿々の名を継いでから今日まで行われてきた祭祀は、もはや「繋ぎ」の意味しか持たない形骸的《けいがいてき》なものだったから。巫女舞すら踊らず、魂を降ろすこともない。ただ社にこもって祈るだけ。

秘儀は本当の力を得た巫女が行って初めて成立する。そして、それが存在するからこそ、島人達は美寿々の名を敬い、尊び、島に集って離れることが出来なくなるのだ。そう、それはあたかも呪いであるかのように。

そして島人達の待ち焦《こ》がれた「本来の祀り」の時が、今《こ》宵《よい》。天に旅立った魂を地に呼び戻し、巫女の身に宿すための道が開く特別な日を、美寿々は本来の神聖なる祭祀が行われるこの洞窟の中、斎宮で迎えていた。

外に集う島人達の静かな熱気を感じながら、美寿々は差し出された祭祀の為《ため》の巫女装束をゆっくりと身にまとう。美寿々の待つ気配は、いまだに感じられない。予定ではもう少し早く合流できるはずだったのに……それに焦《じ》れながらも、あと少し、もう少しだと自分を宥《なだ》めながら支度を整える。

手伝ってくれるのは、強引に竹葉の役目を押し付けられた綾花だ。いつもはうるさいくらいお喋《しゃべ》りなのに、今日は粛々と作業を続けている。心はここにないのに、身体だけは習ったとおりに動くのだろう。美寿々と同じだ。

……美寿々の運命を大きく変えたあの事件から、はや八年がたつ。いつかはこの日が来る、逃げることは出来ないのだと怯えながらも指折り数えていた十八の歳まで、思えばあっと言う間だった。

窮屈な巫女装束は美寿々の心と体を縛り付けるものの象徴であり、その、すべてをがんじがらめにする鎖は、もしかしたらと抱きそうになる希望をいつも黒く塗りつぶした。十八になるまでは、この身はただの象徴でしかない。そう思いながらも神事を学び、飛露喜たちとは違う「日常」を送るようになってから、美寿々の毎日は激しい炎を揺らめかせる蠟燭《ろうそく》のようなものだった。

あまりにも強い火は、瞬《また》く間に蠟を溶かし、最後に残るのは黒ずんだ芯《しん》だけ。神事を学ぶ際に並べられる蠟燭を見るたびに、美寿々はちびていく命の残りを感じ、いつか自らもあの蠟燭のように燃え尽きて消える日が来る、と覚悟した。それは人であればいずれも等しくたどり着く末路ではあったのだけれど、十八という明確な数字が定められている美寿々のそれは、ただただ薄暗く、曇天のようなほの暗さで彼女の心をすり減らしていった。

　仕方ない。これは罰なのだ。ひとつの命を奪った償い……どれほど恐ろしく、おかしくなりそうなほど美寿々であることを厭《いと》うても、逃げることは叶《かな》わない。けれど、そんな日々の中にも希望はあった。飛露喜の存在だ。彼がいてくれたからこそ、美寿々は自らの生を諦《あきら》めずに済んだ。

　残された時間が少しずつ失われていく中で、それでもいつかは、という希望を与えてくれた彼のお陰で、贄《にえ》となった我が身を呪わず、恨まずに日々を耐え抜くことが出来たのだ……。

　装束のたもとを引き寄せながら、美寿々はそっと視線を落とす。かしずくようにして祭祀の支度を整える綾花を見つめていると、そこに重なって、ぽつり、ぽつりと幼かった頃の記憶が甦る。

『みんなは私の言う通りにすれば良いの』

『私はこの島の巫女なんだから。逆らうなら、山長に言いつけるからね』

　小さな、けれど誰より尊大で傲慢《ごうまん》な巫女に支配されていた子供達。美寿々は常に子供たちの上に君臨し、誰もがそれに逆らえなかった。そう、仮に不平不満があったとしても、大人たちですら逆えない絶対的な存在を前にして、子供たちに何が出来ただろう？

　だが、あの事件が、一人の少女の死が、すべてを変えた。

……未《いま》だに悪夢を見る。突き飛ばした身体が磐座に吸い込まれるようにして倒れて行く様子を。事故だと誰もが口にしたけれど、本当にそうだったのだろうか？　だって自分はあの時、確かに見たのだ。背後に倒れ行く彼女のうしろに……まるでその小さな体を引きずりこむようにしてのばされた、数えきれないほど沢山の黒い手を。

あれは、きっと幻だ。社にわだかまる暗闇が作り出した幻影……そうに決まっている。なのに自分は、彼女の死という恐ろしい現実よりも、生者をあの世に引っ張って行こうとするその黒い手に恐怖を抱き、愕然としたのだ。

何故なら。自分は以前にも確かに、あの蠢《うごめ》く手を見たことがあったから。

……彼女の死は皆が口を閉ざしたからこそ逃れることの出来ない軛《くびき》となり、同時に、それに関わった子供たちをこの島に縛り続けた。およそ八年もの間だ。

思えばそれは、離島者を厭う島人達にとってこの上ない「口実」だったのだろう。巫女を慕って島に集った人々ならまだしも、若者たちはいずれ外の世界に憧《あこが》れ、島を離れようとする。領主でもあった巫女の縁戚《えんせき》の血統が絶えることを山長は最も恐れていたから、ああやって罪の意識を植え付けたのも、もしかしたら意図的な行動だったのかもしれない。

社の窓から入る冷たい風に一度だけ身を震わせ、美寿々はきゅっと唇を噛《か》む。

こうして走馬灯のように過去を思い出すのも、もうすぐすべてが終わるからだ。もう、過去の罪も罰も何の意味もない。美寿々はいなくなる。この島から、永遠に。

それは長年耐え続けてきた「仮の人生」の終わりを意味していた。

……けれど。今になって、本当にそれで良いのだろうかと迷う気持ちが生まれ始めている。今日この日に至るまで、自分達はあまりにも沢山のものを失い、犠牲にしすぎた。何かを得ようとして、そのたびに罪に手を染めてしまった……。亡くなった竹葉の青白い顔を思い出し、美寿々は深く吐息する。何が起きても諦《あきら》めないと決めたのに、今になって心が騒ぎ始めるなんて……きっとこれは、彼がなかなか姿を現さないから。だから美寿々は焦《あせ》っている。

　斎宮の中に時計はなく、はっきりとした時間は分からない。けれど、予定の時刻はとうの昔に過ぎているはずだと美寿々は考え始めていた。どう考えてもこれでは遅すぎる。

……ひたひたと迫る不吉な予感に気付かない振りをして、美寿々は傍で神具を並べる綾花に視線を落とす。

　このところ続く凶事に、綾花がひどく参っていることを美寿々は知っていた。幼馴染みの死に、島人たちの態度。この島にだけ存在するルールに振り回されて、数えきれないほどの不審な事件が闇に葬《ほうむ》られている、すべては、今日の祭祀のために。

　仲間うちでも綾花は最も島の祭祀に懐疑的だったし、千駒神社の秘儀を畏《おそ》れながらも鄙《ひな》びた愚かな風習だと考えていた。こんなものは時代遅れだと、彼女の目はいつも雄弁にそれを語っていた。そんな彼女が千駒家の縁戚として、あいた穴を埋めるために祭祀の一端を担《にな》わされたのだ。きっと今感じているのであろう諦めにも似た彼女の絶望は、決して見当はずれのものではなく、むしろ当然のもののように思われた。

「どうして平気なの」

　不意の呟きに、美寿々はぼんやりとしていた意識を引き戻す。うなだれ、憔悴《しょうすい》しているとばかり思っていた綾花は、いつの間にか燃えるような目で美寿々を睨《にら》み付けていた。

「どうして？　逃げる気だったんでしょ、飛露喜と」

　美寿々はゆっくりと瞬《まばた》きをする。彼女がそれを過去形で語っていることに再び心がざわついたけれど、何も不思議なことではない。だって綾花は飛露喜が滝壺《たきつぼ》に落ちて死んだ、という話を信じているのだから。

　けれどその響きは、やはり今の美寿々には不吉に感じられた。まるで、もう二度と飛露喜に会えなくなってしまったような恐ろしさが胸を覆《おお》っていく……。

「ねえ。綾花は知ってたんだからね。ううん、綾花だけじゃない、竹葉も知ってたよ、飛露喜とあんたが話してるのを聞いたから」

　……そう。すべては飛露喜が美寿々の魂を引き留めるために考えた計画だった。すべての始まりであり、竹葉の死のきっかけになってしまった誓い。

『島を出よう。十八の祀りが始まる前に』

『島を……出る？』

『ああ、そうだ。やっと気付いたよ、あの人に言われてようやく。お前が犠牲になる必要なんてない。あれは事故だったんだ……だから、もう終わりにしよう。こんな愚かで馬鹿《ばか》げた祭祀は』

　罪を犯した、という事実は変わらない。けれどそれは自分を犠牲にしてまで償うものではないのだと……そう、飛露喜は言ったのだった。

　そもそも、死んだ人間を呼び戻すなんて間違ったことだ。死は悲しく、旅立ってしまった大切な人に再び会いたいと願う気持ちはどうしようもないけれど、それでも世の理《ことわり》を狂わせてまで行う事ではないのだと。

　人はいずれ死ぬ。誰でも、どんな存在であっても。

　それを歪《ゆが》め、呪われてまで「魂《たま》よばい」を行い続けるのは過《あやま》ちなのだと、そう発言したのが祭祀に最も深く関わる山長家の嫡男《ちゃくなん》であったことが、美寿々の心を深く打った。

　だから頷いたのだ。島を出て、呪いから逃れて、自由になる。普通の人間として暮らし、生きて行く。そんな未来を夢見て。よそ者の学者をこの時期に島に呼んだのだって、山長の目をくらますための計画の一端だった。

「どうするつもりなの？　飛露喜はもう死んじゃった。このまま祀りを続けて、島を出るのも諦める？　今日の祀りで何が起きるのか、あんたが一番よく知ってるのに？」

「逃げたかったのは貴女《あなた》でしょう、綾花」

　言葉に、びくりと綾花が体を震わせる。

「いいえ、綾花だけじゃない。竹葉だってそうだったわよね。みんなこの島から離れて自由になりたかったはず。だから貴女の言葉をそっくりそのまま返すわ……何故、逃げないの？」

「……それは……だって、冬樹も反対してて……島を出るなんてありえないって。綾花たちはみんな同じ罪を負った仲間だから……」

「冬樹らしい」

美寿々は薄く笑う。今時の若者らしい着飾り方をしても、彼は都心に憧れる綾花とは決定的に違っていた。楽しむのはあくまで島の中でのこと。一生をこの島で過ごすことを覚悟し、それを当然のことだと思っていた……そんな彼からすれば、美寿々たちはさぞかし小賢《こざか》しい罪人に見えただろう。

けれど冬樹の頑《かたく》なその意思が、決して島を思う気持ちだけから生まれるものではなかったことを美寿々は知っている。いや、今回の件で思い知らされた、とでも言うべきか。

「冬樹のあれは……島を出るべきではない、私達は罪を犯したのだから、という理由は、竹葉をここに縛りつけるための口実でもあったはずよ。島を出れば竹葉は望んだ進路に進み、二度とここには戻って来ない。冬樹が一番恐れていたのはそこだもの」

「……それは」

口ごもる綾花に、美寿々は笑った。その笑みがどう見えたのか、途端に綾花が表情を強《こわ》張《ば》らせて立ち上がる。

「違うでしょ!? 今はあんたの話をしてるの! 綾花も、最初はあんた達のこと狡《ずる》いって思ってたよ。みんなここからは逃げられないのに、あんた達だけ……でも、今は違う。こんなの全部間違ってる。ねえ、逃げてよ。今なら島の人達みんな、山長さんも舞台の方にいる。ここには綾花とあんたしかいない……屋敷の蔵の抜け道を使えばバレずに済むよ、ね？」

「…………」

「あんたがいなくなれば島の祭祀だってなくなるはずだよ！　だって美寿々さまが消えればこんなこと続けられなくなる。こんなの……こんなこと、人の死を隠蔽《いんぺい》して、そのくせ死んだ人間を呼び戻すなんておかしい。誰かを犠牲にして蘇った命って本当に幸せ？　そんなはずないよね。それくらい綾花にだって分かる！」

「山長はそうは考えない。この島に集う人達もね。だから、何も変わらないわ。私が消えたって同じ、山長は身代りを見つけるだけ。例えば貴女とかね」

綾花がひゅっと息を呑み、顔を強張らせる。決して脅かすつもりではなく、美寿々はただ、真実を述べただけだったのだが。

そう。美寿々は島の祭祀を終わらせたかったわけではない。

ただ、自由になりたかったのだ。自分が去った後のこの島で何が起きようとも、興味はなかった。これまでずっと我慢し続け、自分の生を諦めて来た美寿々が初めて手に入れる自由だ、島のことなんて二度と思い出したくもない。後に残される者のことなど何も考えない……考えないようにしよう、と決めた。あの日、飛露喜と共に。

そして綾花の言葉通り、美寿々は今日、島を出るつもりだった。もうすぐ迎えに来てくれる飛露喜と共に。

けれど彼がまだ来ないのは、本土に渡る準備に手間取っているからだろうか。いや、そもそも何故、山長はあんな嘘《うそ》をついたのだ？　滝壺から、飛露喜の遺体を引き揚げた、などという偽りを。だってあの時、飛露喜は美寿々のそばにいたのに。

……じわじわと黒い染みにも似た不安が広がってくる。姿を見せない飛露喜にますます焦燥が募るのを感じながら、美寿々はそっと斎宮の入口を見た。

「飛露喜」

祭祀が始まれば、用意した脱出経路は使えなくなる。ここまで積み重ねた計画がすべて水の泡になる、なのに、どうして飛露喜はまだ来ないのか。

不意に、名を呼ばれた気がした。窓から入る風がふわりと美寿々の黒髪を揺らし、それに誘われるように、一歩踏み出す。

背後で綾花がいぶかしげに視線を送ってくるのを感じながら、ゆっくりと斎宮の扉に手をかけ、開け放った。洞窟の中に広がる湖……巫女が穢れを祓《はら》うための、そして竹葉の遺体が流れ着いたその場所に続く外に踏み出した美寿々は、そこで、静かに立ついくつかの人影にふっと息を呑む。

そして、悟った。綾花以外にも、自分達のたくらみを知る人間が現れたことを。

「飛露喜くんは、ここには来ません。来られないんですよ、美寿々さん。いや、」

立ち尽くす美寿々に向けて、彼は言った。

「松尾ユリさん」

そこにいたのは島の外から来た異邦人たち。島の呪いに縛られない唯一《ゆいいつ》の人々が、そこに並んでいた。まるで美寿々を断罪するかのように。

3

洞窟の中は相変わらず寒々しく、滝壺側から反響する瀑布音に包まれながらも、張り詰めた空気のせいで驚くほど静かに感じられる。

そんな中で、僕らは斎宮から現れた「美寿々さま」と正面から対峙《たいじ》していた。僕と古陶里、そして先生と瑚大朗さん、渚ちゃんも後ろに並んでいる。

夜も更《ふ》け、一段と寒さを増した洞窟の中は、それでも等間隔に並んだ松明の炎のお陰かぼんやりと明るく、思ったよりは暖かい。祭祀を行うためにあつらえられたその場所に島人たちの姿はなく、けれど耳を澄ませば、ここからでは死角になった洞窟の先……滝壺側から沢山の人の気配が流れてくる。

そう。この斎宮はあくまで「禊《みそぎ》の場」であり、祭祀が行われるのは、滝壺のそばにある「能舞台」なのだ。

そして、島人達は能舞台の前で穢れを祓った巫女が現れるのを待っている。つまりはここが……渚ちゃんが言っていた、例年祀りが行われていた千駒神社ではなく、この斎宮のある滝の裏側こそが……美寿々さまが十八の歳を迎えた今年、特別な祭祀が行われる場所だった。

「本当に、貴方は……思いがけないところに現れるのね」

　斎宮の扉を開け放って姿を見せた美寿々さまは、僕らに気付いた途端、一瞬だけ誰かを探すように視線をさまよわせた。その意味に気付き、僅《わず》かばかり胸が締め付けられるような感覚に襲われながらも、僕らはゆっくりと前に踏み出す。

「どうやってここに？　山長は、貴方達を屋敷に閉じ込めて来たと言っていたのに。そもそも何故、祭祀の場所がここだと……渚、あなたが教えたの？」

　鋭い声に、僕らの後ろにひっそりと立っていた渚ちゃんがびくりと体を震わせる。その様子に、僕らは慌てて美寿々さまの視線から彼女を庇《かば》う。

「渚ちゃんじゃありませんよ。そもそも彼女は最初、祭祀が行われるのは例年通り千駒神社だと思ってたんですから。でも……滝の上から見下ろした時、滝壺の周りが明るいことに気付いたんです。それで、ここじゃないかって」

「だとしても、ここまでたどり着いた方法は？　滝側の抜け道を使ったわけではないわよね、山長たちが通してくれたとは思えないもの」

　訝《いぶか》しげに問われ、僕らは背後を振り返る。

「向こうの……山長家にある蔵の隠し扉を使ったんですよ」

「それは無理ね。だって山長は、蔵の鍵《かぎ》を持って来たと話していたもの」

「屋敷にあった鍵は確かに若水さんが持って出てしまいました。でも、鍵はもうひとつあったんです。千駒神社の社務所の中に」

「これだね」

僕の言葉を補足するように、背後にいた先生が前に踏み出し、握り締めたそれを彼女にも見えるように高く掲げた。

「まぁ、考えてみれば当然だよね。美寿々さまのお世話をしている松尾さんが、斎宮に続く隠し扉の鍵を持っていないわけがない。その万が一の時の為に保管されていた予備の鍵を、私がたまたま見つけちゃったってね」

先生が手にしている鍵は、他にはない、独特の形をしたものだ。山長家の蔵の南京錠《ナンキンじょう》はそれ自体が骨董品《こっとうひん》のようで、だから先生はすぐに気付いたらしい。鍵の形を完璧《かんぺき》に記憶していたが故《ゆえ》に、見間違うことなく「これを使えば蔵の抜け道が使える」ということに。

「こんな時に実感したくはないけど、先生の、何かを探し当てる才能は本物ですよ……よくもまああんな場所にあったものを見つけましたね」

「おっと瑚大朗くん、褒める時はもっと素直にいこうか⁉」

げんなりした表情の瑚大朗さんを振り返り、んもー、と拗《す》ねる先生。そんな二人の様子をしり目に、僕は無言で立つ巫女をじっと見上げた。

「次は僕らの番です。教えてもらえませんか？　貴女が僕の言葉を否定しない理由を。僕は、貴女を松尾ユリさんと呼んだのに」

僕の言葉に、美寿々さま……否《いな》、松尾ユリさんが静かに笑む。

極限まで感情を削り取ったような表情を微《かす》かに歪め、浮かべたその微笑に、僕らはそれが肯定であることを理解した。

……そもそも。僕らの推理はスタート地点から間違っていたのだ。

先生の下に届いた告発文とも言うべき手紙。そこで示唆《しさ》されていた数々の謎と、島を訪れてから知った、千駒島の巫女が行うという秘儀「魂よばい」。亡くなった人の魂を口寄せし、その想《おも》いや言葉を伝える能力だとされるその呪術を信奉し、島には絶対的な絆《きずな》のようなものが存在していた。観光地でありながら、よそ者を受け入れないという不可思議な境界だ。

そして、巫女であり、千駒島の領主一族の末裔《まつえい》である美寿々さまの幼馴染みたち。彼らは表面上は親しく楽しく過ごしているようではあったけれど、その実、一人の少女の死という大きな陰を抱えていた。

何もかもが秘密にされたこの島で、何とか得たいくつかの情報のピース。

けれどそれらはすべてが歪められた真実だった。幼馴染みの死に動揺した綾花ちゃんが、思わず漏らしたのだと思っていた千駒島の過去の暗部は、それすらも本当ではなかったのだ。

僕らはただ、意図的にすりかえられた物語を、そのまま信じ込んでしまっていた……。

「言っておくけれど、私が貴方の言葉を否定しないのは、あまりにも突拍子もないことだからよ」

美寿々さまは、相変わらず不自然な笑みを形作ったままそう告げる。

「私がユリだなんて、どうしてそんなふうに思ったのかしら」

「……そもそも、松尾ユリさんが亡くなった、という話を偶然知った時から違和感があったんです。話によれば」

　と、僕はこっそり美寿々さまの背後から現れた綾花ちゃんの姿を見る。彼女の顔は真っ青で、だからという訳でもないけど、僕は情報源をぼかしたまま話を続けた。

「松尾ユリさんと飛露喜くんは、とても仲が良かったそうですね。松尾家に生まれたユリさんと、山長家の嫡男である飛露喜くん。二人はこの島にしかない独特のしきたりの中で、美寿々さまに仕える家の子供として絶対的な服従を誓って暮らしていた……」

　少し大げさな表現だろうか。けれど島の人達の美寿々さま信仰を見るに、子供達にとって千駒の巫女はそれほどまでに大きな存在であったに違いない。

　そんな中で、美寿々さまの手により松尾ユリが事故死してしまった。綾花ちゃんの話によると、松尾ユリさんが死んだのは先代の巫女が亡くなった後だったそうだから、唯一の領主一族の末裔となり、巫女として島の秘儀を受け継ぐことが決まっていた美寿々さまを、島人たちは何としても守らなければいけないと考えた。だからこそ彼女のために「松尾ユリを犠牲にして」事故について一切口をつぐんだのだ。そして、ユリさんと親しかった飛露喜くんはこれをきっかけに美寿々さまに対して複雑な感情を抱くようになったのではないか……。事実、僕らが彼の自室で発見した幼少の頃に撮った写真の美寿々さまの顔は黒く塗り潰《つぶ》されており、それこそが飛露喜くんの人知れず刻んだ恨みの念だった……もしかしたら松尾ユリさんの死には、事故だけでは片づけられないものがあったのではないか。と、僕らは当初、そう考えていたのだ。

けれど、すべては間違っていた。

写真の顔部分を黒く塗り潰す行為が意味することは、「恨み」や「憎しみ」だけなのか。愚かな先入観を捨てさえすれば、それはおのずと見えてくる。そう、例えば。

飛露喜くんはただ、美寿々さまの本当の顔を誰にも知られたくなかった。だからこそ美寿々さまの顔が判別できないようにし、美寿々さまと松尾ユリさんが入れ替わった際、第三者がそのからくりに気づけないよう目論んだのでは？

そして実際に僕らは過去の美寿々さまの顔を知らず、松尾ユリさんに関しても、飛露喜くんの陰に隠れるようにして撮られた写真一枚分の情報しか持っていないのだ。

思い出す。昨日、昼食後に手洗いに行こうとした僕が、たまたまここに入り込んで美寿々さまと出会い、飛露喜くんの逆鱗《げきりん》に触れてしまったことを。美寿々さまを庇い、出て行くように注意したあの姿は偽りのものとは到底思えず、むしろ本気で彼女を守ろうとしているように見えた。あれが演技だったとはどうしても思えないのだ。

「それだけ？　たったそれだけで、私が美寿々ではなく松尾ユリだと？」

僕の言葉に、美寿々さまが引き攣《つ》るような笑みを浮かべて言う。それにゆるく首を振り、僕は古陶里たちを振り返った。

「もちろん理由は他にもあります。まず、山長さんの家の蔵にあった千駒家の家系図」

古陶里がかすかに頷き、先生も眼鏡の奥の瞳《ひとみ》を輝かせる。そう、社務所からここに来るまでの間に、僕らは既に情報共有を済ませていた。

　それは昨日の夜、資料を見せてもらいたいと入った蔵の中で見つけた巻物のひとつ。古びた家系図の中には、代々の美寿々さまの歴史が刻まれていた。

「家系図にあった名前の中には、代々必ず×のついたものがあった。それは新しく巫女となった人で、美寿々の名を継承した後、本来の名前は家系図にのみ記され、死んでしまう……新しく生まれ変わるのだと、説明されました」

「知っているわ。それが、何？」

「……美寿々さまが行う秘儀は『魂よばい』ですよね。亡くなった人の魂をその身に降ろし、生者と対話させる……つまりはイタコである、と、これは先生から聞いた話です」

「だから、それが何なの」

「秘儀が『魂よばい』であるなら、それは家系図の名を消すほど珍しい神事ではないし、その程度ではこの千駒島が呪殺島と呼ばれる理由にはならないのだよ」

　切り込むように言ったのは、それまで黙って話を聞いていた古陶里だった。

「だから我々はこう考えた。もしかしたら巫女の秘儀とは、単に一時会話する程度のものではなく、永遠に死人の魂をこの地につなぎとめる……死者の魂を生者に降ろし、黄泉返《よみがえ》らせるものではないのかと」

　その瞬間。場の空気が、穢れを落とす聖域である洞窟の中が、凍り付いた。

僕は真《ま》っ直《す》ぐ美寿々さまを見つめていた。松尾ユリだと推測される彼女もまた、言葉を失って立ち尽くしている。

「……この島の巫女信仰は異常だ。死者の魂と対話する、確かにそれは意味のあることかもしれないが、それだけなら『特別な祀り』にはならない。だが、それがもし対話するだけではなく、死者を蘇らせる儀式なのだとしたら？　生きた人間の身体の中に、亡くなってしまった大切な人間を呼び戻す……だから人々はこの島に集い、千駒美寿々を崇め、祈り、よそ者から秘儀を守ろうとした。憑代とする人間の身体をどのように都合するのかはわからないが、過疎化対策として推奨された数々の策は、もしかしたら魂を入れる器《うつわ》を手に入れるためのものだったのではないか」

「そしてそれは美寿々さまにも言えること。巫女の身体もまた、魂を降ろす憑代……入れ物にすぎないのだとしたら？　そして巫女が十八になった時、初めて本来の祀りが行われるというのは……巫女は成人して初めて真の巫女となるのだ、ということ」

古陶里の後を継いで口を開いた先生が、美寿々さまを指さす。

「つまり、だ。この島で巫女の名を継ぐということは、その身を美寿々という名の神に譲り渡すことを意味しているのではないのだろうか。と、我々は推理したわけだ」

……社務所で渚ちゃんと同姓同名の少女の死を報《しら》せる新聞の切り抜きと、島人らしき人々の名前が記された帳面を見つけた時。

古陶里は島で行われる秘儀が、生者を犠牲にした「黄泉返り」ではないかと考えた。そして同時に千駒家の家系図を思い出し、推測したのだ。千駒家で美寿々の名を継いだ人間は、巫女として生まれ変わるから名前が消されるのではなく。

美寿々さまに体を譲り渡すことで、実際にその体の持ち主が消える……魂が死んでしまうからこそ、家系図の名前が消されるのではないか？　と。

……蔵にあった千駒家の巫女にまつわる伝承。高天原から流れ着いた神力を持つ赤子は、死人を身に宿すことで穢れ、神の世界に戻ることが出来なくなった。その代わり何度も生まれ変わって神通力を持つ千駒家の巫女となった、とされていた。

あれはただの伝承ではなかったのだ。神力を持つ赤子は「美寿々」の名を持ち、今なお千駒家の人間を犠牲にして現世に甦り、同時に死者を黄泉返らせる秘術を行っている。

おぞましい推理だった。現実にあり得るとは思えない、倫理的にも決して許されない。けれど、だからこそ納得できるのだ。この島に千駒の先祖が流された理由。業《ごう》を積み重ね、呪いを受けるほどに千駒家が穢れてしまった理由。

「島に伝わる伝承は恐らく、千駒家の人間が島を訪れた後に改竄《かいざん》されたものではないかと考えられる。あくまで千駒家は島に残された神話の末裔であり、秘儀は歴史的に続けられた、継承されてきたものである、という正当性を保つためにね。だからこそ千駒島は、呪殺島としては異例の、今なお呪術が行われている状態で歴史を重ねてきた。違うか？」

古陶里の言葉に、美寿々さまの……美寿々さまと呼ばれた少女の顔から、一切の表情が消えた。能面のようなその顔のまま、彼女は静かに、驚くほど静かに口を開く。

「そうね。千駒の家に生まれた巫女は、十八の歳を迎えると本物の巫女になり、魂よばいを行えるようになる。それは力を授かるのではなく、この肉体を美寿々さまに譲らねばならないという意味。貴方達の想像通りよ、千駒の巫女は十八の歳に死ぬの。死ぬ……ううん、それよりもっと恐ろしい。儀式で器となる生者の魂を殺すのと同じように、美寿々さまに身体を奪われ、自我を失い……あの世にも行けずに、魂をさまよわせることになるんだから」

　千駒の巫女は短命である。それは表面上の意味ばかりではない。

　呪殺島に流される前から始まっていた呪詛、巫女は十八の歳に死なねばならない。その後は、神力を持つ「美寿々」という魂が彼女たちの身体を使って生き続ける。そして、あの世に渡った魂を呼び戻す儀式を執り行い続ける……。

　これが、千駒島の秘儀の正体だったのだ。

「否定しないんですね。貴女は、この事実を」

「否定する必要がある？　私は別に、隠したいとは思わないもの。だけど一つだけ、今の話のどこに、私を松尾ユリだと断定する根拠があるのかしら」

　挑むように言う「美寿々さま」に、僕と古陶里は……そして背後にいる先生たちは、次の言葉に迷うように視線を交わす。だから、まずは僕が口火を切った。

「それはつまり、こういうことです。仮に七年前に亡くなったのが松尾ユリさんではなく、美寿々さまだったのだとしたら……島人達は、いや、山長さんは、とても焦ったはずです。美寿々さまは唯一の千駒家の血統だったし、彼女が亡くなってしまったら次の美寿々さまを降ろすための入れ物、身体がなくなってしまう。

だけど歴史上、千駒直系の血が絶えることは皆無ではなかった筈。事実、千駒家の家系図には、遠縁の松尾、山長、能鷹、稲波、篠峯と婚姻を結んだ形跡が残されています。恐らくは千駒の血が完全に絶える事のないよう、そうしているのでしょう。

だから美寿々さまが事故で亡くなった時、島人達は急遽代わりの美寿々さまを作り出すことにした。そのために選ばれたのが、最も千駒家に近い血統である松尾家の子供、松尾ユリさんだったんじゃありませんか？」

千駒美寿々の死が、どのように起きたのかは分からない。

はっきりしているのは、彼女が磐座に頭をぶつけて死んだこと。そしてその場に松尾ユリがいたことだ。

人々に緘口令《かんこうれい》を敷いた山長さんは、恐らく、美寿々さまと松尾ユリの死を入れ替えて島人たちを安心させた。島に集まった人々の大半は身内の黄泉返りを求めている。美寿々さまが消えたとなれば騒ぎになるだろう……そう考えたのではないだろうか。

……松尾ユリは千駒美寿々となり、学校に通わず、本当の両親である松尾夫妻から教育を受け、生活の一切の面倒を見てもらい……十八の歳《とし》を迎えて「美寿々さま」の魂を降ろすその日まで、巫女として身を清めながら暮らすことになった。

そして、今日という日を迎えた。先代の巫女が亡《な》くなり、一度は島を離れた美寿々さまの魂が、再び戻ってくる特別な夜を。

「何故《なぜ》、貴女が美寿々さまの身代わりを引き受けたのか、その理由は分かりません。目の前で亡くなった美寿々さまへの罪悪感からか、島のしきたりにがんじがらめにされ、否《いや》と言えなかったのか。或《ある》いは別の何かがあるのか……けれど、貴女がそれを心の底から納得して受け入れたとは思えない。そして飛露喜くんも、この不条理に納得のいかないものを抱えていたのではないでしょうか。だからこそ、貴女達は祀《まつ》りの前に島を出ようと考えた。それが今回の事件の発端です」

4

辺りは相変わらず静かだった。熱気をはらんだ沢山の人々の気配は島人達が集まっているであろう滝壺の裏側、その入り口付近に留まっており、僕らがここに侵入していることに彼らが未だ気付いていないことが察せられた。

美寿々さまが禊を終えて姿を現すまで、彼らは静かにその時を待っている。それでも誰かが大声を上げ、僕らの侵入に気付けばどうなるか分からない……時間は、あまり残されていなかった。

「ここからは順を追って説明させてください。

事件の一端が明るみに出るきっかけとなったのは、竹葉さんの失踪《しっそう》でした。彼女は昨日の十七時から今朝五時まで千駒神社の本殿で祀りの準備を整えていましたが、習わしの通り、祀りの前に帰宅しました。この時に松尾夫妻が見送ったのが、彼女の最後の姿です。そして午前八時頃、異変に気付いた篠峯夫妻が娘の捜索を依頼、その後、滝壺に浮かぶ人影らしきものが目撃されます」

滝の奔流に押し流されつつ、かろうじて浮かんで見えた人の姿。それを思い出し、僕はごくりと生唾《なまつば》を呑む。

「これより遡《さかのぼ》ること少し前、竹葉さんの捜索の直前に、飛露喜くんもまた姿を消していたことが判明しました。彼が最後に目撃されたのは昨日の二十一時頃、庭で誰かと話している姿を、僕と古陶里が偶然見かけています。そして翌朝、滝壺に浮かんでいた人影は、男子高校生の制服らしきものを身にまとっていたことから、飛露喜くんではないかと推察されました」

巫女装束を身にまとった彼女は何も言わない。ただ、静かに僕を見つめている。

「僕らはひとまず屋敷に戻され、瑚大朗さんを含む島の人達が竹葉さんの捜索を続けました。その時に……山長さんの言葉を信じるのであれば、滝壺に浮かんでいた人らしきものが引き揚げられ、飛露喜くんであることが確認された。遺体は棺《ひつぎ》に納められ、続いて僕らがこの斎宮《いわいのみや》のそばで竹葉さんの遺体を発見します。つまり、飛露喜くんと竹葉さんの遺体が滝を挟んだごく近い場所にあった、ということになるんですね。

ここで疑問が出てきます。飛露喜くんは何故、滝から落ちて亡くなったのか。竹葉さんはどうやってここに来て亡くなったのか」

ひとつずつ整理していく。ピースを当てはめていくように。そうすれば、真実が浮かび上がるはずだから。

「……竹葉さんの遺体には、気になる点がいくつかありました。それは……遺体の状態です」

「状態？」

「彼女の後頭部には打撲の跡があり、恐らくはそれが死因ではないかと予想されました。だけどもう一つ、竹葉さんの腰辺りにも矢で射抜いたような傷があったんです。僕が聞いた情報が間違いでなければ、飛露喜くんは弓道部ですよね？」

「だから？　竹葉の本当の死因は矢によるもので、飛露喜が殺したとでも？」

「祀りが終わるまでは、と遺体検分が行われていないので、はっきりしたことは分かりません。そもそも竹葉さんの身体はぐっしょり濡《ぬ》れていて、もしかしたら水死した可能性だってゼロじゃない……仮に飛露喜くんが竹葉さんを射たのだとしても、それだと飛露喜くんは竹葉さんの後で亡くなったことになる。それぞれの最後の目撃時刻は、飛露喜くんが昨日の二十一時、竹葉ちゃんは今朝五時です。つまり飛露喜くんは五時以降に竹葉ちゃんをここで殺し、その後、僕らが発見する九時頃には滝壺に浮かんでいた……たった三時間の間に竹葉ちゃんを殺し、それを悔いて自殺したのか？　いや、竹葉ちゃん失踪を心配した篠峯ご夫妻は、八時すぎに山長家に駆けこむ直前、松尾さんのもとを訪ねています。その中をすりぬけるようにしてわざわざこの斎宮から千駒神社に戻り、崖《がけ》から飛び降りた……なぜ、そんな時間と手間のかかることをしたのか。死ぬのなら、他の方法もあったはずです」

「つまり、何が言いたいの」

「滝壺に浮かんでいたのは、本当に飛露喜くんだったんでしょうか？」

僕らがこの島で見聞きしたことの大半は、歪められて認識されている。

この目で直接見聞きし、確認したもの以外は、そもそも信じてはいけなかったのだ。

「……待って。あれが飛露喜だったってことは、山長さんが認めたんだよ？　冬樹だってそう言ってたし」

我慢ならず、綾花ちゃんが美寿々さまの背後から身を乗り出す。僕はその言葉にゆるく首を振り、

「でも、遺体は僕らの目に触れる前に棺に入れられ、釘《くぎ》が打たれた。遺体の状態を考えて……と山長さんは言ったけど、あの人が嘘を吐《つ》いた可能性もある。理由は分からないけど、そうだとしたら説明がつく」

「そんな……じゃあ、滝壺に浮かんでたのは誰だったの？　飛露喜じゃないなら」

言いかけて、綾花ちゃんがはっと口を閉ざす。その可能性に気付き、見る間に顔色を青くさせた。

「まさか、竹葉？」

「……確証があるわけじゃない。だけど、誰かが竹葉さんの遺体に男子高校生の制服を着させ、わざと滝壺に浮かばせていたのだとしたら……」

　僕は想像する。激しく流れ落ちる水の勢いに翻弄《ほんろう》され、浮かんでは沈み、沈んでは浮かぶ小さな身体を。

　滝の高さは十五メートル、ましてや瀑布の霧が舞い上がって視界をふさぐ中、真上から滝壺を覗《のぞ》いて確認しても、浮かんでいる遺体の体つきや顔までは判別できない。分かるのは「短い髪」と「男子高校生の制服」くらいのもの。

「……あれが竹葉ちゃんだったのなら、滝壺から続くこの湖のそばに彼女の遺体があったことにも説明がつく」

「なんで？　いくら滝壺とここが繋《つな》がってるからって、竹葉が流れ着く筈がない……仮にそうだったとしても、もっと時間がかかるはずでしょ？　しかも竹葉は湖のそばに倒れてたんだって、綾花、そう聞いたよ？」

「流れ着いた、とは言っていない。こちら側から引き寄せたのだ」

　古陶里の静かな反論に、綾花ちゃんがひきつるように息を呑む。

「……引き寄せた？」

「ああ。篠峯竹葉の腰元には傷があった。何かを突き刺したような小さな穴だ。しかし巫女《みこ》装束の同じ場所にその跡はなかった……つまり、篠峯竹葉は男子高校生用の制服を身にまとった状態で腰に傷を負っていたのだよ。だが刺さっていた箇所からして、致命傷にはならなかったはず。事実、篠峯竹葉の頭部には損傷があり、そちらの方がよほど死因として納得できるものだった。

　とすると何故、傷はあった？　どうしてあんな場所を傷つける必要があったのか」

「待って。それってまさか」

「……そのまさかだ。恐らくあれは矢で射た跡。ロープを繋いだ矢を腰に打ち、固定して滝の裏側にまで引き寄せたのだよ。それならば巫女装束に破れた跡がなく、逆に山長飛露喜の制服の腰部分に穴が開いていた理由と繋がる」

　古陶里が……珍しく飛露喜くんの状況についてぼかしながら言うと、綾花ちゃんが絶句してその場にたちすくんだ。

「飛露喜くんの部屋からは弓矢がなくなっていた。だとしたらそれを行えたのは彼だ。そして、その作業は人目につかない場所……この斎宮のそばで行われた可能性が高い。ここならよほどのことがない限り邪魔は入らないだろうからね。だけど……美寿々さまだけは例外だ。こんな場所で遺体を着替えさせたり、弓矢で射て引き寄せたりしていたのを、斎宮にいた美寿々さまが気付かないわけがない」

「私も共犯だと言いたいの？」

「少なくとも、これだけの事をするためには、飛露喜くんはこの付近に潜んでいた可能性が高い。とすると、思い当たるのは斎宮の中……」

そう考えると辻褄が合うのだ。

あの時、僕らが竹葉ちゃんを発見したまさにその時。斎宮の中に飛露喜くんが隠れていたのだとしたら。

「待ってよ！　なんで？　なんで飛露喜と美寿々さまが竹葉を殺さなきゃいけないのよ！　いくらなんでもそんなの滅茶苦茶！」

怒りの声を上げたのは、ようやく我に返った綾花ちゃんだった。

「大体、さっきから何なの？　飛露喜と美寿々さまはね、そんなこと絶対に」

「殺した、とは言ってないよ。二人はただ遺体を隠すついでに利用しただけでね」

先生が眼鏡を押し上げながら言う。

「祀りが始まる前に島を出るつもりだった二人は、竹葉ちゃんの遺体を見た時、一時でも時間を稼げるように『飛露喜くんの身代わり』にすることを思いついた。なのにいきなり私達が現れて遺体を見つけちゃったもんだから、計画が狂っちゃったんじゃないかなぁ」

「じゃあ、竹葉を殺したのは」

「……冬樹くんじゃないかと、僕らは考えてる」

その言葉に。誰もが息を呑《の》み、瞠目《どうもく》する。

彼女も、綾花ちゃんも。そして僕らの後ろで静かに立ち尽くしているであろう渚ちゃんも。

「なに、言ってるの？　冬樹が竹葉を殺すはずないじゃん」

最初に口を開いたのは綾花ちゃんだった。真っ青な顔で、今にも斎宮の階段を駆け下りてきそうなほど興奮している。

もちろん、彼女の怒りは当然のものだった。そもそも真実をつまびらかにする為の証拠を、僕らは何一つ持っていない。だからすべては自分で見聞きしたことから推測し、組み立て、想像したことにすぎないのだ。

けれど、いざそうではないのか……と仮説をたてた時、事件前後のあれこれが、欠けていたパズルのピースを当てはめたようにぴったりと合わさってしまうのだ。どうしても。

「冬樹くんは竹葉ちゃんと交際していた、と篠峯夫人や綾花ちゃんから聞きました。それから竹葉ちゃんが島を出て、本土の大学に通うつもりでいたことも。もしかしたら二人はそれが原因で仲たがいしていたんじゃないかな」

話しながら、思い出す。昨日、千駒神社に向かう途中の鳥居の道のそばで、僕らは竹葉ちゃんと冬樹くんの姿を目撃した。竹葉ちゃんは祀りで初めて担うことになった祭祀の役割について、冬樹くんに相談していたのだ……と説明していたけれど、あの時の二人はむしろ、口論しているように見えた。

今となって考えると、あれは島を出ようとする竹葉ちゃんを、冬樹くんが引き留めようとしていたところだったんじゃないだろうか。或いは、二人一緒に島を出ようと計画を立てていたのかも知れないし、そこで生まれたちょっとした行き違いから口論になった可能性だってある……だけど。

屋敷で昏倒《こんとう》する直前、ばったり出くわした冬樹くんが、形相を変えて口にしていた言葉の意味を考えると、やっぱり答えは一つしかないように思うのだ。

『竹葉は諦めたのに、あいつらが余計な事さえ考えなきゃ』

『竹葉が死んだのだってあいつらのせいだ』

あの言葉の意味を理解したのは、ついさっきだ。

竹葉ちゃんが諦めた、というのは恐らく「島を出る」ことだろう。本土の大学で学ぶつもりでいた竹葉ちゃんは、綾花ちゃんに相談し、大学の資料を取り寄せるほど本気でいたのに、冬樹くんから想像以上の反対を受けてすべてを諦めてしまった。

……けれど祀りが近付いたここしばらくの間で、彼女はまた考えを変えたのだ。それを冬樹くんは「あいつらのせいだ」と表現したのではないか。

竹葉ちゃんがもう一度、しかも本格的に祀りの役職を引き受けた今になって島を離れようと考えたのは、恐らく、最も島を離れることを許されない筈《はず》の美寿々さまと飛露喜くんとが、島を出る計画を立てていたから……。

全部、推測だ。なにひとつ確証はない、相変わらず。

「ここからは僕の完全なる想像です。あの日、竹葉ちゃんと冬樹くんは社の鳥居の道の横で口論になった。理由は彼女が『島を出る』ことを決めたから……冬樹くんはそれをどうしても許せなかった」

僕らが登場したことで口論は中断し、竹葉ちゃんは自宅に戻って夕方から始まる祭祀《さいし》の準備に取り掛かった。島を出る、という決意が交際相手である冬樹くんとの話し合いでどう転んだのかは分からない。いずれにしても、まずは今夜の祀りの役割を果たさなければ……と考えた彼女はその後に家を出て、決まり通り十七時に千駒神社に入ったのだろう。事前に美寿々さまと飛露喜くんの島を出る計画について見聞きしていたのなら、どのみち今夜の祀りは中止になるのではないか、と考えていた可能性もある。その場合、彼女は今度こそ両親を説得して島を出るつもりだったのかもしれない。冬樹くんの懇願を払いのけて。

　同様に帰宅し、琴師としての祀りの準備を執り行いながら、冬樹くんは竹葉ちゃんとの話し合いの結末に納得いかないものを抱えていた。だから家を抜け出し、山長家に向かったのだ。屋敷に忍び込み、庭園に飛露喜くんを呼び出して、美寿々さまと飛露喜くんの脱出計画を問いつめ……その姿を、僕と古陶里が偶然見かけたのだとしたら……。

「恐らく、飛露喜くんはかなりの長期スパンで島を出る計画を練っていた筈です。そうでなければ祀りの前夜なんてぎりぎりのタイミングで行動に移せるわけがない。冬樹くんに脱出計画がバレていると知った飛露喜くんは、すぐに部屋に戻り、必要な物を持って朝になる前に屋敷を出た。恐らくは蔵を使い、美寿々さまのいる斎宮に向かったはずです。そこで一旦《いったん》、美寿々さまと合流して策を練り直し、脱出計画の為《ため》に再びその場を離れた……。

　その頃、山長家を出た冬樹くんは、どういった経緯かは分かりませんが、千駒神社から帰宅する途中だった竹葉さんと合流した。そこで再び口論となり、何らかの形で竹葉さんが亡くなってしまった」

竹葉ちゃんの死亡推定時刻は、両親が不審を抱いて山長さんの屋敷に駆け込んだ時間帯を考慮しても、社を出てすぐのはずだ。千駒神社に向かう途中の林の中で、石を抱えるようにして亡くなっていた冬樹くんを思い出し、僕はごくりと生唾を呑む。暗がりでハッキリとは分かりにくかったけど、あの大きな石には血痕《けっこん》があったように思えた。もしかしたら……あそこが竹葉ちゃん殺害の現場であり、あの石こそが凶器だったのでは、と考えるのは邪推しすぎだろうか。

だが、石を抱え込んで亡くなっていた彼の状態はあまりにも不自然で、誰かが意図的にそうしたのではないかと考えざるを得ないのだ。

「……事故だったのだと、思いたいです。きっと揉《も》み合ううちに竹葉ちゃんが転び、頭をぶつけて亡くなった……意図的な殺人ではなく、偶然の事故だったのだと。

冬樹くんがその時、どんな心理状態であったのかは分かりませんが、ともあれ混乱した彼は、唯一事情を知る飛露喜くんのもとに向かった……つまり竹葉さんの遺体をその場において、山長家に引き返したんです。そして屋敷を出ようとしていた飛露喜くんと会い、助けを求めた」

……竹葉さんの遺体のもとに駆けつけた飛露喜くんは、そこでこの状況を利用することを思いついた。神社まで運び、自分の制服を着せて滝から落とし、まるで飛露喜くんであるかのように偽装したのだ。

　そのまま遺体が滝壺に沈むのであればそれでも良いし、バレても問題はない。飛露喜くんはただ、美寿々さまと島を出るための時間稼ぎをしたかったのだろう。もっとも恐れていた相手……父である山長さんに気付かれ、計画を阻止されないように。

　竹葉ちゃんの死に（それが自分の手によるものだったとしても）愕然《がくぜん》としていた冬樹くんは、その時は彼に従いはしたものの、後になって彼女の遺体を「利用した」飛露喜くんに対し、激しい怒りを抱いたはずだ。

「それは変じゃないですか？　だって神社から竹葉さんを落とすなんて……松尾さんに気付かれずに、そんなことできるはずない」

　思いがけず声を上げたのは、渚ちゃんだった。それまで静かに僕らの会話を聞いていた筈の彼女は、綾花ちゃんと同じくらい真っ青な顔で僕に言う。

「もし気付いていたのなら、松尾さんは絶対に私たちにも教えてくれただろうし……」

「松尾さんはあえて黙ってたんじゃないかな。というより、そもそも美寿々さまと飛露喜くんの脱出計画に加担していた可能性もある」

「……知ってて協力してた……っていうことですか……？」

「私が、松尾ユリだから？」

　かすれ声で呟《つぶや》く渚ちゃんに、まるでそれを肯定するかのように、今度は彼女が言った。

　これまで、千駒美寿々という名で生き続けていた「少女」が。

「松尾夫妻は私の世話役ではなく、実の両親だった。だから協力したと？　千駒神社を守り続けた宮司でありながら」

「……そうです。これこそが、僕らが貴女を『松尾ユリ』ではないかと推理した理由のひとつです。そして世志月先生に手紙を出し、僕らがこの島に来るきっかけを作ったのも……」

「何をしとる、お前ら！」

その時だった。

破裂しそうなほど激しく鋭い声に、僕らははっと息を呑んで振り返る。

湖の前、滝壺側から現れた人物が、そこにいた。憤怒《ふんぬ》の表情を浮かべて僕らを睨み付けている……それは千駒島と巫女を守り、補佐し続けていた山長さんだった。

5

「妙に支度が遅いと思って見に来たら……なんであんたらはこんなところにおる？　若水さんに何としても屋敷の外に出さんよう言い含めとったものを……あんたがたは、ここがどれだけ神聖な場か、今夜の祭祀がいかに重要か、まだわかっとらんのか！」

ああ、これはヤバいぞ。と僕は思った。恐らくは古陶里も先生も瑚大朗さんも同じ思いだったろう。

山長さんの形相は憤怒に歪み、鬼神のようにすら見えた。ぎょろりとした目は見開かれ、額には青筋が立っている。真っ赤になった顔は怒りを通り越し、もはや狂人のようにすら見えた。

　いや。そもそもこの人は最初からおかしかったのだ。表面上は人の良さを出しつつも、時折、こちらがぞっとするような視線を向ける時があった。若水さんに「言い含めた」という言葉にも狂気を感じたし、食事の後、異様な眠気に襲われて眠り込んだ理由もそこにあるのではないかと思い当たる。

　すべては祀りを執り行うために。

「よくも、よくも、祀りを……」

「中止してください」

　僕は言った。山長さんが「神聖な祀りが穢《けが》された」とハッキリ口にするより先に。

「このまま祀りを中止に……いくら今年の祭祀が特別なものだからって、さすがに……」

　山長さんが血走った眼を僕に向ける。思わず息を呑んだけど、ここで引く訳にはいかなかった。

「竹葉ちゃんも、飛露喜くんも亡くなって、それに」

「……冬樹も死んだそうだな。しかし、それがどうした」

　言葉に、ひっと悲鳴を飲み込む音がして、見ると真っ青になった綾花ちゃんと美寿々さまの顔があった。特に美寿々さまからは、表情が消えている。

「わしが知らんとでも思うたか。むしろ何であんたらが知っとるのかが不思議だがな、篠峯がわしの所に来たのはつい今しがたなのに」

「篠峯さんが？」

「ああ。娘を殺したのは冬樹だと、血眼になって島中を探し回っとったところを、たまたま林の中に人がもみ合ったような形跡を見つけ、そこに血痕の付いた石が不自然に転がっとったと……ここは娘が殺された場所に違いない、と思うとるところに冬樹が現れたそうだ。それで竹葉のことを問いつめたら、自分が殺したことを認めたもんで、許せんかったと」

「……自分が殺したと、そう言ったんですか？　篠峯さんが」

偶然見つけてしまった冬樹くんの遺体の状況と、最後に見た篠峯さんの姿を思い出す。

奥さんを屋敷に置いたまま姿を消した篠峯さんは、その後、先生と瑚大朗さん、そして島の人達がどれだけ探しても見つからなかったと聞いていた。そして冬樹くんもまた、山長家で僕らと会った直後に姿を消し……竹葉ちゃんが亡くなった現場で篠峯さんと邂逅《かいこう》したのか。

『あの時と同じ……頭の傷、おんなじ死に方をしとる……』

そう言っていた篠峯さんは、竹葉ちゃんの遺体を前に、かつて社で亡くなった少女の事を思い出したのだろうか。磐座《いわくら》で頭をぶつけて亡くなった美寿々さまを。

……彼は一体どんな思いで、血痕の付いた石を冬樹くんに抱かせたのだろう。

「篠峯さんは、今、どこに」

「血の付いた格好のまま来たんでな、若水さんに言うて身《み》綺《ぎ》麗《れい》にしてもらっとる。まったく、神事の前に面倒事ばかり起こしおって」

面倒事？　その言葉に、僕は愕然とする。

幼少期の松尾ユリさんにより美寿々さまが事故死し、冬樹くんが竹葉ちゃんを、またその原因を作ったと飛露喜くんまで手にかけ、更に篠峯さんは娘の仇だと冬樹くんを殺した。

ドミノ倒しのように起きた死は、いずれも起きるはずのないものだった。祭祀さえなければ、未来ある若者たちは島を出て自由に生きることができたのだ。それを面倒事だと？

「よそ者には分からん。祀りがあるからこそ、この島は生きとるんだ。それに飛露喜よ」

「僕らは屋敷に運ばれた棺の中を確認しました。飛露喜くんのご遺体を」

山長さんは飛露喜くんが死んだことを知らない。そう判断して、僕は言った。

「滝壺に浮かんでいた遺体を回収したというのは嘘ですよね？　何故なら彼の遺体は乾いていたし、滝に浮かんでいたとは到底思えなかった。だけど、貴方達が祀りの支度をするためにここに集まっている間に、飛露喜くんは殺され、本当に棺の中に入れられたんです。それでも祀りを続けると？」

これだけは言いたくなかった。少なくとも、飛露喜くんは死んだふりをしていて、本当はまだ生きているのだと信じているはずの美寿々さま……彼女の前では。

けれどこんなふうに言えば、山長さんの気持ちにも少しは変化があるんじゃないか？

そんな期待を抱き、僕はその切り札とも言うべき真実を山長さんに突き付けた。けれど。

「……だから何だ？　殺されるとは、我が息子ながら阿呆《あほう》なやつめ」

山長さんはそう言って、ひどく陰鬱《いんうつ》な目で美寿々さまを見ただけだった。

「罰が当たったな。千駒の巫女を連れて島を抜け出すなんぞという恐ろしい企てをしおって、これで美寿々さまも諦《あきら》めがついただろう」

「知って……」

美寿々さまが、短く、それだけを言う。山長さんはふんと鼻で笑って「島で起きとることで、わしの知らんことはない」と言い放った。

「祀りの時期に、あんたらよそ者が島に来ることを許可した時点でおかしいとは思うとったがな。どのみち見逃すつもりはなかったし、万が一の時はわしの手で息子を止めるつもりだった。しかし、その前に殺されるとは。どうせ冬樹の仕業だろう、祀りの為にも飛露喜の遺体を回収したことにしろと口裏合わせを頼んだ時も、不満そうだったからな。自分が竹葉を殺したのも、あの二人に感化されて竹葉が島を出ようとしたせいだと逆恨みしおって」

「全部……知ってたんですか。竹葉ちゃんが殺されたこと、飛露喜くんと美寿々さまが島を出るつもりでいたこと、全部……」

「なるほど。実の息子が死んだというのに、露ほども動揺しないのはそのためか」

古陶里の呟きに、僕は束《つか》の間《ま》、眩暈《めまい》を覚えてくらりとした。

飛露喜くんの死についてそこまでの反応がないのは、実際に確認したわけじゃないから、実感が薄いせいだと思っていた。それにしても彼の死について語るその口調はあざけりに満ちていて、とてもじゃないけど実の息子の話をしているようには見えなかったのだけれど……つまりはそういうことか。

山長さんは飛露喜くん達の思いや計画のすべてを把握したうえで、祀りを優先させたのだ。

「飛露喜が島を出るために色んなものを準備しとることは分かっとったから、こちらも手は打っておいた。本土に渡ってもそこから出られんように連絡もしておる。それを本気で島を出られると思っとったのだから、我が息子ながら間抜けなやつよ……どのみち美寿々さまの力でやり直しをさせねば使えんかったわ」

「やり、直し……？」

「ああ、そうだ。祀りを阻止し、巫女を連れ出そうとする出来損ないは、一度壊して作り直さんことにはな。美寿々さまがいらっしゃれば幾らでも黄泉返らせることができる。新しい器となる人間を探して魂を戻し、今度こそ山長家の嫡男として正しく教育すれば、この島を守り、秘儀を受け継ぐ者になるはずだ」

「貴方は自分が何を言っているのか分かってるんですか？　壊して作り直すって、人を何だと」

僕らはもはや言葉もない。その分も引き受けたように激昂《げきこう》する瑚大朗さんに、山長さんは薄く笑って、

「和沢さん、あんたも民俗学の准教授のもとでいろんなものを見て来たから分かるだろう。ましてや島の秘儀が何であるのか承知しているなら……推察通り、亡くなった人間を悼《いた》み、取り戻そうとする人々の最後の希望が美寿々さまだ。この島は、神に選ばれた特別な聖域。だからこそ決して千駒の血を絶やしてはならず、美寿々さまを消してはならんのだ」

　僕らはごくりと生唾を呑む。

　それは狂気だった。呪殺島である所以《ゆえん》の「領主の呪術」は、人の命を犠牲にした忌《い》まわしいものでありながらも、決して絶えることなく今なお続いている。業を負い、穢れを負いながらも、人々は千駒一族の呪術を必要としているのだ。

　この島はまさに、呪法を求め、信奉する人々によって成り立っている。そして山長さんもまた、美寿々さまという存在を絶対的なものとし、誰より崇拝している……。

「祀りを中止することはできん。島の人間は先代の巫女の死から今日まで新しい贄《にえ》となる体を用意して待っとったんだ。亡くなった人間を呼び戻せる、この秘儀のために島を守り続けていた者たちが、たったこれだけのことで祀りを中止にしようなどと思う筈がない。どのみち飛露喜だけではない、竹葉も冬樹も、美寿々さまの力があればいくらでも黄泉返らせることができるのだからな……なに、これは久方ぶりに美寿々さまを地上に呼び戻す前に起きた些《さ》末事《まつじ》、特別な儀式の前には、このようなことがよう起こるもの」

　怒りで真っ赤になった顔に不気味な笑みを浮かべて、山長さんは美寿々さまを見た。

「さ、美寿々さま。島の皆が待っとるのです、禊が済んだら能舞台へ。この者たちの処分は後で考えることにして、今夜はまず、儀式を終えねば」

「……飛露喜は」

その時、不意に、美寿々さまが……松尾ユリが、言った。

「本当に、死んだの？　ほんとうに？　飛露喜が死んで……それでもまだ、儀式を続けなければならないのね。こんな愚かな……呪われた儀式を」

決して大きい訳じゃない。それなのに彼女の声は、空気を震わせながらまっすぐ僕らの耳に届いた。

怒りでも、悲しみでも、呆《あき》れでも、諦念《ていねん》でもない。

すべての感情を内包していながら、どんな感情も匂《にお》わせない、言葉だけが形をもって僕らに向けられたような……そんな響きで。

もし本当に彼女が神の声を聴く美寿々さまであり、そして長らく島に伝わってきた「美寿々さまの受け皿」ではなく、真実、彼女自身が神であったのなら……そう思わせるほどの強さをもって。彼女はただ、遥《はる》か高みからこの世のすべてを見下ろし、人の無力さと愚かしさをただ眺めているかのような静かさで、言った。

「島で生きてきた領主の血統、千駒の血を継ぎ、島を守り続けざるを得なかった者たちの子孫が命を落とした後でも……よそ者の願いをかなえるためだけに……」

「よそ者のためではない！　これは島のため、島の存続のためなのだ。過疎化《かそか》が進むよその島々のように、この千駒島まで滅びて良いわけがない。この島は神の島、神の加護を得て人の命をすら操ることができる特別な島。現世にまで繋いだこの奇跡の力を、途絶えさせるわけにはいかん」

山長さんはすでに正気を失っているように見えた。狂信、と言っても過言ではない瞳の輝きの中に、巫女装束のユリさんの姿が映る。巫女と呼ばれ続けた彼女と向き合いながら、それでも山長さんは、別の何かをその目に映しているようだった。

「美寿々さまの力は簡単に与えられたものではない。千駒の血が長らく神に祈り続け、犠牲を払い続けてようやく得た神の奇跡……呪《のろ》いなどという愚言によって島に封じられたが、そのお陰で今なお消えることなくこの世にあり続けている。それを一人や二人の人間の死で失わせるだと？　そんなことができるはずがない……一度失われたら、もう二度と人の手に戻っては来ん力だぞ!?」

「そんなのいらない」

そう、震える声で反論したのは、巫女の名を背負い続けた少女ではなく。

彼女の背後で、斎宮の柱に身体《からだ》を添わせるようにして立ちながら、それまで怯《おび》えた表情で話を聞いていた綾花ちゃんだった。

「いらない、いらないの！　大切な人を亡くして悲しいのは、綾花だって同じだよ？　なのにみんな死んで……竹葉も、冬樹も、飛露喜まで死んで……他の誰かを犠牲にしてまで……なんで知らない人を黄泉返《よみがえ》らせるの？　そんなことより、綾花は周りの人達を大切にしたいよ、それが普通でしょ!?」

「なにを愚かなことを」

「……愚か？　綾花の言葉のどこが？　大切な人を失い、その苦しみを知りながらもなお、犠牲を伴う黄泉返りを続けようとすることこそ愚かだわ」

　今度はユリさんがそう言って、巫女装束をふわりと揺らしながら、一歩ずつ、斎宮の階段を下る。

「本当は皆、気付いているはずよ。この祭祀の不自然さに。誰かを犠牲にして誰かを取り戻すおかしさに。人はいつか死ぬし、命はどこかで尽きるもの。どれだけ会いたくても、やり直したくても、それができないからこそ、人は後悔のないように生きるのよ。竹葉が本土の大学で学びたいと言っていたように……冬樹が竹葉を想っていたように……神の奇跡より、自然の営みこそが尊いはずなのに」

「何を訳の分からんことを。巫女であるお前がそんな情けないことを言うようでは困る……自然の営み？　愚かな、終わりのあるものに価値などない。千駒の呪術を用いれば、死は終わりではないのだ」

「そうね。貴方《あなた》はずっと、そうやって私達に信じさせてきた。それが正しいのだと、他の道などないのだと……罪の意識でがんじがらめにして。きっと私も飛露喜に救われなければ、そう思い込んでいたわ。自分自身の人生を歩むことは間違いではないのだと……島の外で生きる道もあるのだと、気付くこともできないまま……きっと」

　呟き、けれどその続きを言葉にすることなく、彼女は振り向いた。山長さんではなく、僕らに向かって、その虚《うつ》ろな眼差《まなざ》しを細めるようにして微笑《ほほえ》んだ。

「貴方達の言った通りよ。これが千駒島の、本当の姿」

「……ユリさん」

「この島は呪殺島だと言っていたわよね。ええ、確かにそう。人を黄泉返らせるために人を殺すなんて……訳の分からないものの力を借りて死者の魂をこの世につなぎとめるなんて、初めからおかしかったの。美寿々さまだってそう、千駒家の血を継ぐ人間を犠牲にして神様を降ろして、それで秘儀を守り続けるなんて……なのにこの島では、誰もがそれを言葉にできなかった。当たり前のことだと言い含められ、信じさせられ、皆がおかしなこの島の呪いから逃げられなかった……そう。やっと分かったの。あの時見た、黒い手は」

黒い手。

その言葉に違和感を抱くより早く、不意に美寿々さまが斎宮の階段を駆け下り、僕らを突き飛ばすようにして走り出した。山長家への隠し通路に向かうのかと思いきや、彼女の足は何故か、まっすぐ滝壺の方向に向かっていく。

自分に向かって来た美寿々さまに、山長さんが束の間ぎょっとしたように身を竦《すく》めたけれど、彼女はその横をすり抜けるようにして瞬《また》く間に走り去った。

一瞬だけ呆然《ぼうぜん》として、すぐに僕らは我に返る。

何かがおかしい。どうしてか、彼女を止めなくては、という焦《あせ》りが僕らを包み込む。

そして、それは皆も同じだったんだろう。僕が彼女を追って走り出すと、後から古陶里や先生たちも続いてきた。山長さんも、当然ながら僕らの事なんて構わずに並んで美寿々さまの後を追う。

　素足の美寿々さまの足取りは、足場も悪いのになぜか軽やかだった。長い黒髪が風に乗って舞い、巫女装束がふわふわと広がってたなびく姿が、まるで地上の穢れから逃れようとする天女のように見えた。それは、どこか……。

　この世の人ではないような、そんな儚《はかな》さすらあって。すぐに追いつくと思ったのに、彼女との差はなかなか縮まらない。その後ろ姿はむしろ、どんどん遠ざかって行く。

　そして、角を曲がったところで視界が一気に開けた。そこにあったのは、屋根のついた美しい木製の能舞台……恐らくは、巫女が儀式を行う場所だった。かがり火に囲まれたその舞台の周りには、島中の人達が集まって息を潜めている。恐らく、巫女の到着を待っているのだろう。

「美寿々さまだ」

「案内役はどうした？　何故いない」

　異変に気付いた島人達が、それまでの沈黙を破ってざわざわと騒ぎ始める。本来であれば神聖なる儀式を前に口を開く事すら許されないだろうに、髪を振り乱し、装束をたなびかせながら走ってくる巫女の姿にさすがに違和感を覚えたようだ。誰もがその様子を不審がり、しっ、と窘《たしな》める声もあったものの、ざわめきはすぐに広がっていく。

「美寿々さま！」

　駆け寄ろうとした山長さんの手をふわりとかわし、美寿々さまが跳ねるようにして能舞台に駆け上がる。そのまま、荒い息の下で、彼女は言った。

「私は巫女にはならない」

　それは、まるで神託のように洞窟《どうくつ》の中に響き渡った。

「……あんなふうに誰かを犠牲にして、人の魂を呼び戻したりはしない、絶対に！

　貴方たちが大切な人を呼び戻したいと思うように、受け皿になる身体にだって、生きる権利が、意思がある。魂を降ろすために押し出される魂も、等しく同じ命のはずでしょう？　それを知った上で儀式を必要としているのなら、ここにいる人間は皆、罪人よ。

　こんなものは神事でも、神聖な祀りでもない……人の命を犠牲にして成り立つ儀式なんて存在しちゃいけない。誰も……私だって……死してなお安らぎを得られない終わりを迎えるなんて、絶対に嫌……!!」

「誰か、美寿々さまをお止めしろ！」

　山長さんが叫び、呆然としていた島人たちの中から体格の良い男が複数人、能舞台に上がって行く。けれどそれより先に、美寿々さまは舞台の端に並ぶ松明《たいまつ》に手を伸ばした。途端に……巫女装束にぱっと炎が燃え移る。

　きゃああ、と誰かが悲鳴を上げ、それでも美寿々さまは構わずに松明の分け木を掴《つか》んで振り上げた。自分に燃え移る火に頓着《とんちゃく》せず、彼女はそのまま能舞台のあちこちに火を移していく……炎に包まれながら、まるで舞台の上でくるくると弧を描くように。

炎から逃れるようにも、痛みと熱さによる苦しみから逃れるようにも見えるそれは、どこか美しい舞、そして断末魔のもがきにも似て。

……その瞬間、僕は見た。

かがり火に囲まれ、ゆるやかに、優雅に舞う巫女の姿を。

ここにいるのは松尾ユリのはずなのに、その瞬間見えたのは、優雅に舞い踊る巫女だった。炎に包まれた美寿々さまの姿ではなく、ただ、静謐《せいひつ》さを湛《たた》えた、美しい舞を見せる巫女装束の女性の姿だけが、能舞台の上をかろやかに移動する。

けれどその身体は人形のように生気がなく、祈りなのか、あるいはただの舞いなのかかすら分からない踊りののち、空虚な眼差しを僕に向けた。

僕は息を呑む。視線が合ったその時、巫女の背後から無数の手が伸び、まるで雁字《がんじ》搦《がら》めにするようにその身体を捕えたのだ。白い巫女装束に染《し》みのように食らいついた黒い手は、そのまま巫女を包み込み、黒い闇《やみ》の中に引きずり込んでいく。

……それは、もしかしたら能舞台に染み付いた記憶だったのかもしれない。

何代も続く恐ろしい、巫女という名の「生贄」……美寿々さまという魂を宿すために犠牲になった女性たちの末期《まつご》の姿の。

次の瞬間、幻影は炎に包まれた美寿々さまとなり、燃える能舞台の上に集まった島人たちが、彼女と能舞台に広がる火を懸命に消そうとする姿に差し替わった。そばにいる僕らですら熱く感じられるほどに燃え広がった炎は辺りを包み込み、その中心で、のたうつように倒れ込む小さな姿が見える。

「なんという……」

「美寿々さまは無事か」

「夫を……私の夫を黄泉返らせてくれるんじゃなかったの⁉　どうして……！」

能舞台からほど近い場所で、ぐったりした子供を抱きかかえた女性が叫び、それに振り返った時、僕はようやく「器」になると覚しき気を失った数名の姿と、それから魂の抜けたような顔で立ち尽くす松尾夫妻に気付いた。

その眼差しは、炎上する能舞台の上で燃え続ける娘の姿を、ただ静かに凝視していた。

終章

人生にはいくつもの選択肢があるという。

そのどちらを選ぶかで未来は変わり、そこから分岐する道も変化する。人は意識するしないにかかわらず、常に何かを選択し、結果「今」に至っている。

……最初にその話を聞いた時、本当にそうなんだろうか、と疑問に思った。確かに人は常に選択を迫られる生き物だけど、結局のところ、行きつく場所は決まっていて……どれだけ違う道を選んだのだとしても、ゴールは同じ場所なんじゃないか、って。

すなわちそれは、運命。

昔、児童養護施設で行われた上映会で、恋人を失った男性がタイムマシンを使って過去に戻る、という筋書きの映画を観《み》たことがあった。男は何度となく恋人を助けるけど、結局のところ彼女は別の形で命を落とす。つまり、恋人が死ぬ、という未来は変えようがないというオチだ。

無数の選択肢によって未来が変わる……なんて漠然とした説より、僕にはその映画の結末の方がピンときた。運命は決まっている。そこに至るまでの道が変わっても、最期《さいご》は同じなのだという考え方が、僕のそれまでの人生にも合致していたから。

変えようのない未来のためにあがくなんて意味がない。

真白が死んだ時も、そんな思いが消えなかった。大切な友達が亡《な》くなったのに、こいつがここで死ぬのは運命だったんじゃないだろうか、なんて、どこか冷めた気持ちがあった。

赤江島で記憶を失い、沢山の死を目《ま》の当たりにした時だって、もしかしたら僕はそんなふうに納得していたのかもしれない。すべては、運命なのだと。

……だけど。この千駒島で起きた出来事は、命を落とした若者たちは、本当に「運命」に従って亡くなったのだろうか。

だとしたら。

神様は随分と意地悪で残酷だ。

「千駒島で行われている秘儀は、古神道に伝わる『鎮魂帰神の儀礼』がもととなっている、というのは何度か話したね。そもそも鎮魂帰神とは、魂を鎮《しず》め、神憑《かみがか》りを行うことを意味していて、『古事記』には、伊邪那岐の命が首飾りに自らの霊魂の一部を付着させて娘である天照大御神《あまてらすおおみかみ》に授け、天の神々のおわす高天原《たかまがはら》の主《あるじ》として定めた、という一文があって、これも鎮魂帰神の儀礼の一例だと言われている。人の身体《からだ》や自然界に存在するものに魂や神を宿らせ、同時に自らの魂が離れ散るのを防ぐ、これを同時に行うのが通常の儀式になるわけだ」

神を我が身に降ろすということは、ひとつの器（身体）にふたつの魂を引き入れることを意味し、だからこそ自らの魂が押し出されて消えてしまうことを防ぐ必要がある。

と、積もり積もった資料やレポートやファイルの束を強引に横に寄せただけの雑然とした研究室の一角で、先生は僕らに、簡潔にそう説明してくれた。

「神の魂をその身に宿らせる帰神法は、その危険性から現在でもほとんど執り行われていない……だが、千駒島の秘儀はこの真逆の発想で受け継がれていた。つまり、」

「神様を自分の中に引き入れて、代わりに自分の魂が身体から離れるようにした。それが美寿々さまの正体だったわけですね」

　神道、古神道には詳しくないし、鎮魂帰神の儀礼と聞いても巫女《みこ》が神様の声を聞いたり死者の魂を自分に取り憑《つ》かせたりする、という印象しかなかったけど、さすがに島で見聞きしたものと、先生の説明を聞けばおおよその推測はつく。

　島に恵みをもたらし続けてきた美寿々さま。千駒島の人々は、美寿々さまが知恵や知識を授けるだけではなく、死者を蘇《よみがえ》らせる秘術を持っていたことから、それにすがったのだ。

　けれど死者の魂を呼び寄せても、肉体は既に滅んでいる。

　だからこそ美寿々さま……千駒島の巫女たちは、いずれも生きた人間の身体を使って「魂《たま》よばい」を行った。死者を蘇らせるために生きた人間を犠牲にし、結果、積もり積もった犠牲者の恨みの念、その業《ごう》が、呪《のろ》いとなって千駒家にふりかかっていたのだ。

「呪詛《じゅそ》とは人を呪い殺すものであったり、他者を不幸にするものである。けれど千駒島の呪術は生と死を併せ呑《の》む秘儀だったが故《ゆえ》に、人々に厭《いと》われながらも望まれ、美寿々さまの力を必要とした者たちが島に集まった。呪殺島でありながら……呪われた領主の血が途絶えないように、人々は必死になって守り続けてきたわけだね」

いつもは能天気なくらいあっけらかんとしていて、島の歴史や秘儀について好奇心を隠そうとしなかった先生の表情は、けれど思った以上に暗く沈んでいる。眼鏡の光が反射して感情を覗《のぞ》かせる瞳《ひとみ》の色は見えなかったものの、それでも雰囲気は十分に伝わってきた。

だが、それも当然の事だったろう。何故《なぜ》なら僕らは当事者として、あの島の秘儀を、その一部を目《ま》の当たりにしてしまったのだから。

……僕らが「千駒島」を離れてから、はや一ヶ月が経過しようとしていた。

*****

あの日。

飛露喜くん、そして冬樹くんの遺体が相次いで発見され、そして千駒島に伝わる秘儀がいよいよ執り行われようとしたその直後に起きた悲劇は、今なお僕らの眼裏《まなうら》に鮮明に残っている。

千駒家の直系である少女が事故死し、代わりに巫女の後を継ぐことになった縁戚の少女……松尾ユリは、秘儀を待ち望んで集まった島人たちの目の前で、自らの身体と檜舞台《ひのきぶたい》に火をつけた。十八になり、自らの身体を『美寿々さま』に乗っ取られる事を恐れて……そして飛露喜くんと抱いていた「島を出て自由に暮らす」という希望を打ち砕かれて、松尾ユリとしての死を選んだのだ。

僕らには何もできなかった。瞬《またた》く間に燃え広がった炎は彼女の身体を包み込み、当初、火を消そうと躍起になっていた島人達も、やがては炎の勢いに負けてその場を逃げ出した。滝壺《たきつぼ》のそばでありながら、なぜあれほど炎が燃え広がり、辺りを焦《こ》がすほどの勢いですべてを飲み込んだのか……今にして思えば、そこには何か別の力が働いていたのかと思えるほどに不自然な状況だった。

山長さんは最後まで能舞台から離れようとはしなかったけど、その場の混乱のお陰で僕らは何とか逃げ出すことに成功した。滝の表側に出るのではなく、洞窟《どうくつ》を通って山長家に戻り、そこから車で港に出たのだ。

幸い、僕らには手引きしてくれた協力者がいた。

それは目の前で起きた惨劇に、当初は身動きすら出来ずにいた綾花ちゃんだ。

先生の運転で港まで到着した僕らは、山長さんや島人達が追いかけてくるのを恐れてすぐにでも本土に戻ろうとした。秘儀が終わるまで島に船は訪れないが、それは迎えを待つ場合であって、こちらから島を出るのであれば問題ない筈《はず》だったからだ。

『私、船舶免許はないけど船の操縦できます』

島で生まれ育った綾花ちゃんは、他の子供達同様、たびたび漁船に乗せてもらった事があったらしく、そう言って繋《つな》いであった船の一隻《いっせき》に乗り込んだ。

『この船、知り合いのものです。私が操縦します、だから』

一緒に連れて行って。

涙でぐしゃぐしゃになった顔で言った綾花ちゃんの懇願を、僕らは受け入れた。受け入れざるを得なかった。

そうして危険な夜の航海を終えて本土の港に到着し……元旦《がんたん》早々、何とか交通機関を乗り継いで東京に戻って来た、というのが島を脱出した経緯である。

……思えば僕らは本当に運が良かったんだと思う。あんな状況でなければ山長さんは絶対に僕らを島から出さなかっただろうし、仮に港までたどり着いても、綾花ちゃんがいなければ港で船の操縦の出来る人を探す必要があったからだ。そうなれば時間もかかるし、山長さんに引き留められる可能性も高かっただろう。すんなり本土に戻れたけど、あと一瞬、どこかで躊躇《ためら》ったり間違ったりしていたら、きっと島から出られなかった筈だ。

ほとんど眠らず東京に戻った僕らはすぐに警察に駆け込み、島で起きた出来事を洗いざらい説明した。当初はまともに話を聞いてもらえなかったけど、島の人間である綾花ちゃんの詳しい事情説明を経てようやく動いてくれることになり……島で起きた惨劇が明るみに出るまでに、そう時間はかからなかった。

『第二の呪殺島の悲劇』

『土着の神を崇《あが》めたカルト集団による殺人事件』

『古来より受け継がれた血塗られた祀《まつ》り』

事件の一部始終はワイドショーや週刊誌、新聞で大げさに取り上げられた。したり顔のコメンテーターや専門家が様々な考察を口にし、当然のように去年の夏の「赤江島」殺人事件との関連性について特集するマスコミもあったことから、千駒島で起きた数々の出来事は、赤江島に続くセンセーショナルな事件として扱われたのだ。

とはいえ、捜査の手が入った千駒島の島人達は未《いま》だに口裏を合わせ、若者たちが次々と命を落とした事件と秘儀との関連性を否定している。事情聴取の内容をそのまま聞いたわけじゃないけど、皮肉にもマスコミの取材から得た情報の断片から、今回の事件の真相は過疎化《かそか》の進む島の因習、都会に出たいと願う高校生たちが私情のもつれで争い、殺し合ったものだと結論づけられたことを僕らは後から知った。そして、最終的に殺人犯として逮捕されたのは竹葉ちゃんのお父さんだけだった、ということも。その彼も、動機や犯行について黙秘を続けていると言う。

山長さんは島の代表として事件について語ったものの、当然ながら「島の秘儀」に一切触れることはなかった。マスコミは様々な断片から「呪殺島」というワードを探り当てたけど、島ぐるみで真相を隠蔽《いんぺい》しようとしているのだとしたら、今後の捜査の進展には期待できないだろう。島の祭祀を廃止させることも難しいという。

……かつて美寿々さまの魂を降ろし、巫女になる筈だった千駒家の直系の少女が、不慮の事故で命を落とした時のように。

「山長さんはきっと、島を守るために巫女の血統を何とかして用意するはず。これまでそうしてきたみたいに……千駒の遠縁の子はまだ何人かいるし、島に集まった人達も、死者の黄泉返《よみがえ》りを望んで千駒島に留まり続けてるんだもん、あそこはこの先も、何も変わらない。おんなじことを繰り返していく……」

　入口に「世志月伊読」のプレートのついた研究室。

　相変わらず資料とファイルと何が入っているのか良く分からないビニール袋なんかがあちこちに転がる狭苦しい室内で、先生と向き合う形で座る僕らのソファの横、隅っこに座った綾花ちゃんが、揃《そろ》えた膝《ひざ》に乗せた両手をぎゅっと拳《こぶし》にする。

「竹葉も、飛露喜も、冬樹も……ユリも死んだ。みんな、もうどこにもいない。だけど綾花は皆を黄泉返《よみがえ》らせたいとは思わない。誰かを犠牲にしてまで、この世に呼び戻そうなんて絶対に、絶対に……思わない」

　あの時、死者の魂を降ろす器になるはずだった子供は、養子縁組の話も立ち消えとなって養護施設に戻されたと聞いた。少なくともその子や他の数名は犠牲にならずに済んだのだ。だけど、だからと言って千駒島の秘儀が消えてなくなったわけじゃない。マスコミも警察も、今回の事件について色んな方向から調査を続けてはいるし、もしかしたら今後、驚くほど真相に近い部分にまで近づける人がいるかもしれないけれど……生きた人間の身体に死人の魂を降ろす、なんてオカルトな秘儀の存在については懐疑的だし、そんな話をまともに信じる人間がいるとは思えない。普通なら。

だけど、もし失われた大切な命を取り戻したい、と願う人間があの島のことを知ったらどうなるだろう？

二度と会えなくなってしまった人が再び目の前に現れるのだと……それを叶《かな》えてくれる秘儀があるのだという現実に、誘惑に、果たして逆らえるものだろうか？

千駒島は滅びない。呪殺島として、数多くの命を犠牲にしてまでも、美寿々さまの秘儀は受け継がれ、外部の人間のあずかり知らぬところでおぞましい儀式を繰り返し続ける。そして、それを止める術《すべ》を、僕らは持たない。あの時見た……あの、巫女の身体をどこかに引きずり込もうとするような無数の黒い手……あれはやっぱり僕の勝手な推測通り、そして巫女の最後の「死してなお安らぎを得られない終わり」という言葉通り……千駒家にこびりついた穢《けが》れの一部だったのか、或《ある》いはこれまでに犠牲になった人々の念が形になったものだったのか。それは分からないけれど、千駒家に降りかかる呪詛そのものは消えていないのだから。

……それでも。

すべての真実が有耶無耶《うやむや》にされたわけではないのだ。少なくとも、あの島で秘儀を手伝い、一生を終えるはずだった綾花ちゃんは今、ここにいる。二度と島には戻らないという固い決意を持って。

「悪かったね、真白くん、古陶里ちゃん。とんでもないことに巻き込んで」

しおらしくそう言った先生は、相変わらず身を縮こまらせるようにしてソファに座る綾花ちゃんを見る。

「それに……結果的には私たちが島に行くことで、綾花ちゃんに色んなものを捨てさせることになっちゃったよね。それについても私、ものすごく反省してるよ」

「反省なんてする必要ありません。綾花は自分で選んでここにいるんだもん」

　胸を張って、綾花ちゃんは言う。

「地元の高校は卒業できないけど、先生の家にお世話になってる間に今後のことをちゃんと考えて……ゆっくり考えれば良いんだよって久保田さんも言ってくれたから、綾花、ほんとにすっごく感謝してるよ」

　久保田さん。綾花ちゃんの口から出たその不吉な名前に、僕と古陶里は思わず顔を見合わせる。

　久保田女史……というのは、大手出版社の社員として勤め、以前は呪殺島のひとつ、赤江島の呪われた呪術者の末裔《まつえい》として命を落とした、赤江神楽の担当編集をしていた女性だ。彼女は去年の夏、僕らと一緒に赤江島で起きた数々の殺人事件に深く関わった人物でもある。

　前回の事件の際、天然を装《よそお》いながらも赤江島の因縁を誰より理解していた彼女は、実は自身も呪殺島の生まれであることを語り、僕らを仰天させた。飄々《ひょうひょう》としながらもまとわりつくような嫌な印象を与える人だったので、正直、僕も古陶里もあまり好感を抱いてはいない。

　だから赤江島での事件の後、特に連絡を取っておらず、もう二度と関わることもないだろうと思っていたんだけど……。

「まさか……久保田さんと世志月先生が繋がっていたとは……」

「繋がってたって言い方はアレじゃないかい？　そのお陰で綾花ちゃんのバイトも決まったわけだし、ここは歓迎すべき部分だと思うんだけども」

そうなのだ。

島を出て東京に来た綾花ちゃんには身寄りがなく、普通ではない事情で家を出ている彼女の今後については僕らも随分と悩んだ。とはいえ僕と古陶里はただの学生で何ができるわけでもなく、結果的に彼女のために動いてくれたのは世志月先生だった。稲波の実家と綾花ちゃんとの間に入り、何とか彼女が東京で暮らせるように説得してくれたのだと言う。

どういうやりとりがあったのかは教えてくれなかったんだけど、取引めいた言葉も口にしていたから、結構ダークな駆け引きがあったんじゃないのかなぁ。今も渚ちゃんたちのような、島に残された子供たちも救えないかと動いているらしいと聞いている。

そしてこれらの努力が実を結び、綾花ちゃんは実家で一人暮らししていた先生のもとに身を寄せることとなり……とまあ、そこまでは良い。問題は久保田女史だ。

実は先生と久保田女史は以前から親交があったそうで、考えてみれば呪殺島出身かつ赤江島の事件に関わっていた人なんだから、先生と繋がっていたとしてもおかしくはないのだった。そこで今回の事件のことを知った彼女は、綾花ちゃんが出版社の臨時バイトとして働けるよう口をきいてくれたらしい。

身一つで逃げてきた綾花ちゃんには渡りに船、おまけに相手は呪殺島の生まれという似通った境遇にある久保田女史ということで、話はとんとん拍子に進み……今やすっかり先生と久保田女史とが、綾花ちゃんの身元引受人の立ち位置におさまっている。

と、そんな話をしていた時、

「あれ？　来たかな？」

研究室のドアをノックする音が響き、僕らは一斉に顔を上げた。ほどなくして、僕らの前にはグレーのパンツスーツ姿にダウンをまとった久保田女史が現れる。

久々に会った彼女は、やっぱり飄々としていて得体のしれない雰囲気をまとっていた。外は相当寒いのか、トレードマークの眼鏡は温度差で白く曇り、鼻も真っ赤になっている。

暖かな研究室の空気に触れて、ほんの少しだけほっと口元をほころばせた久保田女史は、鼻をすすりながら僕らににっこり笑顔を向けてきた。

「どうも久しぶり。綾花ちゃんを迎えにきたよ～」

「おお、どうぞどうぞ」

先生の許可を受ける前から半ば室内に足を踏み入れていた女史は、その言葉に、ただでさえ散らかった研究室の足場に気を付けながらこちらに歩を進めた。それからダウンを脱ぐと、丁寧に腕で抱えつつ世志月先生の座るソファにどっかりと腰を下ろす。ちなみに向かい合わせのソファは、僕と古陶里、綾花ちゃんでいっぱいだ。

「いやあ、いつ来てもこの部屋はきったないなぁ」

「あはははは、本当に君は失礼極まりないよねぇ。そもそも自分だって汚部屋に住んでるくせに」

勝手知ったる様子で研究室の中を見渡す久保田女史に、満面の笑みで返す先生。お互いに眼鏡の奥の目が全然笑ってないのが怖いけど、とりあえず二人がなかなかに深い付き合いであることは伝わってくる。

「私の部屋はほとんど寝に帰るだけだからね？　編集部の忙しさを舐《な》めないでほしいなぁ……あれ？　瑚大朗くんは？　留守？」

「買い出しに行ってるよ。お客様が来てるのにお出しするものが何もないって」

「は〜あの子は相変わらずマメだよねぇ。あ、古陶里ちゃん、それから真白くんも、久しぶり。綾花ちゃんと伊読から話は聞いてるよ、色々と大変だったみたいだね」

おまけみたいに僕らを見て、久保田女史は言った。けれどその眼鏡越しの瞳には、例の好奇心に満ちた輝きが宿っている。

「赤江島の一件から会う機会がないなぁと思ってたら、千駒島に行ってたとはね？　自分達から関わったんだから同情の余地はないけど、君たちまさか呪殺島コンプ目指してない？」

「そういう言い方をするもんじゃないよ、今回の件は私が強引に誘っちゃったんだから」

「……あの。久保田さんは、千駒島のことをどこまでご存じだったんですか？」

先生のフォローの後、間をおかずに僕が尋ねると、女史はいやに薄気味の悪い笑みを浮かべて「ふん」と鼻を鳴らした。

「まあ、伊読への情報提供者の一人ではあるから、そこそこにはね。手紙の件で相談を受けた時も割と親身になってあげたんだよ～？　折角君たちにも会えたことだし、できればこのまま千駒島について聞きたいところではあるんだけど……ざーんねん。今日は綾花ちゃんを迎えに来ただけだから、すぐに戻んなきゃいけなくてね。午後から頼みたい仕事があって」

「あ、ありがとうございます。お迎えまでしてもらって」

慌《あわ》てて立ち上がる綾花ちゃんと久保田女史に、先生が「えー、瑚大朗が戻るまで待てば良いのに」と名残惜《なごりお》しそうにしている。けれど女史はびっくりするくらい素っ気なく「まあまあ、また来るから」と僕らにも視線を流し、そのまま研究室を出て行ってしまった。

「なんとまあ、慌ただしい……」

「……ちょっと失礼します」

慌てて立ち上がった僕を、古陶里が咎《とが》めるように見る。そのまま、どうしたのかと尋ねられる前に、僕は跳ねるように研究室を飛び出した。


*****

本当はずっと、久保田女史に聞きたいことがあった。

だけどあえて自分から連絡するのも躊躇われて、今までずっと行動には移していなかった。それは彼女に関わることが、そのまま呪殺島との縁を深めることになるんじゃないかという根拠のない予感からくるものだったんだけど……。

こうして会えたのも何かの縁だ。僕は二人の背中を追いかけた。

「久保田さん！」

研究室を出てすぐ追いついた。廊下を歩いていた久保田女史と綾花ちゃんがびっくりした顔で振り返る。二人が立ち止まったことを確認すると、僕は勢いをつけて駆け寄り、言った。

「すみません。久保田さんにお話があるんです」

「……あーそうなの？　じゃあ綾花ちゃん、先に行っといてもらえるかな。キーは渡しておくから……私の車は分かるよね？」

「え？　……あ、はい。じゃあ、真白さん、失礼します」

訝《いぶか》しげに久保田女史を見た綾花ちゃんが、少し躊躇い、けれどすぐに車の鍵《かぎ》を受け取り、ぺこりと一礼して僕らに背を向ける。その姿が遠ざかるのを確認した後、久保田女史がくるりと僕を振り返った。

「で、何？」

「知りたいことがあって。久保田さんなら答えてくれるかと」

僕が言うと、久保田女史は意外そうな顔で「私？」と首を傾《かし》げた。

「何だろう。あ、スリーサイズなら内緒だよ、女性にそういうことを聞くのはちょっと……」

「久保田さんは、山長飛露喜くんと美寿々さま……いや、松尾ユリさんと、交流がありましたか？」

　僕の低い声に。

　にやにやしながらふざけていた久保田女史の表情が、さっと変わる。

「……なんでそんなことを？」

「呪殺島に興味を持っていたのは先生だけじゃない、久保田さんも同じです。赤江島で会ったときからずっとそうでしたよね？　だから貴女が観光客として千駒島を訪れていたとしてもおかしくはないし、内情について少しでも調べていたのなら、あの二人に接触したはずでしょう。美寿々さまはともかくとして、飛露喜くんとなら、話す機会もあったはず」

「まあ、そうかも知れないね。だけど何でそんなことを」

「これを見つけたからです。山長家の庭で」

　それは、千駒島にいた時からずっと抱いていたひとつの疑念。

　飛露喜くんが行方不明になり、最後に見た屋敷の庭園を探っていた時のことだ。

　僕は庭に奇妙なものがあるのを見つけた。それは湿った四角いカードで……そこにあるはずのないものだった。

「貴女の名刺です。久保田さん、なぜこんなものが山長家の庭園に落ちていたんでしょう」

島から持ち帰った名刺をポケットから取り出し、かざす。島の名残のように土で汚れ、湿って波打っていたものの、確かにそれは久保田女史の名前の入ったものだった。

「……山長家って、確か君たちがお世話になった家だよね？　そりゃ私の方が聞きたいな、なんでこんなものが……あ、伊読が落としたとか？」

「その可能性もゼロではないけど、僕が知る限り、先生はあの庭園には一度も降りていません。とすると島の人間がこれを持っていて、たまたま庭で落とした……と考えるのが普通ですよね」

「…………」

「僕、ずっと変だと思ってたんです。千駒島の美寿々さま信仰の中で暮らしていたユリさんと飛露喜くんが、どうして急に島を出ようと思いついたのか。ましてやユリさんは本物の次期巫女となるべき少女の死に直接関わり、そのことに罪悪感を抱いていた。それなのに、何故？」

外部の影響をほとんど受けない島の中で、あの二人は突然、これまでの人生を覆《くつがえ》すような大きな決断をしたのだ。果たしてそこに、外からの介入はなかったのだろうか？

「もし、久保田さんが飛露喜くんと接点を持ち、呪殺島出身者として外の世界について語り……そして、そこに生きる術があるのだと説得していたのだとしたら？　きっとあの二人には、明けることのない夜の闇《やみ》に差し込んだ一筋の光のように感じられたでしょうね」

島を離れ、運命の軛《くびき》から逃れ、生きていくことが出来る。

それは決して夢物語ではない、自分達で人生を選ぶ道もあるのだ、と。

「もしかしたら……世志月先生のもとに届いたあの手紙、すべての発端となったあの告発文も、先生と親しかった久保田さんが『出させた』ものだったんじゃないですか？　僕らは最初、あれの差出人を篠峯竹葉ちゃんだと思ってました。だけどすべてが終わった今、あれはきっと、松尾ユリさんが書いたものだと考えているんです」

「へえ……そりゃまた極論だなあ。私がわざわざ伊読まで巻き込んで、今回の事件を仕組んだと？」

眼鏡越しの剣呑《けんのん》な眼差《まなざ》しを向けながら、女史は言う。

「だとしたらどうする？　今回の事件の一切は私に責任があるとでも？」

「……そこまで言うつもりはありません。ただ、知りたかっただけです」

そう。仮にそれが真相だとしても、久保田女史は直接あの島で人を殺したわけでも、誰かを洗脳したわけでもない。

彼らは自らの意思で選択し、最悪の結果にたどり着いた。仮にそれが久保田女史の思惑によるものであったのだとしても……既に、すべては終わったことなのだ。

だけどもし、本当に久保田女史があの二人を唆《そそのか》したのだとしたら……。

「ふふん。まあ、ご想像にお任せするよ」

僕の強張《こわば》った表情に何を感じたのか、久保田女史はほんの少しだけ思案し、そしてすぐに薄く笑んだ。

「ねえ、真白くん。ずっと不思議だったんだけど、君はなんで真白くんなのかな？」

「え？」

「秋津真白は赤江島で死んだ親友の名だろう。それなのに、真白の名で千駒島に渡ったのは、何も伊読がそう呼んだからってだけじゃないんだろう？　もしかしたら、君の真名には、できるだけ呪殺島の人間に伏せておきたい理由があるんじゃないかな？」

僕は一瞬、言葉を失った。これまでのからかうような口調とは違い、久保田女史の言葉には、真意を探るような鋭さがあったからだ。

「……なぁんてね。とりあえず、君たちは今後も色々と気を付けた方が良いよ。もう二度と呪殺島には関わりたくないと思ってるかもしれないけどね？　私と同じように、一度縁が結ばれてしまったら、なかなか逃れられないものだから」

じゃあ、と軽く片手を上げて、久保田女史はくるんと背中を向けた。かつ、かつ……というヒールの音が響く中、僕は言葉もなくそれを見送る。

日本にはまだ、複数の呪殺島が現存しているという。

そのいずれにも子々孫々に至るまで穢されるほどの呪術を行い、流された領主たちが存在している。今なお呪詛に蝕《むしば》まれながら。

それだけじゃない、中には千駒島のように呪術を受け継いでいる例もあるのだと言う。

……そう考えると、僕らの知る「日常」の、何とあやういことか。

「嫌なこと言うよな、ほんとに……」

「何がだ？」

「だから、久保田さんの今の……え、古陶里!?」

　不意にかかった声にぎょっとして見ると、いつからいたのだろう、すぐ隣に古陶里が立っていた。

　僕を追いかけて来たのか、冷え冷えとした廊下で古陶里は羽織もまとわずに立っている。寒そうなその姿に「戻ろう」と声を掛けようとしたら、先に古陶里が「今の」と口を開いた。

「久保田女史と、何の話をしていた？」

「……いや。何でもないよ」

　僕は言葉を濁す。何故か古陶里には、女史が飛露喜くんやユリさんに関わったという話をすべきではないような気がした。すべてはもう、終わってしまったことなのだから。

　そして……彼女が僕の「名前」に関する問いかけをしたことも。

「古陶里、何か食べて帰らない？　めっちゃお腹すいてきた」

「別に構わないが、それならさっき世志月准《じゅん》教授が何かご馳《ち》走《そう》したいと言っていたぞ。お詫《わ》びの意味も込めて」

「ほんとに!?」

　そうして僕らは、慣れ親しんだ日常に向かって歩き出す。今なお消えずに残っている憂《ゆう》鬱《うつ》な現実、暗く陰った世界から、目をそらすように。

【参考資料】

『復元　江戸生活図鑑』笹間良彦著／柏書房
『Books Esoterica 2 神道の本　八百万の神々がつどう秘教的祭祀の世界』学習研究社

本書は新潮文庫のために書き下ろされた。

萩原麻里著

呪殺島の殺人

目の前に遺体、手にはナイフ。犯人は、僕？——陸の孤島となった屋敷で始まる殺人劇。呪術師一族最後の末裔が、密室の謎に挑む！

三川みり著

龍ノ国幻想1 神欺く皇子

皇位を目指す皇子は、実は女！　一方、その身を偽り生き抜く者たち——命懸けの「嘘」で建国に挑む、男女逆転宮廷ファンタジー。

三川みり著

龍ノ国幻想2 天翔る縁

皇尊即位。新しい御代を告げる宣儀で、龍を呼ぶ笛が鳴らない——「嘘」で皇位を手にした罰なのか。男女逆転宮廷絵巻第二幕！

榎田ユウリ著

ここで死神から残念なお知らせです。

「あなた、もう死んでるんですけど」——自分の死に気づかない人間を、問答無用にあの世へと送る、前代未聞、死神お仕事小説！

清水朔著

奇譚蒐集録
—弔い少女の鎮魂歌—

死者の四肢の骨を抜く奇怪な葬送儀礼。少女たちに現れる呪いの痣《あざ》の正体とは。沖縄の離島に秘められた謎を読み解く民俗学ミステリ。

清水朔著

奇譚蒐集録
—北の大地のイコンヌプ—

流れ歩く村《ヤイケシテコタン》に伝わる鬼の婚礼、変身婚《ヤイカラ・ウコレ》とは——。帝大講師・南辺田《みなべだ》廣章《こうしょう》が大正の北海道で滅亡した村の謎を解く、民俗学ミステリ。

月原渉著
首無館の殺人
その館では、首のない死体が首を抱く――。斜陽の商家で起きる連続首無事件。奇妙な琴の音、動く首、謎の中庭。本格ミステリー。

月原渉著
犬神館の殺人
その館では、密室の最奥で死体が凍る――。氷結した女が発見されたのは、戦慄の犬神館。ギロチン仕掛け、三重の封印、消えた犯人。

小松エメル著
銀座ともしび探偵社
大正時代の銀座を舞台に、街に溢れる謎を探し求める仕事がある――人の心に蔓延《はびこ》る「不思議」をランプに集める、探偵たちの物語。

白河三兎著
冬の朝、そっと担任を突き落とす
校舎の窓から飛び降り自殺した担任教師。追い詰めたのは、このクラスの誰？　痛みを乗り越え成長する高校生たちの罪と贖罪の物語。

知念実希人著
天久鷹央の推理カルテ
お前の病気《ナゾ》、私が診断してやろう――。河童、人魂、処女受胎。そんな事件に隠された〝病〟とは？　新感覚メディカル・ミステリー。

七月隆文著
ケーキ王子の名推理《スペシャリテ》
ドSのパティシエ男子&ケーキ大好き失恋女子が、他人の恋やトラブルもお菓子の知識で鮮やか解決！　胸きゅん青春スペシャリテ。

ブレイディみかこ著

ぼくはイエローでホワイトで、ちょっとブルー

Yahoo!ニュース｜本屋大賞 ノンフィクション本大賞受賞

現代社会の縮図のようなぼくのスクールライフは、毎日が事件の連続。笑って、考えて、最後はホロリ。社会現象となった大ヒット作。

H・A・ジェイコブズ
堀越ゆき訳

ある奴隷少女に起こった出来事

絶対に屈しない。自由を勝ち取るまでは——残酷な運命に立ち向かった少女の魂の記録。人間の残虐性と不屈の勇気を描く奇跡の実話。

燃え殻著

ボクたちはみんな大人になれなかった

SNSで見つけた17年前の彼女に「友達申請」した途端、切ない記憶が溢れだす。世紀末の渋谷から届いた大人泣きラブ・ストーリー。

二宮敦人著

最後の秘境 東京藝大

—天才たちのカオスな日常—

東京藝術大学——入試倍率は東大の約三倍、けれど卒業後は行方不明者多数？ 謎に包まれた東京藝大の日常に迫る抱腹絶倒の探訪記。

櫛木理宇著

少女葬

ふたりの少女の運命を分けたのは、いったいなんだったのか。貧困に落ちたある家出少女たちの青春と絶望を容赦なく描き出す衝撃作。

中島敦著

李陵・山月記

幼時よりの漢学の素養と西欧文学への傾倒が結実した芸術性の高い作品群。中国古典に取材した4編は、夭折した著者の代表作である。

萩尾望都著
聞き手・構成 矢内裕子

私の少女マンガ講義

『ポーの一族』を紡ぎ続ける萩尾望都が「日本の少女マンガ」という文化を語る。世界に誇るその豊かさが誕生した歴史と未来――。

梨木香歩著

西の魔女が死んだ

学校に足が向かなくなった少女が、大好きな祖母から受けた魔女の手ほどき。何事も自分で決めるのが、魔女修行の肝心かなめで……。

重松 清著

くちぶえ番長

くちぶえを吹くと涙が止まる。大好きな番長はそう教えてくれたんだ――。懐かしい子ども時代が蘇る、さわやかでほろ苦い友情物語。

早見和真著

イノセント・デイズ

日本推理作家協会賞受賞

放火殺人で死刑を宣告された田中幸乃。彼女が抱え続けた、あまりにも哀しい真実――極限の孤独を描き抜いた慟哭の長篇ミステリー。

佐藤多佳子著

サマータイム

友情、って呼ぶにはためらいがある。だから、眩しくて大切な、あの夏。広一くんとぼくと佳奈。セカイを知り始める一瞬を映した四篇。

原田マハ著

楽園のカンヴァス

山本周五郎賞受賞

ルソーの名画に酷似した一枚の絵。秘められた真実の究明に、二人の男女が挑む！ 興奮と感動のアートミステリ。

イラスト　アオジマイコ
デザイン　川谷康久（川谷デザイン）

巫《み》女《こ》島《じま》の殺《さつ》人《じん》

呪殺島秘録

新潮文庫　は－76－2

令和四年一月一日発行

著者　萩《はぎ》原《はら》麻《ま》里《り》

発行者　佐藤隆信

発行所　株式会社　新潮社

郵便番号　一六二―八七一一
東京都新宿区矢来町七一
電話　編集部(〇三)三二六六―五四四〇
　　　読者係(〇三)三二六六―五一一一
https://www.shinchosha.co.jp

価格はカバーに表示してあります。

乱丁・落丁本は、ご面倒ですが小社読者係宛ご送付ください。送料小社負担にてお取替えいたします。

印刷・錦明印刷株式会社　製本・錦明印刷株式会社

ISBN978-4-10-180230-5 C0193